KB040501

네가 세계의 마지막 소년이라면

The Incredible Tide

네가 세계의
마지막 소년이라면

알렉산더 케이 지음 · 박중서 옮김

Alexander Key

오래전에 사라져 버린 땅에 살았던, 누군지 모를 사람들에게 이 책을 바친다. 이 책에 나온 내용은 이전에도 분명 일어났던 일이었을 것이다. 이것이 단지 공상인지, 아니면 예언인지는 오로지 우리가 앞으로 하기에 달렸을 것이다.

contents

1

생존자

Survivor

코난은 새벽에 잠에서 깨어났다. 그의 유일한 친구인 바닷새들이 시끄럽게 울어대며 움막에 조약돌을 떨어트렸기 때문이다. 그는 얼른 밖으로 기어 나와 좁은 해안을 향해 달려갔다. 그가 만든 돌살 가운데 하나에 물고기 떼가 갇힌 것이 분명했다. 물고기가 잡혔다 하면 새들은 항상 이렇게 그를 불러냈다. 하지만 막상 가보니 돌살은 텅 비어 있었다. 그런데도 갈매기와 제비갈매기 떼는 여전히 그의 위에서 맴돌며 신나게 떠들고 있었다.

저 녀석들은 도대체 나한테 무슨 말을 하려는 걸까?

코난은 뒤로 돌아서서 돌계단을 달려서 올라갔다. 이 돌투성이 작은 섬의 가장 높은 곳까지 가려는 것이었다. 꼭대기에 도착하자 그는 오래전에 만들어 놓은 돌단 위로 기어 올라갔다. 주위를 재빨리 둘러보았지만 사방은 텅 비어 있었다. 이 섬의 동생뻘인 더 작은 섬 두 개가 양쪽으로 멀리 희미하게 보일 뿐이었다. 그 두 개의 섬은 그가 있는 세계의 경계나 다름없었다. 그 너머로는, 그리고 주위의 안개 자욱한 바다에는 아무것도 보이지 않았다. 심지어 수평선조차도 보이지 않았다.

"넌 뭐가 보이니, 티키?" 코난이 물었다. 가냘픈 날개가 달린 제비갈매기 한 마리가 맴돌며 가까이 다가오더니, 마치 말을 건네기라도 하려는 듯 짧게 나지막이 지저귀었다. "어디 있는데? 보여줘 봐!"

제비갈매기는 날개 끝으로 그의 야윈 뺨을 쓰다듬었고, 맴돌며 높이 솟구치더니, 동쪽 작은 섬 방향으로 쏜살같이 날아가 버렸다. 다른 새들 몇 마리도 그 뒤를 따랐다. 코난은 새들이 안개 속에 점이 되어 사라질 때까지 지켜보았다. 저쪽에 뭔가가 있음이 분명했지만, 작은 섬 너머로 워낙 먼 곳에 있다 보니 여기서는 보이지 않았다. 고래일까? 아니, 그렇다면 고래 한 마리가 아니라 고래 떼일 것이었다. 그의 친구인 저 새 떼들 사이에서 이런 소란을 일으킬 만한 것이 있다면 바로 그것뿐이었다. 그렇게 충분히 커다란, 또는 특이한 어떤 존재가 고래 말고 또 있을 가능성은 없었다.

하지만 혹시라도 있다면?

코난은 황갈색으로 그을린 얼굴로 고개를 살며시 저으며, 돌단 위에 털썩 주저앉았다. 그는 갑작스러운 슬픔에 사로잡힌 나머지, 쪼그린 상태에서 양쪽 무릎을 팔로 끌어안았다. 지금까지의 증거로 미루어 볼 때, 이제 지구상에 남은 것은 사실상 물밖에 없는 듯했다. 그 사건 이후에 혹시나 많은 사람이

생존자

요행히 살아남았다 하더라도, 대부분은 그와 마찬가지로 표류자 신세일 것이었다. 지금으로부터 몇 년 전, 마지막으로 탈출하던 헬리콥터가 그 어마어마한 파도에 부딪혀서 산산조각이 나면서 코난은 혼자 어둠 속으로 떨어지고 말았다. 그때 이후로는 공중에서건 바다에서건 간에 비행기나 배를 본 적이 단 한 번도 없었다. 하다못해 비행운이나 불빛조차도 본 적이 전혀 없었다. 어쩌면 그가 지구상에 살아남은 유일한 사람인 것일까? 물론 그렇지는 않을 것이었다. 라나가 안전하다는 증거를 갖고 있었으니까…

코난은 문득 열두 번째 생일을 떠올렸다. 그로선 결코 잊지 못할 만한 날이었다. 바로 그날, 이 섬의 해안으로 간신히 기어 올라왔기 때문이었다. 그 이전에만 해도(물론 지금은 그 이전 일을 차라리 떠올리지 않는 게 나았지만) 그는 '오르메에 사는 코난'이었다. 하지만 오르메라는 지역은 이제 더 이상 존재하지 않는다. 서반구 세계도 이제 더 이상 존재하지 않기는 마찬가지였다. 새로운 시간이 시작된 것은 코난이 열두 살 때였다. 그때 그는 오한을 느끼고, 온몸이 쑤시고, 거의 의식을 잃은 상태로, 간신히 바다에서 이 섬으로 기어 올라왔다. 그때 이후로 그는 그냥 '코난'이 되었다. 그때 이후로 줄곧 혼자 벌거벗은 상태로 고립되어 살아온 코난이었다.

그는 똑똑히 기억했다. 이곳에 도착한 직후에는 얼마나 추웠는지, 또 얼마나 배가 고팠는지 몰랐다. 어떻게 해야 할지 궁리하며 바위에 매달린 채 가만히 있다 보니, 상황은 더욱 악화되기만 했다. 할 수 있는 일은 아무것도 없었다. 이 섬에는 아무것도 없었기 때문이다. 정말 아무것도 없었다. 심지어 바닷새 한 마리도 없었다.

식량이나 물이나 옷이나 연료도 없이, 하다못해 칼 한 자루도 없이, 이렇게 황량한 바위 더미에서 어떻게 계속 살아남을 수 있을까? 물론 살아남을 수는 없을 것이었다. 기계가 거의 모든 일을 대신해 주고, 전자기기의 단추가 가득하던 세계의 안락함 속에 푹 파묻혀 살던 그에게는 지금과 같은 곤경 속에서 희망이 정말 없어 보였다.

코난은 머지않아 자기가 죽게 될 것을 알았다. 당연히 그러고도 남았을 것이었다. 하지만 바로 그때 어떤 목소리가 그에게 말을 걸었다.

"코난." 그 목소리가 말했다. "너는 눈이 멀었느냐?"

"아니요." 그가 대답했다. 그러고 나서야 뒤늦게 그는 두려움에 입이 딱 굳어버리고 말았다.

"그러면 일단 자리에서 일어나라, 코난." 그 목소리가 명령했다. "그리고 주위를 둘러보아라. 너에게 주어진 지성을 이용하도록 해라. 너는 더 성장하고 배워야만 한다. 조만간 다른 사람들이 너의 도움을 필요로 할 테니까."

그 목소리가 혹시 자기 근처의 어떤 곳에서 나오는 것인지, 아니면 혹시 자기 마음속에서 나오는 것인지, 그로서도 알 수가 없었다. 하지만 그건 분명히 목소리였고, 놀라우리만치 현실적이었다. 어쩐지 그 목소리를 들으니 문득 라나의 할아버지가 생각났다. 그분은 언젠가 이와 비슷한 말을 해서 코난을 깜짝 놀라게 했었다. 듣고자 하는 사람이라면 누구나 각자가 필요로 하는 조언을 언제라도 들을 수 있다는 것이었다.

코난은 비틀거리며 자리에서 일어나 주위를 둘러보았다.

이 작은 섬은 새로 생긴 곳이었다. 아마도 어느 바위산에서도 가장 높은 봉우리가 아니었을까 싶었다. 그 산의 나머지 부분은 이제 전 세계를 바꿔놓은 대홍수 속에 파묻히고 말았다. 어쩌면 이 작은 섬은 새로 생긴 땅, 즉 지각의 융기로 인해 생겨난 땅인지도 몰랐다. 어느 쪽인지 코난으로선 알 수가 없었다. 이 작은 섬에서는 식물이 전혀 자라지 않았다. 아무것도 없었다. 주위의 얕은 물 속을 들여다보아도, 워낙 새로 생긴 섬이라서 그런지 조개나 다른 바다 생물을 아직은 찾아볼 수조차 없었다. 하지만 썰물이 되면 길게 늘어진 해초를 찾아볼 수는 있었다. 아주 먼 곳에서부터 이곳까지 쓸려 온 것이 분명

해 보였다. 썰물 때에는 간혹 물구덩이에 갇힌 물고기도 찾아
볼 수 있었다.

코난은 그때 일을 다시 생각해 보았다. 난생처음 날것 그
대로 먹은 물고기가 얼마나 맛있었는지 몰랐다. 그때까지만
해도 돌멩이를 깨서 칼 대용품을 만들기가 얼마나 쉬운지를
차마 짐작도 못하고 있었다. 그래서 그는 물고기를 이빨과 맨
손으로 찢어 먹었고, 살점 하나하나를 맛있게 씹어 먹었다. 심
지어 물고기의 육즙조차도 맛이 좋았다. 덕분에 한동안은 갈
증을 잊을 수 있었으니까. 해초는 아쉽게도 물고기만큼 맛이
좋지는 않았지만, 코난은 머지않아 해초를 좋아하는 법을 배
우게 되었다. 나중에는 또 다른, 그리고 더 맛이 좋은 해초들
도 나타나서 작은 섬 주위에 뿌리를 내렸다. 그때부터 이곳의
삶은 일종의 도전이 되었다고 그는 생각했다. 처음에는 전적
으로 불가능해 보였던 일도 이제는 가능해진 것이었다. 자기
가 가진 모든 것을 쏟아붓기만 한다면, 자기의 지혜와 에너지
를 쏟아붓기만 한다면, 이곳에서 직면한 문제도 하나하나 해
결할 수 있었다.

코난은 티키가 날아간 방향을 바라보았다. 그리고 아마 지
금쯤은 고래 떼가(이제 그는 아까 거기 있었던 뭔가가 고래 떼였다
고 확신하고 있었다) 지나가 버린 모양이라고 생각했다. 새들 가

운데 몇 마리가 다시 돌아오고 있었다. 그는 한숨을 쉬며 자리에서 일어났다. 못 박인 두 손을 아주 여위고도 아주 단단한 몸에 문질렀다. 그러면서 지난 5년의 세월 동안 자기가, 그리고 이 작은 섬이 어떻게 달라졌는지 생각해 보았다. 처음 직면한 문제들 가운데 일부를(예를 들어 물통이라든지, 또는 작은 움막 만들기를) 해결하기 위해서는 어마어마한 노력이 필요했다. 하지만 이제는 그런 노력조차도 아무것도 아닌 것처럼 여겨졌다. 왜냐하면 점차 성장하면서(짐작건대 지금쯤은 이전보다 몸이 아주 많이 자랐을 것 같다는 생각이 들었다) 그는 이보다 더 큰 고초와 직면해야 했기 때문이었다. 바로 이 작은 섬을 재건하고 험한 파도로부터 구해내는 일이었다.

그렇게 5년이 흘렀다. 그 목소리는 처음에 한 번 이야기를 건넨 이후 줄곧 잠잠한 채였다. 가끔은 자기가 그걸 정말로 들었나 하는 의구심이 들기도 했다. 그런데 그 목소리를 다시는 들을 수 없었음에도, 이번에는 또 한 가지 매우 흥미로운 일이 벌어졌는데…

코난이 처음으로 움막을 완성한 지 몇 주 뒤의 일이었다. 비록 나무 송곳을 이용해서 불 피우는 방법을 배우기는 했지만, 그는 이제 더 체력이 강인해졌기 때문에 단순히 몸을 따뜻하게 만들 불까지는 필요가 없었다. 물에 떠밀려 오는 땔감이 워낙 드물다 보니, 불 피우기를 가급적 삼가는 편이 더 나았다. 혹시나 정말 견디기 힘들 정도로 더 춥고 어두운 밤이 올 때를 대비하려는 것이었다. 코난이 여전히 해결하지 못한 문제 하나는 혼자라는 두려움이었다. 그는 완전히 혼자였고, 이 세상 어디에도 자기를 걱정해 줄 사람은 하나도 없다는 사실을 알고 있었다. 가장 보고 싶어 하는 사람인 라나조차도 어쩌면 이 세상에 없을지 몰랐다.

코난이 기억하기로, 그날 밤에는 상황이 평소보다 더 심각했다. 바람이 거세어지자 그는 일찌감치 움막 속으로 숨었고, 폭풍이 몰려오는 듯한 조짐에 두려움을 품었다. 마지못해 불을 피우는 동안, 갑자기 라나와 새들의 모습이 머릿속에 생생하게 떠올랐다. 그녀는 워낙 말이 없고 체구가 작아서 마치 새처럼 보였고, 거기다가 다른 누구도 지니지 못한 특별한 재능을 지니고 있었다. 그것은 일종의 지혜였으며, 굳이 입을 열어 말하지 않아도 상대방을 이해하는 능력이었다. 모든 야생 동물은 라나의 이런 능력을 알고 있었으며, 특히 새들이 그걸 잘 알았다. 예전에 살던 집의 바닷가에서는 그녀가 부를 때마다 새들이 항상 몰려들었고, 그녀는 그중 몇 마리에게 놀라운 재주를 가르치기도 했다.

그날 밤에 코난이 겪은 폭풍은 정말 무시무시했다. 그로선 제발 잊고 싶어 하던 것들을 모조리 다시 생각나게 만들었고, 두 번 다시는 라나를 볼 수 없으리라는 사실을 상기시켰다. 불 옆에 웅크리고 누운 채, 코난은 몸을 덜덜 떨면서 가급적 생각을 하지 않으려고 했다. 지독한 황폐가 그의 몸을 휩쓸었다. 거대한 파도가 작은 섬을 때리던 순간, 그는 절망에 그만 소리를 지르지 않을 수 없었다. 언젠가 귀에 들렸던 그 목소리를 불렀다. 제발 다시 내게 말해달라고, 내게 도움을 달라고.

그 목소리는 여전히 침묵한 채였다. 그런데 바로 그때, 해초로 엮어 만든 커튼을 가르고 한 줄기 바람이 움막 안으로 스며들어 왔다. 작고 새하얀 어떤 것도 덩달아 들어왔다. 그리고 그와 가까운 쪽의 불가에 살며시 내려앉았다.

바닷새였다. 제비갈매기였다.

코난은 도무지 믿을 수 없다는 듯, 이 새를 유심히 바라보았다. 바로 그 순간, 그는 이 새가 혹시 라나가 아닐까 하고 생각했다. 라나가 새의 모습을 하고 이곳까지 날아와 나를 찾아낸 것은 아닐까 하고 말이다. 그때 제비갈매기가 더 가까이 다가오더니 그를 바라보았다. 그러고는 마치 그를 알고 있다는 듯 슬픈 목소리로 뭐라고 지저귀었다. 코난은 갑자기 이 새를 양손으로 살며시 붙잡으며 소리를 질렀다. "티키! 너였구나, 티키! 라나가 널 보낸 거지!"

라나가 가장 예뻐하던 그 새를 자기가 어떻게 단번에 알아볼 수 있었을까? 그건 코난도 알 수 없었다. 예전에만 해도 그는 제비갈매기가 어떻게 다르게 생겼는지를 잘 식별하지 못했다. 하지만 그 새의 한쪽 다리에 묶여 있는 매끄러운 실을(알고 보니 그에게는 무척이나 친숙한 사람의 머리에서 뽑은 밝은 색깔의 머리카락 한 올이었던 것을) 발견하기도 전에 코난은 이 새가 바로 티키라고, 그리고 라나가 이 새를 보냈다고 확신할 수 있었다. 하긴 그녀는 예전부터 그가 어떻게 지내고 있는지를, 그리고 그가 도움을 필요로 하고 있는지를 항상 미리 알고 있지 않았던가?

심지어 라나의 이런 말이 그의 귀에 똑똑히 들리는 것도 같았다. "티키, 가서 코난을 찾아봐. 나는 걔가 저 어딘가에 아직 살아 있다는 걸 알고 있어. 지금껏 혼자 지냈다는 것도. 걔한테는 네가 필요해. 걔를 찾아서 함께 있어줘."

그날 밤 이후로는 다른 새들도(주로 갈매기였다) 이 작은 섬을 찾아왔다. 점차 코난은 이 새들 하나하나에게 이름을 붙여주고 마치 친구처럼 대하게 되었다. 티키의 방문이야말로 만사를 뒤바꿔 놓은 기적이라 할 만했다. 라나가 어딘가에서 아직 살아 있으며, 지금도 그를 생각하고 있다는 사실을 아는 것만으로도 이미 충분하기는 했다. 나아가 이는 곧 스승님께서

(즉 라나의 할아버지께서) 오래전에 선택해 놓으신 안전 지역에 그녀가 이미 도착했다는, 그리고 다른 사람들도 거기 함께 있다는 의미이기도 했다. 따라서 이 작은 섬에서 앞으로 몇 달만 더 버틴다면, 아마도 수색정이 지나가다가 자기를 발견할 수 있을 것만 같았다. 그때까지만 해도 그는 이런 희망을 단단히 붙잡고 있었다.

몇 달 만이라니. 코난은 씁쓸한 기분으로 생각했다. 실제로는 30개월이 지나고 나서야(그는 매일 끈에다가 매듭을 하나씩 지어놓는 방식으로 날짜를 계산했다) 그는 비로소 한 가지 사실을 깨닫게 되었다. 지금 살아남은 사람들은 모든 일을 처음부터, 사실상 완전한 무無에서부터 다시 시작해야 할지도 모른다는 사실이었다. 동력이 없으면 대부분의 기계는 그야말로 무용지물일 것이었다. 재료와 특수한 도구가 없으면 그런 기계를 손쉽게 새로 만들 수도 없을 것이었다. 비행기가 있어도 연료가 없으면 어떻게 날 수 있단 말인가? 과연 지금 같은 상황에서 어디 가야 그걸 찾아낼 수 있단 말인가? 하다못해 스승님 같은 분이 시범을 보여주시기라도 한다면 모를까…

하지만 만약 스승님께서도 그만 돌아가셨다면? 그 노인은 항상 몸을 사리지 않고 일하는 성격이셨다.

코난은 고개를 흔들어 황갈색의 머리카락을 뒤로 넘겼

다. 그리고 한숨을 푹 쉬고 자리에서 일어났다. 그는 동쪽 작은 섬을 마지막으로 바라보았다. 그 너머의 안개 속에서는 아무것도 보이지 않았다. 코난은 천천히 돌계단을 내려오기 시작했다. 그러다 문득 자기가 이제껏 보관해 왔던 귀중한 땔감 더미 쪽을 바라보았다. 혹시나 폭풍에 날아가기라도 할까 봐 커다란 돌멩이로 무겁게 눌러놓은 땔감 더미에는 크기가 제각각인 판자 네 장, 나무토막 몇 개, 길고 구부러진 통나무 하나, (그가 바다에서 건진 물건 중에서도 가장 반가운 것이었던) 플라스틱으로 만든 낡은 서프보드 하나, 작은 막대기 여섯 개가 있었다.

지금 코난이 직면한 문제는 이 물건들만 가지고 일종의 보트를 만드는 것이었다. 단순한 보트가 아니라 아주 특별한 보트를 말이다. 그 보트는 무엇보다도 매우 튼튼해야 했다. 몇 주 동안이나 바다에서 그를 안전하게 실어 나를 수 있어야만 했다. 그뿐만 아니라 훈제 물고기로 이루어진 식량이며, 바닷가에 떠밀려 온 갖가지 병에 담아놓은 물도 실어 나를 수 있어야 했다. 어느 누구도 그를 구하러 찾아오지 않는다면, 이제는 그가 알아서 이곳을 탈출할 차례였다.

그런데 딱 하나 곤란한 점은 코난이 나무로 보트를 만드는 일에 관해 아는 바가 전혀 없다는 것이었다. 정말 하나도 몰랐다. 그 오랜 전쟁 기간 동안, 그가 라나의 가족과 함께 바닷가에 살 때에만 해도, 주위에는 멀쩡하고 튼튼한 보트가 워낙 흔히 널려 있었다. 하지만 그 물건들은 하나같이 플라스틱으로 만든 것들이었다. 오로지 나무만을 이용해서 만든 보트라면 코난도 전혀 본 적이 없었다.

하지만 나무 보트 만들기가 몹시 어려울 리는 없을 것 같았다. 만약 원시인들도 사실상 별다른 도구 없이 만들 수 있는 물건이었다면, 코난 역시 만들 수 있어야 마땅할 것 같았다.

평소 같으면 하루를 시작하면서 코난이 맨 먼저 하는 일은 작은 섬을 한 바퀴 돌아보면서 파도에 밀려온 새로운 물건이 또 있는지 살펴보는 것이었다. 하지만 지금은 보트를 만드는 문제에 갑자기 몰두하다 보니, 심지어 아침을 챙겨 먹을 생각조차도 하지 못하고 있었다. 그는 파도에 씻겨서 반듯해진 모래밭 위에 웅크리고 앉아서, 뾰족하게 깎은 막대기를 가지고 일종의 설계도를 그려보았다. 코난은 심지어 티키가 돌아왔다는 것조차도 모르고 있었다. 잠시 후 그의 머리 위에서 제비갈매기가 날카로운 울음소리를 냈다.

코난은 고개를 들고 얼굴을 찡그렸다. "이봐, 이번에는 또 뭐 때문에 그러는 건데?"

티키가 그의 몸 가까이로 급강하를 하면서 작게 경고 울음

소리를 냈다. 갈매기들도 요란하게 울어대며 다시 맴돌기 시작했다. 코난은 똑바로 일어서서 돌단으로 향하는 계단을 다시 한번 뛰어오르기 시작했다.

하늘은 아까보다 더 밝아져 있었고, 작은 섬 너머 동쪽에서는 붉은색과 황금색의 빛줄기가 흘러나오고 있었다. 늘 안개 자욱한 이 세계의 한구석에서는 해가 뜨려는 듯한 이런 기미조차도 매우 보기 드문 광경이었다. 코난은 그 광경을 만끽하고 완전히 매료되었다. 잠시 후, 그는 티키가 자기한테 뭔가 보여주고 싶은 게 있다는 사실을 깨달았다.

코난은 작은 섬 너머의 회색 안개 속을 유심히 바라보았다. 혹시 뭐 움직이는 거라도 있나?

그때 뭔가가 '정말' 움직이고 있었다. 마치 커다란 배 같았다. 일종의 순찰선처럼 생긴 배였다.

순간 코난은 어찌나 충격을 받았는지 몸이 뻣뻣이 굳어버렸다. 갑자기 그는 몸을 떨기 시작했고, 눈 깜짝할 새에 좁은 바닷가를 향해 뛰어 내려가기 시작했다. 소리를 지르고, 눈물을 흘리고, 양팔을 열심히 흔들어 대면서.

혹시나 저쪽이 코난을 못 보고 지나치지 않을까 걱정할 필요는 없었다. 그 배는 지금 그가 있는 곳으로 천천히 다가오고 있었기 때문이다. 십중팔구 이 작은 섬에 마치 요새 같은 외관을 부여한 인위적인 옹벽이 여러 개 있으니 호기심을 느낀 모양이었다. 바닷가에서 수백 미터쯤 떨어진 곳에서 그 배는 닻을 내리고 물 위에 흔들흔들 떠 있었다. 이제 그는 그 배의 모습을 처음으로 똑똑히 볼 수 있었다.

코난이 느꼈던 흥분은 이제 갑자기 쑥 들어가 버리고 말았다. 그가 휘둥그레진 눈으로 바라보는 저 납작한 회색 배의 돛대 위에는 진홍색의 삼각기가 흐느적거리고 있었다. 그는 꿀꺽 침을 삼켰다. 온몸에 오싹 소름이 돋기 시작했다. 그의 나라 사람들은 저런 배를 만들지도 않았고, 저런 깃발을 달지도 않았다. 저건 적국의 배였다.

코난이 지금 바라보고 있는 아주 낡고 허름한 순찰선은 한때 평화 연합이라고 불리던 나라의 것이었다.

이제 자기가 어떤 상황을 맞이할 수 있는지를 깨닫자마자, 코난은 갑작스레 절망감을 느끼게 되었다. 그는 선 채로 양 주먹을 불끈 쥐고, 과연 어떻게 해야 할지를 놓고 머리를 굴렸다.

이곳으로 다가오는 배가 무엇인지만 진즉 알았더라도, 그는 차라리 길고도 위험한 해역을 지나 서쪽의 작은 섬까지 헤엄쳐 가서, 그곳의 얕은 물에 놓인 바위 가운데 하나의 뒤에 숨어 있었을 것이다. 하지만 이제 그렇게 하기에는 때가 너무 늦어버렸다.

여러 가지 추악한 기억들이 떠올랐다. 코난은 이를 악물었다. 평화 연합이라니! 그가 어린 시절에 그 나라는 지구의 절반을 삼켜버렸으며, 또 나머지 절반을 삼켜버리겠다고 위협하고 있었다. 그러다가 재앙이 닥치고 말았다. 대륙 하나를 완전히 물에 잠기게 만든 어마어마한 파도 때문에 평화 연합도 지금쯤은 흔적도 남지 않고 사라졌으리라 짐작되었다. 하지만 그쪽에도 생존자가 있는 것은 분명해 보였다. 그리고 그쪽에는 최소한 낡은 순찰선이라도 한 대는 남아 있는 모양이었다.

그나저나 저 배가 여기서 뭘 하고 있는 걸까? 아직 남아 있는 육지를 표시하는 해도라도 작성하려는 것일까? 코난의 손이 덜덜 떨렸다. 튜닉을 걸치고 벨트를 두른 회색 옷차림의 사람 몇 명이 보트에 옮겨 타더니, 그가 서 있는 쪽으로 다가오는 모습이 보였기 때문이다. 순간 코난은 한때 자기에게 가장 소중했던 사람들의 모습을 떠올렸다. 자기 부모님과 여동생, 자기 조부모님, 라나의 부모님, 그리고 학교에서 가장 친했던 친구들. 그 모두가 평화 연합의 무기 때문에 눈 깜짝할 사이에 목숨을 잃어버렸다. 그는 두 주먹을 꽉 움켜쥐었다. 그리고 불쑥 양팔을 쳐들고 적들을 향해 증오 가득한 고함을 질러대기 시작했다.

하지만 그의 입술 사이로는 아무런 소리도 나오지 않았다.

"코난." 그토록 오랫동안 듣지 못했던 그 목소리가 갑자기 들려왔다.

그는 차마 믿을 수 없다는 듯 주위를 이리저리 둘러보았다. 하지만 아무것도 보이지 않았다. "무슨… 도대체 뭐지?" 그는 가까스로 이렇게 말했다.

"흥분하지 말고 침착해라, 코난." 그 목소리가 명령했다. "이제는 네가 그곳을 떠날 때가 된 거다. 너에게는 완수해야 할 임무가 있으니까."

배에서 온 보트가 바닷가에 도착했을 때, 코난은 팔짱을 끼고 미동도 없이 그 앞에 서 있었다. 겉으로는 매우 태연해 보였다. 오로지 가늘게 뜬 두 눈 속의 회색 눈동자만이 그의 마음속에 몰아닥친 폭풍을 보여주고 있었다.

남자 세 명과 여자 한 명이 바닷가로 올라섰다. 모두 헐렁한 바지와 엉성한 튜닉을 걸치고 있었다. 그중 수척한 외모에, 반백의 머리카락에, 딱딱해 보이는 인상의 여자는 마치 왕진

가방 같은 것을 들고 있었다. 그녀는 보트에서 내리기 전부터 뭐라고 떠들어 대고 있었다.

"저 녀석 좀 봐!" 여자가 소리를 질렀다. "정말 믿을 수가 없군. 저 건강한 모습 좀 보라고. 어이, 거기. 여기서 지낸 지가 얼마나 되는 거냐? 아니, 내 말이 무슨 뜻인지 이해하겠나?"

코난은 저 여자가 저 배의 의사임이 분명하다고, 그리고 그 옆에 서 있는 턱수염 난 남자가 아마도 장교 가운데 한 명인 듯하다고 생각했다.

"무, 무슨 뜻인지는 알아요." 그는 머뭇거리며 대답했다. "당신네 나라말을 학교에서 배웠으니까요. 여기 있었던 건 그러니까… 물이 올라온 다음부터였어요."

"아, 서반구인이로군, 응? 그리고 대격변 이후로 줄곧 여기 있었다는 건가? 혼자서 말이야?"

"혼자는 아니에요. 친구들이 있었으니까."

"친구들?" 그녀의 옆에 서 있던 남자가 되물었다. 세 명의 남자 중에서 그 사람의 턱수염이 가장 무성했다. "어떤 친구들 말이지? 지금 그 친구들은 어디 있지?"

"머리 위에요." 코난이 말했다. "저 새들 말이에요."

화난 듯 울어대며 머리 위를 빙빙 맴도는 새들을 모두가 바라보았다.

"시끄러운 놈들 같으니!" 여자가 투덜거렸다. "도대체 왜 이렇게 떠드는 거야?"

"쟤들도 당신네들을 좋아하지 않아요. 내가 지금 느끼는 감정을 쟤들도 알고 있으니까요."

"흠?" 남자가 중얼거렸다. "그건 도대체 무슨 소리지? 넌 우리한테 구조를 받게 된 상황에서도 고맙다는 생각조차 안 하는 거냐?"

"꼭 그래야 하나요?"

"지금은 어리석은 자만 따위를 부리고 있을 때가 아니야! 감사의 마음은 어디다가 팽개쳐 놓은 거냐? 네가 만약 신체제 의 명예로운 시민이 되고 싶다면…"

"신체제라뇨?" 코난이 말을 끊었다. "그게 혹시 평화 연합 의 다른 이름인 건가요?"

"그야 당연히 아니지! 대격변에서 살아남은 사람들은 모두 우리의 주도하에 재조직되고 있는 거다. 이 세계는 반드시 재건되어야만 하니까. 몸이 성한 사람이라면 누구나 그 일에 참여해야 하고."

턱수염이 무성한 남자는 말을 멈추고 뭔가 흥미로운 듯 작은 섬을 둘러보았다. 그는 코난을 향해 얼굴을 찡그렸다. "이 제는 사실대로 말하시지." 남자가 말했다. "네 녀석이 대격변 직후부터 여기 살고 있었을 리는 없어. 줄곧 혼자였을 리도 없고. 그런 일은 불가능하니까."

"왜 불가능하다고 말하는 거죠?"

"왜냐하면 그건 '정말로' 불가능한 일이니까." 그 여자가 대신 대답을 내놓았다. "보라고, 여기는 온통 바위 더미뿐이지 않아! 그런데도 네 녀석은 아주 건강하기 짝이 없으니까. 설령 브라이악 로아라도…"

"조용히 하시오, 의사 동지." 남자가 명령했다. "내가 저 녀석에게 질문을 하고 있지 않소."

"알겠습니다, 선장 동지. 하지만 이곳은 뭔가 잘못된 게 분명합니다."

선장이 고개를 끄덕였다. "진실이 무엇인지 반드시 밝혀내겠소. 이건 브라이악 로아와도 관련된 문제니까… 아, 네 녀석도 브라이악 로아가 누군지는 알지, 꼬맹이?"

"아, 알아요. 누군지." 코난이 말을 더듬었다. "당연하죠. 그분을 모르는 사람이 어디 있어요? 근데 왜요?"

빤히 쳐다보는 네 사람의 눈길에 그는 깜짝 놀랐다. 선장이 말했다. "브라이악 로아가 아직 살아 있다는 소문이 있더군. 우리는 그를 찾아내라는 명령을 받들고 나왔지."

"하지만… 전 이해가 안 되는데요. 그분은 서반구인이잖아

생존자

요. 근데 왜…"

"그 작자가 어떤 사람인지, 또는 물건인지는 아무 상관이 없어. 중요한 건 신체제에서 그 작자를 필요로 한다는 것뿐이지. 그 작자는 같이 지내던 사람들이 머무는 피난처에도 없었어. 그러니 어딘가에 숨어 있거나, 그렇지 않으면 너처럼 표류자 신세겠지. 그 작자는 어디에라도 숨어 있을 수 있어. 하다못해 여기라도."

"그럼 직접 찾아보시지 그러세요?" 코난이 냉랭하게 말했다.

선장은 이미 앞으로 걸어 나오고 있었다. 그는 돌벽의 층을 샅샅이 훑어보고, 바람을 막아주는 그 석제 방패 뒤에 있는 움막도 살펴보았다. 다른 사람들도 사방으로 흩어지며 수색을 시작했다. 불과 몇 분 만에 이들은 모조리 원래 출발한 곳으로 돌아왔다. 이미 작은 섬의 곳곳을 두 번이나 샅샅이 살펴본 다음이었다. 그들이 가장 큰 관심을 보인 물건은 식량 창고에서 찾아낸 훈제 물고기 몇 마리였다. 선장과 의사는 그걸 허겁지겁 집어삼켰다.

"그래, 이 맛이야!" 의사가 중얼거렸다. "이거라니까! 이런 맛은 정말이지 오래… 아주 오랜만이야. 대격변이 벌어지기 전, 그러니까 아주 예전에나 먹었던 건데."

"바다에는 물고기가 많잖아요." 코난이 여자에게 상기시켜 주었다. "그러면 신체제에서는 물고기도 못 잡아먹게 하는 건가요?"

"물고기 따위야 우리도 당연히 잡지." 선장이 짜증스레 말했다. "그것도 수두룩하게. 다만 우린 그걸 말려서 새로운 식량으로 가공할 뿐이야. 아주 훌륭하고도 새로운 가공 절차를 통해서…"

"하지만 훈제까지는 아니죠." 의사가 어딘가 씁쓸한 어조로 말했다.

"그야 당연히 아니지! 훈제야말로 귀한 나무를 쓸데없이 낭비하는 처사가 아닌가. 신체제는 귀중한 물자를 결코 낭비하지 않아." 선장은 깨끗이 발라 먹은 생선 뼈를 이빨 사이로 뽑아내 던져버리고 입술을 혀로 핥았다. 곧이어 그는 코난을 노려보았다.

"네 녀석은 여전히 대격변 직후부터 여기서 살아 왔다고 주장하는 거냐? 그것도 혼자?"

"아까 아니라고 그랬잖아요. 친구들이 있었다고요."

"헛소리! 네 녀석은 뭔가를 숨기고 있어. 그게 도대체 뭐지?"

"도대체 무슨 뜻인지 이해가 되지 않는데요."

선장은 얼굴을 찡그리더니 여자를 바라보았다. "그쪽 생각은 어떻소, 의사 동지? 지난번 여정 때에 우리가 발견한 참상을 동지도 보았을 텐데. 그곳은 큰 섬이었지만… 구조할 만큼의 가치가 있는 자는 하나도 없었지."

"그, 그러면 거기 사는 사람들은 구해주지 않았다는 건가요?" 코난이 물었다.

"굳이 왜?" 의사가 잘라 말했다. "그런 자들은 우리에게 짐이 될 뿐이야. 그런 자들은 신체제에서도 써먹을 수 없을 정도였으니까. 하지만 네 녀석은…" 그녀는 말을 멈추었다. 그리고 갑자기 쌀쌀한 어조로 덧붙였다. "하지만 네 녀석은 정말 이상하다는 거지. 다른 사람들은 죽거나 미쳐버린 상황에서, 네 녀석은 멀쩡히 잘만 살아남았으니까. 도대체 어떻게 한 거냐?"

코난은 어깨를 으쓱해 보였다. "물론 약간의 도움을 받은 건 사실이에요. 아마도 보호하는 영靈인 것 같아요. 실제로 본 적은 없지만, 목소리는 분명히 들었…"

"이런, 젠장!" 여자가 못 참겠다는 듯 그의 말을 잘랐다. "조금 있으면 이 섬에는 하느님도 같이 있었다는 소리가 나오겠군." 그녀는 얼굴을 찡그렸다. "어쩌면 식단 때문인지도 모르지. 이 섬에서는 물고기 말고 뭘 먹었지? 새라도 잡아먹었나?"

"이 세상에 자기 친구를 잡아먹는 사람이 어디 있어요?"
코난이 대답했다.

선장이 짜증스레 말했다. "질문은 일단 저 녀석을 배에 태
운 다음에나 하시오. 여기서는 이미 시간을 많이 허비해 버렸
으니까."

코난은 뒤로 물러서기 시작했지만, 선장보다 더 젊은 남자
두 명이 그를 붙잡았다. 화가 난 그가 몸을 세게 흔들자, 남자
들은 저만치 나가떨어지고 말았다. 그 자신도 미처 가진 줄 몰
랐던 힘이 만천하에 드러나는 순간이었다.

"알았어요. 순순히 따라갈게요." 그가 말했다. "일단 내 친
구들한테 잘 있으라고 말은 하고 나서요."

코난은 뒤로 돌아서서 돌단으로 향하는 계단을 걸어 올라
갔다. 맴돌며 날던 새들이 에워싸며 가까이 다가왔다. 그는 양
손을 치켜들어 새 한 마리, 한 마리에게 더는 차분하지 못한 목
소리로 말을 걸었다. "나, 나는 이제 가봐야 해." 코난이 말했
다. "아마, 언젠가, 다시 만날 수 있을 거야, 티키…"

갑자기 그는 뒤엉킨 머리털에서 곱슬거리는 노란색 머리카
락을 한 올 뽑아, 티키의 한쪽 다리에 둘둘 감고 묶어주었다.

"어서 가!" 그가 재촉했다. "라나에게 돌아가라고."

생존자

새는 마침내 그의 말을 알아들은 듯 날아오르더니, 한 바퀴 맴돌고 나서 바다 저편 서쪽을 향해 날기 시작했다. 코난은 울음을 삼키며 새가 날아가는 모습을 바라보았다. 그러고 나서 우울한 마음으로 자기를 사로잡은 자들이 있는 곳으로 걸어 내려왔다.

2

비밀

Secret

라나는 자기가 갈아놓은 곡식 가루를 조심스레 체로 쳐서 이모에게 보여주었다. 두 사람은 지금 하이하버에 있는 할아버지 오두막의 어두운 부엌에 들어와 있었다. 하이하버는 대격변 직전에 많은 아이들이 비행기를 타고 옮겨 온 곳이었다.

"이 정도면 모두 먹기에는 충분한 양인 것 같아요. 그럴 것 같지 않아요?"

마잘 이모가 콧방귀를 뀌었다. "어디 충분하다 뿐이니. 내 식대로만 할 수 있다면야…"

"십중팔구 저 기분 나쁜 사람을 독살이라도 하셨겠죠." 라나가 말했다. 역시나 씁쓸한 심정에도, 얼굴에는 미소를 지어 보이면서.

"그런다고 설마 누가 내 탓을 하겠니? 하! 그놈은 낯짝이 두 개 달린 두꺼비 같아! 그 인간이랑 여기서 식탁에 나란히 앉아 있어야 한다고 생각해 보라니까. 우리가 그놈 속을 훤히 다 아는데, 그놈이 내놓는 거짓말을 듣고 있어야 한다니. 솔직히 나는 왜 샨이 굳이 그놈을 저녁에 초대했는지 도대체 이해가 안…"

"하지만 사실은 초대하지 않을 수가 '없어서' 그런 거잖아요, 이모. 그건 이모도 잘 알고 계시잖아요."

"아, 그야 나도 짐작은 갔지. 지금 상황에서 어쩔 수 없이 신체제와 무역을 해야 한다면, 차라리 그놈들하고 친한 척하는 게 상책이라는 걸 말이야. 하지만 나는 속이 부글부글 끓어오른다니까. 하나부터 열까지 전부 다 말이야. 만약에 샨이 진실만 알았더라도…"

"하지만 이모부는 모르고 있잖아요. 그리고 우리도 이모부한테는 말할 수가 없고요."

"난 잘 모르겠어. 지금도 난 그이에게 진실을 말해주어야 한다고 생각해."

"하지만 스승님께서는 그러지 말라고 하셨잖아요."

"그래, 하지만 그건 어디까지나 저 무역선이 여기로 찾아오기 전의 이야기였고." 마잘은 자기가 따 온 완두콩을 바라보며 얼굴을 찡그리더니, 아직 분이 풀리지 않은 듯한 손길로 꼬투리를 벗기기 시작했다. "하여간 그 인간한테 우리가 식사까지 '대접'한다고 생각하면 그냥… 그나저나 그놈의 이름이 뭐였지?"

"다이스요. 다이스 인민위원이라고 하던데요. 이모 기분이 어떤지는 저도 알아요. 그 사람은 진짜…… 진짜로 거만하더라고요. 하는 짓만 보면 마치 자기가 우리의 '주인'이라도 되는 것처럼 굴더라니까요."

"조만간 진짜 주인이 되겠지." 마잘이 딱딱거렸다. "여기 있는 정신 나간 녀석들이 그놈을 멋대로 하게 내버려 둔다면 말이야. 난 솔직히 그럴까 봐 겁이 나. 그래서 나는 샨에게도 우리가 진실을 이야기해 주어야 한다고 보는 거야. 어쨌거나 스승님께서는 그이한테 이곳을 책임지게 했잖아. 하지만 샨은 이곳의 유일한 의사이니까, 그런 일까지 걱정하게 해서는 안 돼. 이제는 그이도 모두를 돌보느라 심신이 지치고 말았어. 혹시 누구 다른 사람이라도 있다면…"

"여기는 다른 사람이 없잖아요." 라나가 나지막이 말했다.

"그래, 내가 생각하기에도 없어. 그이만큼 나이도 충분히 먹고 머리도 충분히 똑똑한 사람은 아무도 없지. 우리가 믿을 만한 사람은 없다는 거야. 이거야말로 정말 끔찍한 상황이지. 앞으로 뭘 어떻게 해야 할지 누가 좀 가르쳐 주면 얼마나 좋을까."

두 사람은 거의 절망에 빠진 채로 서로를 마주 보고 있었다. 날씬하고 창백한 소녀 라나는 놀라우리만치 새까만 눈을 하고 있었다. 수척하고 붉은 머리의 젊은 여자 마잘은 라나의 이모였다. 5년 동안이나 함께 고생한 까닭에, 두 사람의 나이 차이는 이제 아무런 문제가 되지 않았다. 서로에 대한 두 사람의 애정은 마치 자매간의 애정에 버금갔다.

스승님을, 즉 자기 할아버지를 생각하는 순간, 라나는 자기도 모르게 입술을 깨물며 회색 항구 쪽을 바라보았다. 신체제에서 보낸 최초의 무역선이 오늘 도착해 있었다. 그 배에는 이곳 사람들이 간절히 원하는 물건들이 여러 가지 실려 있을 것이었다. 물론 이곳 사람들이 전혀 원하지 않았던 물건들도 있겠지만, 만약 그들이 원하게 된다면 결국에는 그런 물건들도 갖게 될 것이었다.

"조금 있으면 탑에 올라가 볼 시간이에요." 라나가 말했다. "그러면 스승님하고 연락이 될 때에 물어보시지 그래요? 이모부한테 이야기를 하려고 하는데 어떻게 생각하시느냐고요."

"나, 나는 차마 못 물어보겠어." 이모는 더듬거리며 말했다. "그렇지 않아도 스승님께서 몇 번이나 나한테 말씀하셨거든. 그이한테는 절대 말하지 말라고 말이야. 어째서 그런지는 나도 알아. 샨은 워낙에 정직하면서도 착해빠진 사람이잖아. 그러니 자기도 모르는 새에 그만 뭔가 비밀을 누설하기가 쉬울 거야."

"그러면 진실은 계속 우리끼리만 알고 있는 편이 더 낫겠

비밀

네요.”

“아마 그럴 거야. 스승님께서도 여전히 같은 입장이실 테니까, 이 문제는 더 이상 어쩔 도리가 없어. 그러니 우리도 스승님께서 사람들에게 전하라는 이야기를 전하고, 제발 진실이 새어 나가지 않기를 바라야지. 만약 새어 나갔다가는…”

만약 새어 나갔다가는 하이하버가 삽시간에 산산조각이 나겠지. 라나는 이렇게 생각했다. 신체제가 이곳을 모두 점령해 버리고, 우리는 모두 노예가 되겠지. 이모부 혼자서는 결코 우리를 구해줄 수가 없을 거야.

이곳에서의 삶이 처음부터 아주 나빴던 것만은 아니었다. 라나는 그렇게 기억했다. 물론 힘들기는 했지만, 그 정도는 모두 예상한 바였다. 사람들은 모두 이 일에 뛰어들어서, 어느 정도는 극복을 한 상태였다. 샨과 마잘은 오랫동안 부부 사이였다. 이곳의 아이들은 두 사람을 모두 우러러보았으며, 특히 의사인 샨을 대단한 인물로 여겼다.

하지만 5년이라는 세월이 흐르면서 크나큰 변화가 찾아왔다. 만사를 세심하게 관리할 어른들이 많지 않았다는 게 문제였다. 안전을 위해 이곳으로 피난 온 수백 명의 아이들은 자라나면서 점점 더 난폭해졌다. 그들 대부분은 이제 10대로 접어들었다. 그리고 그중 일부는 그야말로 야만인처럼 살아가고 있었다.

마잘이 물었다. "시간이 되지 않았나?" 라나는 일찌감치 찾아온 어스름을 둘러보며 재빨리 시간을 가늠해 보았다. 하이하버에서는 이제 멀쩡하게 돌아가는 시계가 거의 없다시피 했지만, 그녀는 이미 시계가 없어도 시간을 분 단위까지 어림잡아 계산할 수 있는 능력을 터득한 참이었다.

"아뇨." 라나가 말했다. "하지만 일단은 가보셔야 할 것 같아요. 그래서 조금 마음을 가라앉히셔야 하니까요."

"하지만 얘, 저녁 준비는…"

"아니에요, 걱정 마세요. 그건 제가 알아서 할게요. 지금 우리한테 중요한 건 스승님의 메시지니까요. 이번에는 꼭 메시지를 '받아' 오세요."

"네 말이 맞기는 해." 마잘은 얼굴을 찡그리더니, 망토를 어깨에 걸치고는 마당으로 통하는 문으로 다가갔다. 곧이어 그녀는 뒤를 돌아보았다. "나를 위해서 기도해 주렴." 이 말을 남긴 채, 이모는 문을 열고 밖으로 나갔다.

라나는 양손을 꼭 쥐고 창밖을 바라보았다. 마잘은 마당 앞에 세워진 돌담을 따라 빠르게 걸어가더니, 마당 한쪽 모퉁이에 있는 오래된 탑 안으로 들어갔다. 그녀가 나선형 계단을 따라서 올라간 탑의 위층은 밖에서 보이지 않았다. 하지만 라나는 이모가 이엉지붕 아래에서 바다 쪽으로 얼굴을 향한 채 눈을 감고 있는 모습을 머릿속으로 그려볼 수 있었다. 어딘지도 알 수 없는 수백 킬로미터 밖의 어디에선가, 마잘의 아버지인 스승님도 마찬가지 모습으로 서서, 자기 딸에게 메시지를 보내기 위해 정신을 집중하고 있을 것이었다.

마잘은 메시지를 받는 데에 아주 뛰어나지는 못했다. 그래서 매일 같은 시간에 같은 장소에서 같은 절차를 거쳐야만 그나마 뭔가라도 받을 수가 있었다. 어제는 거의 아무것도 오지 않았다. 오늘은…

라나는 눈을 감고 속삭였다. "제발 도와주세요, 하느님. 우리 이모가 스승님의 메시지를 받게 해주세요, 부탁드려요." 오늘 저녁에는 뭔가 메시지를 반드시 받아야만 했다. 무역선이 이곳을 찾아온 만큼, '반드시' 그래야만 했다.

다시 저녁 준비를 하는 동안, 라나는 문득 코난에 대한 생각을 다시 하기 시작했다. 물론 그에 대한 생각은 항상 마음 한편에 남아 있었지만, 어쩐지 지난 며칠 동안 그녀는 뭔가 초조하고도 걱정스러운 느낌이 계속 들었다. 지금 이렇게 저녁을 준비해야 하는 일만 없었더라도, 라나는 자기 방으로 들어가서 자기 생각을 코난에게 보내 뭔가 대답을 얻어내려고 했을 것이다. 이미 천 번쯤 시도했어도 성과는 없었지만, 머지않아 성공할 것이라고 그녀는 자신했다. 하지만 지금은 아무런 도움이 되지 않았다.

난로 곁에 놓인 벽돌 오븐 속에서 요리가 익어가는 동안, 라나는 식탁을 차리고 찬장 서랍에서 새것인 양초를 꺼내두었다. 그녀는 다시 시간을 가늠해 보려고 창밖으로 시선을 돌렸다. 바로 그때 항구로 이어지는 돌투성이 길을 따라서 남자 둘이 올라오는 모습이 보였다. 바로 샨과 다이스 인민위원이었다.

그 인민위원의 건장한 체구며, 몸을 움직일 때마다 앞뒤로 흔들리는 길고 무성한 턱수염을 보는 순간, 라나의 가슴속에서는 뭔가 싸늘하게 얼어붙는 듯한 느낌이 들었다. 그녀는 방금 꺼내놓았던 양초를 도로 서랍에 갖다 넣었다. 이곳에서는 양초를 만들기가 무척이나 힘들었다. 따라서 절친한 친구들과 함께 있을 때에나 켤 작정이었다. 지금 오는 손님은 그냥 난롯불에 의존해서 식사를 하게 내버려 둘 작정이었다. 그게 싫다면 인민위원 양반은 굳이 여기서 식사를 할 필요까진 없을 테니까.

그 손님의 곁에 서 있는 샨은 유난히 힘이 없고 지쳐 보였다. 누덕누덕 기운 양복 윗도리가 좁은 어깨 위에 축 늘어져 있어서, 마치 평소보다 더 피곤하고 낙담한 듯한 모습이었다. 문득 라나는 저 불쌍한 의사가 얼마나 커다란 짐을 지고 있는지를 깨달았다. 그 의사는 차마 그런 짐을 질 채비도 안 되어 있었던 상태였다. 물론 아주 좋은 사람이긴 하지만, 그렇다고 해서 타고난 개척자까지는 아니야. 그녀는 생각했다. 그런데 지금 우리에게 필요한 사람은 바로 개척자란 거지. 게다가 지금 우리는 크나큰 곤란에 직면해 있고…

라나는 남자들이 곧장 오두막 안으로 들어올 것이라고 생각했다. 하지만 정문으로 들어온 두 사람은 소나무 옆을 지나서 샨이 사용하는 공간인 작은 진료실로 들어갔다. 라나도 이제는 두 사람을 볼 수 없었다. 곧이어 그녀는 두 사람에 대한 일은 깡그리 잊어버렸고, 잠시 후 불을 피울 장작을 가지러 밖으로 나갔다.

그런데 장작은 하나도 없었다. 그제야 라나는 기억해 냈다. 누군가가 그만 도끼를 훔쳐 가버렸고(하이하버에는 도끼가 몇 자루 없어서 무척이나 귀했다) 샨도 그게 도대체 어디 있는지 찾아내지 못하던 상황에서 갑자기 무역선이 들이닥쳤던 것이다. 그녀는 서둘러 소나무 있는 곳으로 향했다. 잔가지를 꺾고 바닥에 떨어진 나뭇가지도 주우면, 불을 꺼트리지 않고 유지할 수 있을 만큼 임시로 장작을 마련할 수 있을 것이었다. 그런데 오두막의 한쪽 모퉁이에서 라나는 우뚝 멈춰 서고 말았다. 샨과 인민위원의 모습이 보이지는 않았지만, 그래도 두 사람이 나누는 대화가 밖으로 들려왔기 때문이다. 두 사람은 바로 스승님에 대한 이야기를 나누고 있었다.

라나는 오두막 바깥의 거칠거칠한 돌벽에 몸을 바짝 붙이고 숨을 죽였다. 다이스 인민위원은 어딘가 좀 화난 목소리로 말하는 듯했다. "하지만 댁의 부인은 '분명히' 그 양반 있는 곳을 알고 있을 것 아니오! 당신 부인도 전달능력자일 테니까…"

"우리 집사람은 흔히 말하는 전달능력자까지는 아닙니다." 샨이 상대방의 말을 가로막았다. 그의 목소리는 인내심이 있었지만 어딘가 피곤하게 들렸다. "우리 집사람은 사실 그런 능력이 없었어요. 우리 장인어른의 노력으로도 기껏해야 당신과 간신히 접촉할 정도의 능력 이상을 친딸에게서 이끌어 내지는 못하셨지요."

"그래, 무슨 말인지는 이해하오. 하지만 여기서 중요한 사실은 어쨌거나 당신 부인이 전달능력을 조금이라도 갖고는 있다는 거요. 그런 능력을 갖고 있는 사람이라면 상대방의 위치를 알아내는 것이야 식은 죽 먹기 아니오. 그러니까, 내가 거듭이야기하지만, 당신 부인은 '분명히' 자기 아버지가 있는 곳을 알고 있을 거요."

잠시 대화가 멈추더니, 이제는 샨도 짜증스러운 목소리로 대답했다. "그야 물론 알고 있겠죠! 내가 분명히 이야기하지 않았습니까? 장인어른은 지금 어딘가에 있는 섬에 계시다고…"

"섬 좋아하시네! 항상 무슨 섬이라고 하는군! 그럼 그 섬이 정확히 어떤 곳인지 설명이라도 할 수 있소?"

"꼭 그래야만 믿겠습니까?"

"그렇게 하시는 게 당신에게도 이로울 거요."

"이제는 대놓고 협박을 하시는군요." 샨이 천천히 말했다. "당신이 이곳을 방문한 목적은 어디까지나 우호적이라고 생각했었습니다. 그러니까 무역 임무를 띠고 온 거라고요. 올해 초에 조사선이 찾아왔을 때에 우리한테도 그렇게 약속했었죠. 당신네는 우리가 간절히 필요로 하는 물건들을 갖고 있어요. 그리고 우리는 당신네가 마찬가지로 간절히 필요로 하는 물건들을 갖고 있고요. 그래서 우리는 협정을 맺었던 겁니다. 그런데 지금 당신은 우호적으로 굴기는커녕 오히려 협박을 하고 있군요."

"아, 무슨 말씀을." 인민위원은 굵은 목소리로 투덜거리듯 대답했다. "만약 내가 정말로 당신을 협박하고 싶었다면, 실제로 그렇게 했을 거요. 우리는 이미 무장을 하고 있으니까. 그리고 이 섬에는 아무런 방어 수단이 없지 않소."

"우리 쪽의 숫자만 해도 방어는 충분히 할 수 있습니다. 그리고 우리 쪽의 젊은이 가운데 상당수는 무장을 하고 있으니까요."

"기껏해야 활을 가지고 무슨!" 인민위원이 코웃음 치며 대답했다. "하여간 나도 할 수 있는 데까지는 최대한 우호적으로 행동하려는 거요. 어차피 이 세상을 다시 만들려고 한다면, 그나마 모든 사람이 힘을 합쳐서 일을 해야 하니까."

"누구의 지시를 받아서 일을 한다는 겁니까? 당신들의 지시를요?"

"당연하지. 지금 우리는 당신네보다 훨씬, 아주 훨씬 더 발전한 상태니까. 우리는 이미 선단 규모로 많은 선박을 인양했소. 정상적으로 가동되는 완벽한 공장 도시를 보유했고, 수천 명의 시민이 바쁘게 생산에 전념하고 있고. 당신네도 이와 똑같은 말을 할 수 있소? 여기서 당신네가 생산하는 게 도대체 뭐요? 불평불만 말고 또 뭐가 있소? 우리가 목재를 주문한 지가 벌써 몇 달 전인데, 아직 나무를 베는 시늉조차 않고 있더군."

인민위원은 말을 멈추었다. 미심쩍은 마음으로 지금까지 대화를 엿듣고 있던 라나가 생각했다. 아, 저 사람이 하는 말을 제발 모두 믿지는 마세요, 이모부! 저 사람은 순 거짓말을 하고 있어요. 그저 이모부를 겁주려고 하는 거라고요.

샨이 나지막이 말했다. "나는 당신 말을 의심하지는 않습니다, 인민위원님. 마찬가지로 당신 역시 우리를 과소평가하지는 말았으면 좋겠습니다. 목재 건으로 말하자면, 제가 이미 당신네 조사선의 선장에게 분명히 말한 게 있었습니다. 당신네 쪽에서 연장을 가져다주어야만 우리도 비로소 나무를 자를 수 있을 거라고요. 예를 들어 동력 연장 같은 것을 말입니다."

"동력 연장이라니!" 굵은 목소리의 남자가 버럭 소리를 질렀다. "그건 말도 안 되지! 여기에는 변변한 연료나 전기도 없지 않소. 지금 당신네가 여기서 사용할 수 있는 동력이 있다고 치면, 기껏해야 태양광으로 돌아가는 기계뿐이겠지. 그런데 이 세상에서 그런 기계를 만드는 기술을 아는 사람은 바로 한 사람밖에 없다는 거요."

"정말입니까? 우리 스승님밖에는 없다는 겁니까?"

"그야 물론! 아마 지금 세상에 있는 사람은 누구나 다 아는 사실일 거요. 그러니 당신네들이 말하는 그 '스승님'께서 계신 곳을 찾아내지 못하면 큰 낭패가 될 수밖에 없을 거요. 그 양반이 갖고 있는 지식을 다시 쌓으려면 앞으로 1,000년은 더 세월이 걸릴 테니까!"

"아마 그렇겠지요." 샨도 순순히 시인했다.

"그러니까 말이오, 친애하는 의사 양반. 당신 본인을 위해서는 물론이고, 대격변에서 살아남은 모든 사람들을 위해서라도, 부디 그 양반이 계신 곳을 우리가 알아내도록 도와달라는 거요."

지친 듯한 한숨 소리가 들렸다. 곧이어 샨이 천천히 대답했다. "이것 보세요, 내가 아는 사실은 이미 당신에게 모두 말씀드렸습니다. 스승님께서는 다른 사람들과 함께 마지막 비행기로 이곳에 오실 예정이었지만, 안타깝게도 너무 늦게야 출발하셨던 겁니다. 스승님께서 타고 계시던 큰 비행기는 행방불명이 되었고, 우리는 그 비행기가 어떻게 되었는지 전혀 모르고 있습니다. 작은 비행기도 새로 생긴 섬들 가운데 하나의 근처에 추락했지요. 우리가 알고 있는 것은 그 섬이 상당히 크고, 언덕이 많은 곳이며, 다른 생존자 두 명이 스승님과 함께 있다는 것뿐입니다. 그 사람들은 거기서 보트를 만들고 있는데…"

"그래, 보트를 그래서 어떻게 했다는 거요?"

"우리가 알기로는 보트가 거의 다 완성이 되었다더군요. 자재를 더 빨리 발견하기만 했더라도 아마 지금쯤은 여기 도착해 있었겠지요. 아마 당신네 조사선을 동원해서 저 모든 섬을 다 뒤지더라도 1년이면 충분할 겁니다. 당신네가 스승님의 도움을 그토록 열망하고 있다면, 왜 그냥 가만히 앉아서 기다리고만 있는 겁니까? 운이 좋으면 안개가 끼기 전에 스승님을 이리로 모셔 올 수도 있을 텐데요."

인민위원은 끙 하고 앓는 소리를 냈다. "항해에 관해서는 전혀 아시는 게 없으시구먼, 의사 선생."

"무슨 문제라도 있습니까?"

"문제라도 있느냐고 물었소? 아이고, 세상에. 지금 저 앞에 펼쳐져 있는 것은 완전히 '새로운' 바다라는 거요, 의사 선생. 그러니 아직 제대로 된 해도조차도 없다는 거고. 게다가 비행기조차도 제대로 남아 있는 것이 없으니, 공중 정찰조차도 불가능하다는 거요. 당신네가 있는 섬을 우리가 발견한 것만 해도 기적이라고 해야 할 거요. 우리도 곳곳에 있는 모래톱이며 암초에 대해서 이제야 조금씩 알아가는 중이오. 북쪽도 예전하고는 완전히 달라졌으니까. 심지어 나침반조차도 전혀 작동하지 않는 지역도 있소. 거기서 얼쩡거리다가 안개라도 만나는 날에는 집으로 돌아갈 길을 전혀 찾을 수가 없다니까. 자칫 이상한 해류에 휘말리기라도 하는 날에는 지구를 반 바퀴나 돌아서 떠밀려 갈 판이고. 그러다가 어디 좌초라도 하거나, 또는 연료를 모두 써버리기라도 하면 어떻게 되겠소? 당장 어디서 도움을 얻을 수 있겠냔 말이오?"

잠시 침묵이 흐르더니, 인민위원이 말을 이었다. "그 안개는 앞으로 두 달 안에 밀려올 거요. 그놈을 상대로 해서는 요행을 바랄 수가 없소. 우리도 일찌감치 여기서 빠져나갈 거요. 그러니 시간 맞춰서 우리한테 목재를 넘겨주지 않으면, 결국 당신네만 손해라 이거요. 그리고 당신의 장인 양반 말이오. 그 양반을 꼭 찾아야 하오. 가급적 빨리. 그러니 내가 말한 대로 하시는 게 더 나을 거라는…"

하지만 더 이상의 이야기는 들을 수가 없었다. 갑자기 라나의 머리 위에 늘어진 나뭇가지에서 다람쥐 한 마리가 찍찍거리며 울었기 때문이다. 곧이어 오두막 위를 날아가는 바닷새들의 마찬가지로 즐거운 듯한 울음소리가 들려왔다. 라나는 서둘러 돌벽에서 물러났다. 친구들이 자기 모습을 보았기 때문이었다.

부엌문 앞에서 라나는 잠시 걸음을 멈추었다. 새들의 날갯짓이 가까워지기 시작했기 때문이다. "지금은 안 돼, 바보들아." 그녀는 친근한 말투로 속삭였다. "딱 보면 몰라? 아직은 너희들한테 줄 먹이가 없다는 걸 말이야."

바로 그때 제비갈매기 한 마리가 아래로 퍼덕이며 내려오더니, 라나의 한 손 위에 힘겹게 내려앉았다. 그 새의 모습을 보자 그녀는 깜짝 놀라 숨이 막혔다. 곧바로 다른 모든 일은 그냥 잊어버리고 말았다.

"티키!" 라나는 몸을 떨면서 다급하며 말했다. "세상에, 말

비밀

도 안 돼! 네가 돌아오다니! 그러면… 그러면 무슨 일이 벌어진 거야? 왜 이리로 돌아온 거야?" 곧이어 새의 한쪽 다리에 묶여 있는 머리카락을 보자마자, 그녀는 다시 한번 숨이 막혔다. "코난이 너를 보낸 거구나!"

라나는 새를 자기 뺨에 갖다 대고, 뭔가 생각을 해보려고 했다. 그녀의 검은 눈은 공포와 불안 때문에 점점 더 커져만 갔다. 왜 코난은 티키를 집으로 돌려보낸 걸까? 다치거나 병이 든 것은 아니었다. 그것만큼은 라나도 확신하고 있었다. 혹시 그 섬을 떠나게 된 것일까? 그렇다면 도대체 왜 떠난 것일까?

곧이어 어떤 상황이었는지가 한꺼번에 이해되었다. 코난이 티키를 다시 라나에게 돌려보낸 데에는 오로지 한 가지 이유밖에는 없었다. 결국 자기가 다른 사람들에게 발견되었다는 사실을 그녀에게 알려주고자 했던 것이다. 즉 이제 코난은 포로가 된 셈이었다.

라나는 곧바로 돌아서서 마당의 담장을 따라 달려 탑으로 향했다. 스승님께서는 이 일에 대해서 분명히 뭔가 말씀하셨을 것이었다.

3

낙인

Brand

코난은 조사선의 갑판에 올라타자마자 길게 자라서 잔뜩 뒤엉킨 머리카락을 짧게 깎았다. 벌거벗은 몸을 가릴 옷도 한 벌받았다. 낡은 데다가 여기저기 기운 흔적이 있었고, 품질이 나쁜 합성 천이어서 그런지 피부에 닿는 느낌이 좋지 않았지만, 그래도 깨끗해 보이기는 했다. 다시 한번 의사가 그에게 질문을 던졌다. 하지만 앞서와 마찬가지의 답변을 내놓자 그 여자는 벌컥 화를 냈다.

"목소리 좋아하시네!" 그 여자는 혐오스럽다는 듯 소리를 질렀다. "썩어빠진 헛소리 집어치워! 일단 항구에 도착해서 노동 인민위원을 만나고 나면, 그때부터는 네 녀석도 입조심하는 게 좋을 거야. '그 양반' 앞에서 그 목소리 덕분에 이렇게 건강하다는 소리를 하고 나면, 네 녀석은 곧바로 부적격 판정을 받을 테니까."

"부적격 판정이 뭔데요?"

"살아남을 자격이 없다는 거야, 이 바보야! 신체제는 너처럼 머리가 돌아버린 녀석들까지 먹여 살릴 여유는 없으니까. 그런 녀석들이 자칫하다가는 귀중하기 짝이 없는 장비를 고장

낼 수도 있으니까. 그러니 입조심해." 그녀는 갑자기 목소리를 낮추었다. "네 녀석처럼 훌륭하고 젊은 몸뚱이가 내버려지는 꼴은 나도 보고 싶지가 않으니까. 이 근육은 얼마나 아름다운지 몰라! 내 평생 여기에 버금가는 근육은 한 번도 본 적이 없었으니까." 의사는 그의 양팔을 손으로 만져보았다. "마치 강철 같잖아! 신체제는 바로 네 녀석의 힘을 필요로 한다니까."

그는 미리 조언해 주어서 고맙다고 말한 다음, 이렇게 물어보았다. "그런데 지금 우리는 어디로 가는 건가요?"

"연료를 더 공급받으러 돌아가는 거다. 그런 다음에 안개가 끼기 전에 새로운 육지를 최대한 많이 찾아서 기록하러 다시 나와야지."

"그런데… 돌아가는 곳이 정확히 어딘데요?"

"인더스트리아지. 그야 당연히."

"그럼 거기는… 혹시 도시인가요?"

"바로 우리 신체제의 수도지." 그녀는 자랑스러운 듯 그에게 말해주었다. "머지않아 전 세계의 수도가 될 거다. 앞으로 며칠 뒤면 도착할 거야. 사흘, 어쩌면 나흘쯤 걸릴 거야. 여기는 우리한테도 낯선 바다이니까, 최대한 조심스럽게 운항해야 되겠지."

낙인

코난은 인더스트리아의 실제 모습보다 그곳을 둘러싼 실안개의 모습을 먼저 보았고, 그곳의 냄새를 먼저 맡았다. 한참 뒤에 조사선이 항구에 천천히 더 가까이 다가가자, 드디어 이 도시를 좀 더 똑똑히 볼 수 있었다. 그곳의 어수선하면서도 추악한 모습은 어딘가 어렴풋이 낯익은 데가 있었다. 혐오감을 느끼면서도 그는 이리저리 뒤얽혀 있는 파이프와 탱크며, 굴뚝에서 피어오르는 기름 타는 연기며, 플라스틱으로 만든 건물들이 밀집한 지역을 바라보았다. 건물들은 모두가 바다와 황량한 언덕 사이의 공간에 삭막한 모습으로 지어져 있었다. 마침내 조사선이 임시 방파제 뒤의 잔잔한 물 안으로 들어가는 사이, 코난은 여러 해 전에 봤던 사진을 하나 기억해 냈다.

"저기요." 그는 벌써부터 육지에 내리고 싶어서 안달하는 의사에게 말을 걸었다. "혹시 이곳은 예전에 평화 연합에서 건설하기로 예정했었던 그 화학 도시 가운데 한 곳이 아닌가요? 이곳에서는 모든 물건이 플라스틱이나 합성품으로 만들어질 예정이라고 하던데요. 심지어 음식조차도…"

"이곳은 그중에서도 '시범' 도시였지." 의사가 무뚝뚝하게 그의 말을 잘랐다. "그러니까 대격변이 일어나기 직전에 유일하게 완공된 도시였다는 거야. 그리고 우리 음식을 합성품이라고 말하지 마라. 그거야말로 이제까지 만들어진 것 중에서도 최고이고, 또 가장 과학적인 음식이니까. 네가 구조된 이후로 줄곧 먹었던 게 바로 그 음식이지."

"저는 구조된 게 아니잖아요." 코난은 반박을 가했다. "차라리 포로가 되었다고 해야죠. 그리고 당신네 음식은 솔직히 개한테 먹일 수도 없을 정도로 형편이 없었어요."

의사는 화가 난 듯 돌아서서 그를 바라보았다. "이 세상에서 그보다 더 좋은 음식은 없어! 너도 이제는 그 음식에 맛을 들이는 게 좋을걸! 그리고 아까 분명히 일러준 대로, 일단 육지에 도착하면 입조심하는 게 좋을 거야. 그렇지 않았다가는 우리에게 발견되었다는 사실을 두고두고 후회하게 될 테니까."

키가 크고도 마른 체구의 의사는 고개를 뻣뻣이 들더니, 밧줄로 배를 단단히 잡아매기도 전에 난간을 넘어서 부두 위로 펄쩍 뛰어내렸다. 코난이 뒤따라 부두에 내리자 그녀가 말했다. "이제 나는 너를 노동 인민위원에게 인계할 거다. 그러면 그 사람이 너한테 일자리를 배정해 줄 거고. 지금 네가 얻은 기회에 대해서 좀 더 고마워하는 빛을 보여준다면, 아마 좀 더 나은 대우를 받을 수 있을 거다."

"기회라뇨?"

"그야 당연히 우리 신체제의 시민이 될 수 있는 기회지! 일단 너는 견습 시민으로 시작하게 될 거다. 그리고 나머지는 모두 너 하기에 달렸지. 이 세계에서는 그 무엇도 공짜가 아니니까. 뭐든지 반드시 일을 해서 얻어야 하니까."

코난은 갑자기 솟아오르는 분노를 애써 억누르며, 그녀의 옆에서 터덜터덜 걸어갔다. 두 사람은 플라스틱 건물의 건축용 자재인 듯 보이는 것들이 잔뜩 쌓여 있는 광장을 지나서, 작은 창문들이 줄줄이 나 있는 길고도 음산해 보이는 건물 쪽으로 걸어갔다. 건물 입구에는 신체세의 붉은색 삼각기가 보란 듯이 휘날리고 있었다.

그 건물에 도착하기 직전에, 바람의 방향이 갑자기 바뀌면서 어느 굴뚝에서 나오던 연기가 두 사람 쪽으로 밀려와 자극적인 냄새를 풍겼다. 그러자 의사는 우뚝 걸음을 멈추었고, 수척한 반백의 머리를 뒤로 약간 젖히며 기분 좋은 듯 그 냄새를 깊이 들이마셨다. "아, 이거야말로 좋은 냄새지!" 그녀는 감탄해 마지않았다. "이 세상에서 가장 좋은 냄새라니까!"

코난은 콜록콜록 기침을 하고는, 말을 더듬으며 이렇게 물었다. "이, 이 냄새가 좋다고요?"

"왜냐하면 이것이야말로 생명과 진보의 냄새이기 때문이

지." 의사가 딱딱거리는 말투로 그에게 상기시켰다. "이 냄새 덕분에 우리가 대격변 이후 지금까지 줄곧 살아 있을 수 있었어. 언젠가 이 냄새 덕분에 우리는 세계를 지배할 수 있게 될 거야."

의사는 코난을 데리고 건물 안으로 들어가더니, 길고도 텅 빈 홀을 지나서 왼쪽에 있는 문으로 들어갔다. 두 사람이 들어간 곳은 널찍한 대기실이었다. 남자 몇 명이 벽에 걸린 지도를 바라보며 뭔가를 상의하고 있었다. 저 너머에 있는 옆방에서는 붉은 턱수염을 기른 남자 하나가 자기 덩치에 비하자면 너무 작아 보이는 책상 위로 고개를 숙이고 뭔가를 들여다보고 있었다.

코난은 문득 궁금한 생각이 들었다. 왜 내가 보는 남자마다 하나같이 턱수염을 기르고 있을까? 그때 붉은 턱수염을 기른 남자가 고개를 들고 이쪽을 흘끗 바라보았다. 그러고는 덥수룩한 눈썹을 위로 치켜올리고, 갑자기 쩌렁쩌렁 고함을 질렀다. "만스키 의사 동지! 그렇지 않아도 동지가 돌아올 때가 되었다고 생각하던 참이었소. 어서 들어와서 이번에는 뭘 발견했는지 말해보시오."

"이번에는 발견을 많이 못 했습니다, 인민위원 동지." 의사가 방 안으로 들어서면서 대답했다. "동지께서 특별히 관심 있

낙인

어 하실 만한 것은 거의 없었습니다. 정말 죄송…"

"죄송하다는 말은 그만두시오." 남자가 명령했다. "대신 동지가 알아낸 사실만 말하시오. 그러면 '실제로' 발견한 건 뭐가 있소?"

"새로운 섬이 스물일곱 개 있었습니다만, 사실상 쓸모가 없는 곳들이었습니다. 자세한 내용은 선장이 들어오는 즉시 보고서를 작성해 올릴 겁니다."

"생존자는?"

"단 한 명뿐이었습니다. 어린아이입니다만, 그래도 제법 쓸만한 노동자가 될 것 같습니다."

"우리가 찾는 그 작자의 흔적은?"

"전혀 없었습니다! 혹시 그 하이하버에 있는 놈들이 우리한테 뭔가를 숨기고 있는 게 아닐까 하는 생각이 계속 들더군요."

"음, 그쪽은 다이스 동지가 이미 담당하고 있으니까. 그의 실력이라면 그놈들에게서 진실을 캐낼 수 있을 거요. 그 와중에도 동지는 계속 조사를 수행하도록 하시오. 이번에는 제3구역을 조사하도록 하시오."

"하지만 그곳은 나침반이 항상 오작동하는 곳이 아닙니까." 만스키가 상관에게 상기시켰다.

"그 문제에 대해서는 내가 선장과 직접 이야기하겠소. 동지는 안개가 닥치기 전에 그곳을 살펴볼 수 있도록 하시오. 혹시 거기에 육지가 있다면, 브라이악 로아가 있을 '가능성'이 크기 때문이오." 인민위원은 잠시 말을 멈추더니, 문간에 서서 기다리는 코난을 보고 얼굴을 찡그렸다. 그러더니 갑자기 깜짝 놀라며 말했다. "혹시 동지가 데려왔다는 그 생존자가 바로 저 녀석이오?"

"그렇습니다. 제가 확인해 본 바에 따르면, 신체적으로 아주 완벽하고, 힘이 세고, 똑똑한 녀석이었습니다. 하지만 반항기가 상당합니다. 이런 기회를 얻고서도 전혀 고마워할 줄을 모르더군요."

"하! 그 문제야 우리가 약간 손을 봐주면 그만이지. 그나저나 이 녀석은 정말 놀랍군! 이렇게 건강하다니! 이리로 가까이 오게나, 젊은 친구." 인민위원이 명령했다. "어디 자세히 좀 보세!"

속에서는 분노가 들끓었지만, 코난은 꾹 참고 방 안에 들어가서 그 덩치 큰 남자의 질문에 대답했다. 이전에 의사에게 받았던 것과 똑같은 질문이었지만, 이번에는 좀 더 예리한 질문이었으며, 이 덩치 큰 남자는 훨씬 더 고압적이었다. 코난은 점점 더 분노가 치밀어 올랐다. 다만 이전에 들었던 목소리에

낙인

대한 기억을 떠올린 덕분에, 최대한 성미를 억누를 수 있었다.

그러나 그는 결국 상대방에게 따지지 않을 수 없었다. "도대체 무엇 때문에 저를 이렇게 함부로 대하는 거죠? 물론 먹고 살기 위해서라면 일을 할 의향도 있어요. 하지만 당신들이 도대체 무슨 권리로…"

"입 다물어!" 인민위원이 명령했다. "네 녀석은 서반구인 아닌가. 그러니 이 도시에서 정식 시민으로 받아들여지고 싶으면, 일단 네 녀석이 그럴 만한 가치가 있다는 걸 증명해야지."

"하지만 저는 이곳의 시민이 되고 싶지 않아요! 저는 다만 하이하버로 가고 싶을 뿐이라고요. 다음번에 혹시 조사선이 그쪽 방면으로 갈 일이 있다면, 저도 같이…"

만스키 의사 선생이 그의 말을 잘랐다. "웃기는 소리 하지 마라! 조금 있으면 하이하버에 사는 사람들도 모두 기쁜 마음으로 이곳의 시민권을 얻게 될 거야. 그러니 내가 이야기한 대로 순순히…"

"내 말이 안 들리나! 입 다물라니까!" 인민위원이 다시 한 번 명령했다. 곧이어 그가 누군가를 불렀다. "레프코 동지!"

덩치가 크고, 눈빛이 흐릿하고, 몸을 좀 흐느적거리고, 얼굴이 울퉁불퉁하고, 턱수염은 거의 없는 남자 하나가 문간에 나타났다. "부르셨습니까, 인민위원 동지?"

"이 멍청한 꼬맹이를 끌어내." 인민위원이 으르렁거리며 말했다. "낙인을 찍고, 명단에 올린 다음, 자리가 배치될 때까지 대기시켜."

코난은 다시 대기실로 끌려 나와서, 시키는 대로 차렷 자세를 취하고 서 있었다. 레프코 동지라는 사람은 대놓고 히죽거렸으며, 종이 비슷한 플라스틱 필름을 철필로 긁어서 그의 이름과 구조 날짜와 다른 정보를 기록했다. 곧이어 남자는 마치 굵은 금속 튜브 같은 것을 책상에서 꺼내더니, 코난에게 벽을 등지고 가만히 서 있으라고 명령했다.

"그건 뭐죠?" 코난은 미심쩍은 듯 말했다. "그걸로 뭘 하려는 거죠?"

"시끄러워! 가만히 있으라니까!" 레프코의 말이었다.

방 안에 있던 다른 사람들이 뭔가 기대에 찬 표정으로 지켜보는 가운데, 튜브의 한쪽 끝이 코난의 이마에 닿았다. 찰칵하고 스프링을 뒤로 당기는 소리가 들리더니, 뭔가 딱 하는 소리와 함께 수백 개의 바늘 끝이 그의 피부를 뚫고 들어오는 느낌이 들었다. 그는 헉 소리를 질렀다.

코난은 화를 내면서 몸부림쳤다. "뭐… 이게 도대체 뭐 하는 거예요?" 그가 버럭 소리를 질렀다.

"거울이나 보시지, 그래." 튜브를 든 남자가 능글거리며 말했다. "우리가 네 녀석을 얼마나 예쁘게 단장시켜 줬는지 보라고!"

코난은 뒤로 돌아서서 문 근처에 매달려 있는 금 간 거울을 바라보았다. 거울 안에서 이쪽을 빤히 쳐다보는 깜짝 놀란 소년의 이마에는 커다란 진홍색 열십자가 새겨져 있었다. 결코 지워지지 않는 열십자의 낙인. 그제야 그는 옛날 기억을 떠올렸다. 과거의 평화 연합에서는 자국의 죄수들에게 이런 방법으로 낙인을 찍었다는 사실을. 방금 그 금속제 튜브는 사람의 피부에 염색제로 그 진홍색 표식을 새겨 넣는 문신 기계였던 것이다.

코난은 떨리는 손가락으로 그 쓰라린 낙인을 만져본 다음, 격분한 상태에서 천천히 뒤로 돌아섰다. 이때까지만 해도 그는 분노를 꾹꾹 눌러가면서 참고 있었다. 하지만 이쪽을 바라보던 네 명의 남자가 갑자기 킬킬거리며 웃음을 터트리자, 더이상은 참을 수 없었다.

순간 증오로 가득한 고함 소리가 코난의 목구멍에서 흘러나왔다. 다른 사람들이 미처 상황을 파악하기도 전에, 그는 히죽거리던 레프코의 손에서 튜브를 빼앗아서 상대방의 이마에 들이댔다. 워낙 재빨리 일어난 일이고, 워낙 세게 밀어붙였기 때문에, 레프코는 그만 뒤로 쓰러지며 방의 한구석에 몰리고 말았다. 코난은 튜브의 작동 방법도 몰랐지만, 격분해 있었던 탓에 그건 문제가 되지 않았다. 염색제를 머금은 바늘이 이미 앞으로 튀어나와 있었다. 레프코 동지는 바늘에 찔린 아픔에 비명을 지르며 바닥에서 몸부림치기 시작했다

여러 사람의 화난 목소리가 들리자 코난은 뒤로 돌아섰다. 남자 두 명이 그의 팔을 붙잡았고, 또 한 명은 그의 손에서 튜브를 빼앗으려 들었다. 하지만 코난은 튜브로 상대방의 이마를 찍은 다음, 몸을 돌리면서 튜브를 일종의 몽둥이로 사용해 이리저리 휘둘렀다. 결국 튜브는 망가지고 말았다. 그 몸통은 애초부터 연한 금속으로 만들었기 때문이었다. 하지만 그때쯤에는 방 안에서 감히 그를 저지할 만한 사람이 하나도 남지 않고 모두 쓰러진 다음이었다. 심지어 붉은 턱수염을 지닌 인민위원조차도 자기 방의 문간에 서서 숨만 몰아쉬고 있었다.

코난은 아직 분이 풀리지 않은 듯, 튜브의 한쪽을 바닥에 내리치고 또 내리쳐서 아주 고칠 수도 없게끔 박살 내버렸다. 그리고 망가진 튜브를 붉은 턱수염의 낯짝에 집어 던졌다.

곧이어 홀에서 다른 남자들이 방 안으로 우르르 몰려들어와서 코난을 붙들었다. 그는 아무런 저항도 하지 않았다.

과묵한 반백의 남자 여섯 명이 코난을 끌고 밖으로 나가서 광장을 지나갔다. 그들은 거의 아무 말도 없이 걸었고, 너저분한 부두를 지나서 반쯤 물에 잠긴 지역으로 들어서더니, 어느 벽에 붙여서 지은 작은 콘크리트 방으로 그를 데려갔다. 아마한때는 일종의 초소로 사용되던 곳 같았다. 남자들은 그를 안으로 떠밀어 넣더니(어쩐지 최대한 부드럽게 떠밀어 넣은 것처럼 느껴졌다) 작은 플라스틱 문을 닫고 잠갔다.

코난은 벽에 난 좁은 틈새로 바깥에 있는 남자들을 유심히 살펴보았다. 저 사람들은 도대체 누구인지 궁금했다. 전업 경비원까지는 아닌 듯했다. 아까 함께 있을 때에는 거의 입을 열지 않았지만, 그를 남겨두고 돌아갈 때에는 자기들끼리 나지막이 이야기를 주고받았다. 그중 한 사람이 말했다. "저 녀석이 레프코한테 어떻게 했는지 봤어?"

순간 나지막이 킥킥거리는 웃음소리가 들렸다. 곧이어 또 한 사람이 말했다. "하겔도 당했더구먼. 염색제가 거의 다 떨어진 상태라서 진홍색까지는 아니었지만, 그래도 제법 멋진 분홍색이 흐리게나마 찍혔더라니까."

그 남자들이 마치 터져 나오려는 웃음을 간신히 억누르는 것 같은 소리가 코난의 귀에까지 들려왔다. 곧이어 한 사람이 말했다. "그렇잖아도 패치 영감이 힘 좋은 조수를 하나 얻었으면 좋겠다고 오래전부터 이야기하던데. 저놈을 패치 영감한테 보내면, 그것만으로도 충분한 처벌이 될 거야. 나 같으면 누구든 절대로…"

곧이어 그들은 이야기가 코난의 귀에 들리지 않을 만큼 멀어져 버렸다. 그는 그들이 사라질 때까지 계속 주시하며 생각에 잠겼다. 곧이어 코난은 얼굴을 찡그리며 혼잣말을 했고(이것이야말로 그가 작은 섬에 혼자 살 때부터 갖게 된 버릇이었다. 즉 자신의 생명이 달린 문제를 해결하기 위해서 고심할 때마다 이렇게 하곤 했다.) 좁은 감방 안에서 빙글빙글 맴돌며 걸었다. 가끔 한 번씩은 걸음을 멈추고, 벽에 난 틈새 너머로 주위를 살펴보았다. 아무리 미세한 것도 놓치는 법이 없어서, 이미 육지에 올라온 이래로 놀라우리만치 많은 정보를 수집한 다음이었다. 그는 자신의 관찰을 보다 명료한 그림으로 조합해 보았다. 바로 그때, 누군가 바깥의 갈라진 포석 위를 플라스틱 부츠로 밟고 지나오는 소리가 들렸다.

코난을 찾아온 사람은 바로 만스키 의사 선생이었다. 그녀의 수척하고 딱딱한 얼굴에는 차가운 분노가 드러나 있었다.

"이 멍청한 놈 같으니!" 그녀가 마치 씹어 뱉듯이 말했다.

"이 진짜로 완전히 멍청한 놈의 자식아! 도대체 네 녀석의 머릿속에는 뭐가 들었기에 그따위 행동을 한 거냐?"

불확실한 곤경에도, 이상하게 코난은 차분한 마음이 들었다. "그러면 당신 같으면 어떻게 행동을 했겠어요?" 그가 대답했다. "만약 당신이 나와 같은 일을 겪었다면요?"

"그렇… 그렇다면 난 당연히 머리를 썼겠지!" 만스키가 딱딱거리며 말했다. "아직도 모르겠나? 이제 너는 결국 사형 명령서에다가 서명을 받은 셈이라는 걸? 너는 감히 우리 신체제의 시민을 공격한 것도 모자라서, 우리의 귀중한 재산을 파괴해 버리고 말았지. 그러니 너는 십중팔구 처벌을 받을 거야. 아마 부적격 판정을 받을 거라고."

코난은 어깨를 으쓱할 따름이었다. 이제는 차라리 그녀가 얼른 가버렸으면 하는 마음뿐이었다.

"내가 한 말 똑똑히 들었나?" 만스키가 밖에서 그를 향해 손가락질을 했다. "너는 '부적격'이란 말이야!" 그는 또다시 어깨를 으쓱했다.

"자칫하면 죽을지도 모르는데, 겁이 나지 않는다는 거냐?"

"겁나지 않아요."

"헛소리 집어치워! 겁이 나는 게 '정상' 아닌가."

"그렇지 않아요." 코난은 천천히 말했다. "나는 아무것도 겁나지 않아요. 왜냐하면…"

"그래? 무엇 때문에?"

"신경 쓰지 마세요. 당신은 아마 이해 못 할 거예요. 사실 나는… 나는 뭔가 목적이 있어서 여기까지 온 거니까요."

만스키는 그를 빤히 쳐다보았다. "도대체 '누가' 너를 보냈다는 거지? 그리고 도대체 '무슨' 목적이라는 거지?"

"그건 나도 아직 몰라요. 그렇지 않아도 지금 그걸 한번 설명해 보려는…"

그녀는 경멸하는 듯 코웃음을 쳤다. "헛소리야! 더 이상은 그 멍청한 '하느님' 어쩌고 하는 이야기는 꺼내지도 마라. 그랬다가는 육지에서의 내 귀중한 시간을 허비해 가면서까지 너를 도우려 하지도 않을 거니까. 난 내일 아침에 다시 떠나야 한단 말이야."

"근데 당신은 왜 굳이 나를 도우려고 하는 거죠? 도대체 무엇 때문에요?"

"우리 신체제는 너 같은 녀석을 필요로 하니까 그렇지!" 만스키는 그를 향해 버럭 소리를 질렀다. "네가 가진 젊음을, 그리고 네가 가진 힘을 필요로 한단 말이야. 하지만 이제 와서는 내가 아무리 애를 쓴다고 해도, 네가 한 짓을 인민위원이 그냥 너그러이 봐주고 넘어갈 수는 없게 되고 말았지. 너는 무려 두 명을 심하게 구타한 데다가, 단 하나뿐인 낙인용 기계를 완전히 망가뜨렸어. 차라리 인민위원 앞에 무릎을 꿇고 간절히 봉서를 빌 수밖에 없을 거야. 설령 그렇게 하더라도…"

"누가 용서를 빈다고 그래요!" 코난이 버럭 소리를 질렀다. "오히려 그 인간이 내 앞에 와서 용서를 빌어야 마땅하죠! 도대체 당신네가 무슨 권리로 나한테 이따위 낙인을 찍는 거죠? 우리가 지금 서로 전쟁이라도 벌이고 있나요? 아니죠! 그럼 내가 지금 무슨 범죄자라도 되나요? 아니라고요! 내가 일을 하고 싶어서 자유 의지로 여기까지 찾아온 건가요? 아니잖아요! 당신네 무리는 하나부터 열까지 정말 끔찍스러운 인간들이에요. 예전의 평화 연합보다 더 끔찍스러운 것들이라고요. 당신네는 정말…"

"입 다물고 내 말 똑똑히 들어…"

"당신이나 내 말 똑똑히 들어요!" 그가 소리를 질렀다. "당신네가 이러면서도 세계를 재건하겠다고요? 누굴 속이려고 하는 말이에요? 당신네가 강제로 끌고 와서 낙인을 찍은 생존자들을 속이려고요? 그런 거짓말이 어디 있어요! 당신네야말로 애초에 대격변을 일으킨 원흉이잖아요. 아니라고 변명할 생각 말아요. 당신네들이 그런 거 다 아니까! 그래놓고 이제는 이 세계의 남은 부분을 다스리겠다는 거군요. 도대체 당신네도 염치라는 게 있다면…"

"아, 바보 멍청이 같은 소리 좀 그만하라니까! 대격변을 일으킨 건 우리 쪽이 아니라 '양쪽 모두'라는 걸 너는 알지도 못하나 보지?"

"내가 당신 말을 믿을 것 같아요?"

"사실이 그렇다니까! 이제는 누군가 나서서 그 흩어진 조각들을 도로 맞춰야 한다는 거라고."

"어디까지나 '당신네' 방식으로 그렇게 하겠다는 거겠죠! 이마에 낙인찍은 죄수들을 이용해서요! 능력만 된다면 당신네들은 하이하버도 점령하고, 거기 있는 사람들에게서 모든 권리를 박탈하겠죠! 당신네들이야말로 정말 세상에서 가장 더럽고 치사하고…"

"주둥이 닥치라니까!" 그녀는 싸늘한 어조로 명령했다. "더 이상은 어느 '개인'도 감히 권리를 주장할 수는 없어. 심지어 나도 마찬가지고. 권리라는 것은 오로지 '국가'에만 있는 거야. 바로 신체제에 말이야. 오로지 '국가'만이…"

"국가 좋아하시네! 이런 세상에, 그런 멍청한 생각이 어디 있다고!"

"멍청한 건 바로 네 녀석이야! 멍청하고도 일자무식인 녀석아. 당연히 우리는 하이하버를 점령할 거다. 그것도 조만간

낙인

에 말이야! 그리고 거기 있는 놈들에게 호의를 베풀어 주겠지. 그놈들은 지금 자기네 일도 알아서 못 하는 상황이니까. 그러니 너도 생각을 잘…"

"내가 생각하기에 당신네는 하나같이 성미가 뒤틀리고 배배 꼬였어요! 그리고 탐욕스럽고!" 코난은 분노로 몸을 부들부들 떨었고, 지금 자기와 이야기하는 여자를 이제껏 증오했던 세상의 다른 누구보다도 더 증오하게 되었다. "꺼져버려요!" 그가 소리를 질렀다. "날 좀 가만 내버려 두라고요!"

만스키는 한동안 말없이 그를 노려보았다. 까만 눈을 가늘게 뜨고, 섬뜩한 느낌이 들 정도로 입을 굳게 다물었다. 갑자기 그녀는 뒤로 돌아서서 성큼성큼 걷기 시작했다.

하지만 코난이 있는 감방에서 10여 미터쯤 멀어졌을 때, 만스키는 잠시 머뭇거리다가 우뚝 멈춰 섰다. 그리고 뒤로 돌아서서 다시 걸어왔다.

"넌 아직 어려." 그녀는 쌀쌀한 말투로 이야기했다. "아직까지는 어린애나 다름이 없지. 그리고 아주 어리석고. 하지만 여기서는 너도 성인으로서 재판을 받게 될 거다. 왜냐하면 너는 이미 충분히 키도 크고 힘도 세니까. 우리는 지금 네가 갖고 있는 힘을 필요로 하고 있어. 그러니 너는 어쩌면 바로 그 한 가지 이유 덕분에 살아남을 수도 있겠지."

코난은 뭐라고 대답하려고 입을 벌렸지만, 곧이어 현명하게도 입을 다물었다. 이 사람이 정말로 나를 도와주려나 보다 하는 생각이 그제야 머릿속에 떠올랐기 때문이다.

"몇 분 있으면 나는 도로 가봐야 돼." 만스키가 말했다. "일단 여기를 떠나고 나면, 너를 두 번 다시 볼 수 있을지 모르겠군. 어쩌면 너는 부적격 판정을 받고, 결국 모래밭으로 쫓겨날지도 모르니까."

"모, 모래밭이요?"

"사막 말이야." 그녀가 잘라 말했다. "저 뒤편으로는 온통 사막이지. 수백 킬로미터나 펼쳐져 있으니까. 우리는 부적격 판정을 받은 사람을 굳이 죽이지도 않아. 대신 그곳으로 추방할 뿐이지. 물론 부적격자가 이곳으로 다시 돌아오려고 할 경우는 예외야. 그때는 총을 쏴서 죽여버리니까."

만스키는 잠시 말을 멈추었다가, 서둘러서 이렇게 덧붙였다. "지금부터 내 말 잘 들어. 이제 나는 인민위원에게 다시 찾아가서 이야기할 거다. 그리고 내가 만날 수 있는 사람은 모조리 만나서 이야기할 거다. 혹시나 다시 심문을 받게 된다면, 그때는 내가 시킨 대로만 이야기해라. 두 번 다시 그렇게 바보 멍청이 같은 짓은 하지 말라고. 그리고 똑똑히 기억해 둬. 혹시나 네가 살아날 가능성이 있다고 치면, 그때는 차라리 시민권

낙인

을 얻기 위해서 노력하는 게 나을 거야. 여기도 지금 네가 생각하는 것보다는 그래도 더 나은 곳이니까."

벽의 틈새 사이로 코난은 방금 그 말이 무슨 뜻인지 묻는 눈빛을 보냈다. 그녀는 쌀쌀하게 말했다. "너도 일단 시민이 되고 나면, 그때 가서는 그 자격이 얼마나 좋은지를 알게 될 거다. 우리는 모두 국가를 위해서 함께 일하기 때문에, 이곳에는 일단 범죄가 전혀 없지. 따라서 이곳에는 당연히 경찰도 없어. 하지만 처벌은 있지. 조만간 너도 알게 되겠지만 말이야. 너 같은 녀석한테는 무엇보다도 신체제가 '항상' 우선이라는 사실을 똑똑히 각인시켜야 해."

갑자기 만스키는 화가 난 듯 고개를 설레설레 저었다. 그리고 뒤로 돌아서서 떠나려 하다가, 다시 어깨너머로 돌아다보며 한마디 던졌다. "솔직히 내가 왜 너 따위 녀석 때문에 신경을 쓰는지 모르겠군. 너희 그 잘난 서반구인 놈들이 하나뿐인 내 아들을 죽였고, 그렇기 때문에 나로선 너를 미워할 이유가 차고도 넘치는데도 말이야."

이 말과 함께 그녀는 침울하게 뚜벅뚜벅 걸어가 버렸다.

만스키 의사 선생의 모습이 사라져 버린 뒤에도 코난은 한참 동안 감방 안에 서서 텅 빈 부두를 틈새로 엿보고 있었다. 그는 방금 그녀가 남긴 말을, 그리고 자기가 이제껏 직접 보고 들은 이야기를 생각해 보았다. 여기에는 경찰이 없다고? 그렇다면 여기는 모든 사람이 서로를 감시하는 종류의 사회일 것이다. 심지어 친형제조차도 믿을 수가 없을 만큼. 그렇다면 이곳의 결정권자는 누구일까? 인민위원들일까? 그렇다면 그를 여기까지 끌고 와서 가둔 중년 남성들은 과연 누구일까? 노동 인민위원이 큰 소리로 명령하자마자 그들은 그를 덮쳐눌렀다. 하지만 그들도 실제로는 아까 벌어진 일을 은근히 고소해하는 눈치였다. 어쩌면 그들은 전업 경비원이 아닐지도 몰랐다. 그보다는 오히려… 음, 의사이거나 무슨 전문 인력 비슷해 보였다.

그러다가 코난은 아까 그 사람들이 누구인지를 확실히 깨달았다. 바로 화학자들, 과학 노동자들, 그리고 온갖 종류의 기술자들이었다. 물론 그렇겠지! 그 사람들은 애초부터 여기에 있었을 거였다. 이런 화학 도시를 제대로 가동하려면 그런 사람들이 필요할 테니까.

낙인

하지만 여기서는 그 무엇도 아주 기운차게 가동되지는 않는 것 같았다.

어떤 활동을 보여주는 유일한 흔적이라고는 곡선형의 부두 저 끝에서 찾아볼 수 있었다. 그는 자기를 작은 섬에서 데려왔던 순찰선의 선미를 부두에서 알아보았다. 때때로 그 옆의 엉성해 보이는 선착장에서 사람들의 모습이 때때로 나타났다. 이런저런 상자를 가져다가 배에 싣는 중이었다. 그는 반대편 방향을 바라보았지만, 그쪽은 이 작은 감방이 붙어 있는 건물 벽에 가려져서 보이지 않았다.

코난은 감방 가까이 있는 물에 잠긴 구역을 다시 바라보다가 문득 한 가지를 깨달았다. 이 도시에서도 특히 중요한 일부분이 아마도 대격변 당시에 물에 잠겨버린 모양이었다. 그렇다면 혹시나 그곳에 머물러 있던 중요한 인력도 상당수 물에 빠져 죽은 게 아니었을까?

문득 이런 생각이 본능적으로 들었다. 어쩌면 인더스트리아는 아까 만스키 의사 선생이 마음에 드는 척했던 것만큼 좋은 곳은 아닐지도 몰랐다.

코난은 주위에서 들려오는 이런저런 일하는 소리에 귀를 기울였다. 하지만 그 소리에는 뭔가가 빠져 있었다. 그게 도대체 뭘까? 그러다가 문득 생각이 났다. 공장이 많이 있는 지역에 가면 항상 일종의 배경 음악처럼 깔리는 소리가 들렸다. 아주 나지막한 우웅, 또는 위잉 소리였다. 바로 커다란 기계와 동력이 내는 소리였다. 그런데 인더스트리아에서는 그런 소리가 들리지 않았다. 혹시 이곳은 어디까지나 일종의 비상용 엔진으로만 돌아가고 있는 것이 아닐까?

코난은 물에 잠긴 구역을 더 잘 살펴보려고 눈을 가늘게 떴다. 만약 이 도시가 정상적으로 돌아가고 있으며, 사람들이 필요로 하는 물건을 자동적으로 만들어 내고 있다면, 이곳에서의 삶은 무척이나 편안할 것이었다. 하지만 이곳에서의 삶은 한눈에 보기에도 그렇지가 않았다.

어째서일까? 이 질문에 대한 답변은 바로 그의 눈앞에 있었다. 물에 잠긴 구역에는 태양광 발전 장치의 잔해가 들어 있었다. 딱 그걸 잠기게 할 만큼 바닷물이 차 있었다. 따라서 인더스트리아의 심장은 이미 죽은 다음이었다. 그리고 심장이 죽어버림과 동시에, 새로운 심장을 만들 수 있는 비밀을 알던 소수의 전문가도 함께 죽어버린 것이 분명했다.

그러니 이 사람들이 브라이악 로아를 찾아내려고 혈안이 된 것도 당연했다!

머지않아 왼쪽에 있는 건물에서 종을 치는 소리가 들렸다. 그제야 코난은 지금이 정오인 모양이라고 짐작했다. 그가 입

낙인

은 것과 마찬가지로 싸구려 튜닉 차림인 남자들과 여자들이 건물 입구에서 우르르 나왔다. 그들은 이미 코난에 관한 소식을 들은 것이 분명했다. 모두 호기심 어린 눈길로 그가 있는 감방을 모두 한 번씩 흘끗 바라본 다음, 얼른 고개를 돌리고 부두를 따라 서둘러 걸어갔기 때문이다.

마지막으로 나온 노동자 두 명이 맞은편 방향에서 걸어가고 있었다. 두 사람은 감방에서 겨우 몇 미터 떨어진 곳을 지나가면서 슬그머니 그를 엿보았다. 코난은 그들을 보고 깜짝 놀랐다. 두 사람의 이마에도 자기와 똑같은 진홍색 열십자 낙인이 찍혀 있었기 때문이다.

"이봐요!" 그가 그들을 불렀다. "잠깐만 기다려 봐요. 제발…"

두 사람은 대답 없이 고개를 돌리더니, 서둘러 툭 튀어나온 벽을 돌아서 사라져 버렸다.

코난은 화가 치민 나머지 주위를 에워싼 콘크리트를 주먹으로 세게 때렸다. 곧이어 그는 한숨을 쉬며 고개를 저었다. 이곳이 어떻게 돌아가고 있는지는 이미 짐작하고 있었다. 모든 사람이 서로를 두려워하고 있었다. 특히 낙인찍힌 사람들이, 그리고 일반 노동자들이 그러했다. 혹시 누군가가 그와 이야기를 나누었다고 치면, 아마 상부에 보고가 올라갔을 것이었다.

점심시간은 금방 끝났고, 코난은 사람들이 돌아오는 모습을 지켜보았다. 합성품 음식이야 생각만 해도 입맛이 싹 달아날 정도였지만, 감방에 갇혀 있으니 갈증이 점점 심해졌다. 누가 제발 물이나 한잔 갖다 주면 좋겠다는 마음이 들었다.

오후도 중반에 접어들자, 문득 그런 생각이 들었다. 어쩌면 노동 인민위원은 며칠쯤 코난을 여기 계속 가둬두어서 갈증으로 거의 죽게 만들려는 작정인지도 몰랐다. 그의 몸속에서 다시 한번 분노가 끓어올랐다. 자기가 무슨 짓을 하는지도 생각하지 않은 채, 코난은 플라스틱 문을 걷어차기 시작했다.

경첩 가운데 한 곳 근처에 길게 균열이 나타났다.

균열을 보자마자 코난은 눈이 휘둥그레졌다. 그리고 힘을 모아 다시, 더 세게 문을 걷어차기 시작했다.

그러다가 그는 우뚝 동작을 멈추고 말았다. 누군가 다가오고 있었다.

툭 튀어나온 벽 너머에서 덜그럭거리는 플라스틱 바퀴가 네 개 달린 길쭉한 손수레가 나타났다. 그걸 미는 사람은 아주 깡마른 노인이었는데, 턱수염도 새하얀 색깔이고 봉두난발이 된 머리도 새하얀 색깔이었다. 어딘가 성미 급해 보이는 인상이었고, 한쪽 눈을 덮고 있는 안대 때문에 마치 무슨 해적처럼

낙인

보였다. 그의 이마에도 진홍색의 열십자 낙인이 찍혀 있었다.

노인은 발을 질질 끌고 지나가면서, 얼굴을 험하게 찡그리고 뭔가를 중얼거렸다. 그런데 그가 멀쩡한 한쪽 눈으로 재빨리 감방 쪽을 바라보더니, 곧이어 깜빡 윙크하는 걸 보자 코난은 깜짝 놀랐다.

노인은 수레를 끌고 부두를 따라 내려갔다. 몇 분 뒤에 다시 나타난 그는 묵직한 플라스틱판 여러 장을 수레에 싣고 있었다. 감방 옆을 지날 때, 갑자기 바퀴가 깨진 포석 속에 빠지면서 수레가 기울어졌다. 급기야 그 안에 실은 플라스틱판이 우르르 쏟아지고 말았다.

"에이, 빌어먹을 놈의 것! 망할 놈의 것 같으니!" 해적 노인은 벌컥 화를 내면서 욕을 퍼부었다. 그러더니 플라스틱판을 도로 실으며 연이어 점잖지 못한 말을 늘어놓았다. 그런데 중간에 노인은 잠시 숨을 돌리는 척하더니, 재빨리 다음과 같은 말을 중얼거렸다. "나는 여기서 패치로 통한단다… 걱정 마라, 애야… 오늘 밤에 보자꾸나…"

곧이어 노인이 다시 수레를 밀고 떠나면서 남긴 마지막 한마디가 욕설에 뒤섞여서 코난의 귀까지 흘러들어 왔다.

"티키는 라나한테 무사히 도착했다."

코난은 깜짝 놀라 몸이 굳었다. 곧이어 방금 자기가 뭔가 잘못 들은 모양이라고 마음속으로 생각했다. 있을 수 없는 일이었다. 그 마지막 몇 마디를 할 수 있는 사람은 이 세상에 단 하나뿐인데, 어떻게 저 험상궂게 생긴 노인이 바로 그 사람일 수 있단 말인가?

하지만 그 노인은 바로 그 사람이었다. 코난과 라나를 제외하면, 이 세상에 티키에 관해 아는 사람은 오로지 스승님 한 명뿐이었다. 스승님이 여기 계셨던 것이다. 신체제의 치하에서 포로가 되어 계셨다. 하지만 그분은 외모와 태도를 완전히 바꿔버려서, 이제는 그분을 찾는 사람들조차도 그분이 누구인지를 전혀 알아볼 수가 없게 된 것이었다.

4

올로

Orlo

라나는 찻주전자에 물을 가득 채우고, 차가 잘 우러나도록 잠시 기다렸다. 곧이어 그녀는 샨과 다이스 인민위원이 한창 열띤 이야기를 나누고 있는 식탁으로 찻주전자를 가져갔다. 차를 준비한 것은 어디까지나 샨을 위해서였지, 이 언짢은 손님을 대접하려는 의도는 전혀 없었다. 이 인민위원이란 사람은 벌써 며칠째 샨을 따라다니면서 갖가지 협박과 괴롭힘을 가했다. 처음에는 이 문제에 관해서, 다음에는 저 문제에 관해서 들먹이는 식이었다. 이날 오후에 논쟁의 주제는 이곳에 방치된 비행기였다.

"그건 우리가 반드시 가져가야만 하겠소." 인민위원이 말하고 있었다. "무슨 일이 있어도 이 요구는 관철시킬 거요."

"안 됩니다." 샨은 지친 목소리로 대답했다.

"안 될 것은 없지 않소." 상대방이 투덜거렸다. 그의 검은 턱수염이 화난 듯 이리저리 흔들렸다. "지금 당신네한테는 그 물건이 아무짝에도 소용이 없으니 말이오! 예를 들어 당신네는 그 물건을 고칠 수도 없지 않느냐 이거요. 설령 그 물건이 다시 하늘을 날 수가 있다 하더라도, 그럼 그 연료는 도대체 어디서 구할…"

"하여간에 안 됩니다." 샨이 같은 대답을 되풀이했다. "그 비행기는 당신네 조사선이 왔을 때에 우리가 맺은 협정에도 포함되지 않았습니다. 그러니 더 이상은…"

"협정 따위는 집어치우시오! 무역 관련 업무를 총괄하는 사람이 바로 '나'니까!" 인민위원은 이 말과 함께 커다란 주먹으로 식탁을 탁 내리쳤다. 그 서슬에 그릇들이 달그락거렸다.

"인민위원님." 라나가 한마디 끼어들었다. "죄송합니다만, 차를 드시고 싶으시면 식탁을 그렇게 내려치지는 않으셨으면 좋겠는데요. 제가 따라드리지를 못하겠어서요."

"응? 차라고?" 검은 턱수염이 그녀 쪽으로 돌아갔다. 그는 무성한 눈썹 아래의 작은 눈으로 이제야 비로소 그녀의 존재를 알아본 모양이었다. "아, 그래, 좋지. 따라봐, 아가씨. 따라보라고."

라나는 찻주전자의 뜨거운 내용물을 이 남자의 목에다가 확 부어버리고 싶은 충동을 간신히 억누르고, 조심스레 두 사람의 잔에다가 차를 가득 따라주었다. 그때 샨이 중얼거렸다. "마잘은 어디 갔지?" 라나가 나지막이 대답했다. "낚시하러 가셨어요."

아까 이모는 조카에게 이렇게 말했다. "그놈의 두꺼비 같은 인간 목소리를 또 한 번 들어야 한다면, 나는 결국 성미를 부리게 될 거고, 그러면 우리 모두에게는 안 좋은 일이 되겠지. 여하간 오늘 저녁거리도 뭔가 있어야 하니까. 넙치나 한 마리 걸리면 좋겠는데."

떠나기 직전에 마잘이 말했다. "너도 낚시하러 같이 안 갈래? 한 번만이라도?" 하지만 라나는 재빨리 고개를 저었다. 자기가 그렇게 두려워하고 또 미워하는 저 낯선 바다에 그렇게 가까이 다가간다는 생각만으로도 겁이 났다. 예전에만 해도 그녀는 바닷물과 바닷가를 좋아했지만, 이제는 기껏해야 항구까지만 내려갈 수 있었다. 그곳은 비교적 안전했고, 툭 튀어나온 곳이 하나 있어서 수평선 끝까지 넓게 펼쳐진 바다의 무시무시한 모습을 가려주었기 때문이다. 하지만 마잘은 그곳의 너머에, 그러니까 넓은 바다를 마주 보는 만에 가서 낚시를 했다. 라나는 차마 거기까지 갈 수는 없었다.

그녀는 이모와 함께 비행기를 타고 이곳으로 오던 날 밤 저녁, 갑자기 불어나며 땅을 집어삼키던 성난 파도를 보면서 느꼈던 공포를 평생 잊을 수 없을 것이었다. 이들이 타고 있던 작은 비행기는 스승님이 타고 있던 큰 비행기와 쌍둥이였다. 하지만 샨의 의료 장비를 잔뜩 실어놓은 까닭에 이미 위험할 정도로 무거워진 작은 비행기는 앞서가는 큰 비행기를 따라잡지 못하고 말았다. 결국 비행기는 계속해서 고도가 낮아지고 또 낮아지더니…

갑자기 라나는 자기가 거의 잊어버리고 있었던 세세한 부분을 새삼스레 기억해 냈음을 깨달았다.

그때 인민위원 때문에 그녀의 생각은 갑자기 방해를 받고 말았다. 다이스는 자기 잔에 담긴 차를 후루룩 마셔버리더니, 이렇게 물었다. "이건 도대체 무슨 차요, 아가씨?"

"사사프라스예요."

"응? 그건 또 뭔가?"

"이 섬에서 자라는 나무의 이름이에요. 그 뿌리를 가지고 차를 만들죠."

인민위원은 다시 한번 차를 후루룩 마셨다. "제법 괜찮은데. 상당히 괜찮은 편이라고. 다른 물건들뿐만 아니라, 그 나무뿌리인가 뭔가도 몇 자루 챙겨 가야 되겠군."

샨은 고개를 저었다. "그건 안 될 겁니다."

"뭐요?" 인민위원이 자기 잔을 천천히 내려놓았다. "당신은 이걸 이야기해도 안 된다, 저걸 이야기해도 안 된다 타령이로군. 그렇게 하면 내 인내심을 완전히 바닥나게 만드는 거요, 의사 선생. 어디 이번에는 무슨 핑계를 대시려고 그러시나."

"나는 핑계 따위를 대려는 게 아닙니다." 샨이 대답했다.

그의 어조가 의외로 날카로웠기 때문에 라나조차도 깜짝 놀랐다. 의사는 안경을 벗고, 피곤한 눈을 비비며 천천히 말했다. "이 섬에도 그 나무는 몇 그루 안 됩니다. 거기서 나오는 뿌리가 우리에게는 유일한 음료의 재료죠. 스승님께서 대격변 이전에 미리 나무를 심어놓으신 겁니다. 이 섬에서는 원래 자라지 않던 다른 식물도 여러 가지 심어놓으셨죠. 다행히 이 나무는 비교적 빠르게 번식하는 편이기 때문에, 앞으로 몇 년이 지나면 여유분이 좀 생길 겁니다. 하지만 지금은 아닙니다. 따라서 그 나무는 애초에 무역 대상에서 금지되어 있었던 겁니다."

"그래서? 도대체 누가 그걸 금지했다는 거요?"

"스승님께서요."

"그렇다면 당신네 스승님께서는 그 비행기를 우리한테 넘기는 것도 금지했다는 거요?"

"당연하죠. 그렇기 때문에 저로선 그분의 명령을 어길 수가 없다는 겁니다."

인민위원의 얼굴에 험악하고 불그스레한 기운이 점차 짙어졌다. "그러니까 지금 이런 말을 하고 싶은 거요? 눈에 보이지도 않는 당신네 그 스승님께서 지금 이 하이하버를 다스리신다는, 그리고 당신네한테 뭘 해라 마라 일일이 명령하신다는 거요?"

"그야 물론입니다." 샨이 대답했다. "그러지 못할 이유가 있습니까?"

잠시 침묵이 흘렀다. 오두막 위쪽으로 펼쳐진 소나무 숲에서 까마귀 우는 소리가 라나의 귀에 들려왔다. 울음소리가 세 번 들려왔다. 워낙 진짜 같은 소리였기 때문에, 각별히 귀를 기울이지 않았더라면 까맣게 모르고 넘어갈 뻔했다.

라나는 찬장 정리를 하다 말고 돌아서서 망토를 걸치기 시작했다. 사실 찬장 정리는 부엌에 남아서 두 사람의 이야기를 듣기 위한 핑계에 불과했었다. 하지만 그녀는 얼른 밖으로 나가지 못하고 잠시 머뭇거렸다. 인민위원이 다시 한번 성미를 부렸기 때문이다.

"그 스승님 어쩌고 하는 핑계는 이제 지긋지긋하오." 다이스가 화난 듯 투덜거렸다. "그렇다면 그 양반이 살아 있기는 한 거요? 솔직히 이제는 나도 아닌 것 같다는 생각이 드는군. 이제 내 말 똑똑히 들으시오." 그가 굵은 검지를 펴서 샨의 코 앞에 바짝 갖다 댔다. "일단 우리 연장을 당신네 애들한테 줄 테니까, 그걸 가지고 약속대로 목재를 베어내도록 하시오. 하지만 그 이상은 아무것도 주지 않을 거요. 우리 물건을 갖고 싶다면 일단 통나무를 바닷가까지 가져오시오. 그리고 그놈의 비행기도 통나무 옆에다가 갖다 놓고 말이오. 통나무는 일

올로

단 엮어서 뗏목처럼 만들어 놓고, 비행기는 분해해서 그 뗏목 위에다 실을 수 있게 해놓으란 말이오. 무슨 말인지 알았소?"

"목재는 되지만, 비행기는 안 됩니다." 샨이 태연하게 대답했다.

"그러면 내가 가져온 물건은 전혀 구경도 못 할 줄 아시오! 옷감이건, 아니면 신발이건 간에 말이오!"

라나에게는 옷감이 절실히 필요했다. 옷감이라면 뭐든지 간에 말이다. 수백 명이나 되는 다른 여자아이들도 마찬가지였다. 하지만 지금 그녀는 자기도 모르게 버럭 소리를 지르고 있었다. "당신네가 만든 싸구려 옷감 따위는 필요 없어요! 우리는 그런 것 없어도 잘 지낼 수 있다고요. 우리 섬에서는 여자들이 직접 알아서 천을 짠단 말이에요. 그리고 당신네가 보여 준 것보다 우리가 만든 게 훨씬 더 좋다고요. 물론 신발도 마찬가지고요. 무슨 말인지 아시겠어요?"

라나는 양모와 리넨으로 만든 망토를 집어 들었다. 이 망토 하나를 만들기 위해서 얼마나 많은 시간과 노력이 들어갔는지 몰랐다. 라나는 작은 발을 앞으로 내밀어 천으로 만든 작은 신발을 신었다. 갑작스러운 호통에 당황한 인민위원이 다시 정신을 수습하고 질문을(십중팔구 그녀로선 받고 싶지 않았던 질문을) 던지기 전에, 그녀는 얼른 망토를 어깨에 두르고 문 쪽으로 다가갔다.

"저는 도끼 찾으러 다녀올게요." 라나는 샨에게 말했다.

그녀가 밖으로 나오는 사이에 까마귀 울음소리 신호가 다시 한번 울렸다.

오두막 모퉁이에서 라나는 잠시 머뭇거리며 주위를 둘러보았다. 혹시 누가 지켜보지 않나 조심하려는 것이었다. 안심한 그녀는 샨의 진료실 앞에 있는 숲속을 지나서, 반대편 비탈을 걸어 올라가기 시작했다.

어째서일까? 문득 서글픈 생각이 들었다. 옷감처럼 일상적인 물건, 다시 말해 없어서는 안 되는 필수품을 직접 만들기는 왜 그렇게도 어려운 걸까? 단순히 천을 짜기만 한다고 되는 게 아니었다. 물론 천 짜기야 라나도 재미있어하는 일이었다. 하지만 천을 짜기 전에 해야 하는 준비 작업은 정말이지 끝이 없었다. 양모를 잘라내고, 아마를 심고, 그 밖에도 갖가지 일을 해야만 했다. 그런 추가적인 일을 하는 와중에도, 살아남기 위해서는 매일 충분한 양의 식량을 구하는 필수적인 일을 소홀히 할 수 없었다. 그러니 그런 추가적인 일을 하기 싫어서 결국 야만인이 되어버린 다른 아이들을 차마 탓할 수도 없는 노릇이었다.

하지만 신체제의 옷감이라면 충분히 도움이 될 것이었다.

올로

물론 '실제로' 싸구려 같기는 했다. 그녀가 이제껏 본 옷감 중에서도 정말 최악의 물건이라 해도 과언이 아니었다. 하지만 옷감 자체가 아예 없는 것보다는 그나마 나았다.

비탈을 반쯤 올라가다 말고 라나는 우뚝 걸음을 멈추었다. 그리고 자기가 깜박 잊어버렸던 한 가지를 다시 생각해 보았다. 이모와 함께 이곳까지 타고 왔던 작은 비행기에는 뭔가가 있었다. 이 비행기는 스승님의 큰 비행기와 쌍둥이 사이였다. 그날 두 사람 앞에서 날았던 큰 비행기는(샨과 다른 아이들이 거기 타고 있었다) 일종의 헬리콥터였다. 하지만 이 작은 비행기는 아니었다. 뭔가 아주 다른 종류였다.

그렇다면 도대체 뭐가 다른 것일까?

"어째서지?" 라나는 소리를 내어 중얼거렸다. "그 비행기에는 프로펠러가 없었어."

게다가 그 비행기에는 날개도 없었다. 심지어 모터처럼 생긴 것 자체가 없었다. 라나와 마잘이 함께 실은 무거운 짐 때문에, 그 비행기는 자칫 하이하버에 도착하지도 못할 뻔했다. 실제로 이들은 항구에서 3킬로미터쯤 떨어진 숲속에 간신히 착륙해서, 거기서 의료 장비를 꺼내 오는 데에만 며칠이 걸렸다. 이상하게도 두 사람은 두 번 다시 그 비행기가 있는 곳에 찾아가지 않았고, 마잘도 그 비행기에 관한 이야기를 전혀 입

밖에 내지 않았다. 그러다가 어제 스승님과 이야기한 이후에 처음으로 다시 그 이야기를 꺼냈다.

"내가 원인인 건지, 아니면 날씨가 원인인 건지는 모르겠어." 마잘의 말이었다. "하지만 어째서인지 이번에는 메시지를 받는 데에 별문제가 없었어. 스승님께서는 우리가 비행기를 무역선에 넘겨서는 안 된다고, 하다못해 비행기의 부품 하나라도 넘겨서는 안 된다고 하셨어. 무슨 일이 있어도 '절대로' 안 된다고 말이야. 그래서 내가 말씀을 드렸지. 작은 비행기는 아직 숲에 있다고, 우리가 내린 곳에 그대로 있다고 말이야. 그랬더니 그분은 다행이라고 하셨어. 작은 비행기를 외부에서 온 사람들의 눈에 띄게 해서는 안 된다고 하시면서 말이야."

이제야 라나는 그 이유를 똑똑히 알 수 있었다. 그 두 대의 비행기를 제작하는 과정에서는 어떤 비밀 기술이 사용된 것이 분명했다. 작은 비행기의 경우에는 특히나 의심의 여지가 없었다. 따라서 신체제에게 그런 비밀 기술을 호락호락 넘겨줄 수는 없는 것이었다.

스승님의 메시지에는 다른 내용도 있었다. 생각이 거기에 미치자 라나는 갑자기 분노와 함께 기쁨이 솟아올랐다. 분노는 신체제가 아직도 서반구인을 예전과 마찬가지로 취급한다는 사실 때문이었고, 기쁨은 스승님이 실제로 코난을 보고 이야기를 나누었다는 사실 때문이었다. 코난의 처지가 이전보다 더 나아진 것은 아니었지만, 적어도 이제는 어디 있는지를 알았기 때문이었다. 게다가 그가 스승님 곁에 있다는 사실 때문에, 마치 그녀도 그와 더 가까이 있는 기분이었다.

까마귀 울음 신호가 이번에는 더 가까운 데에서 들렸다. 문득 라나는 몽상에서 깨어나 서둘러 비탈을 올라갔다. 비탈 꼭대기에 이르자, 그녀는 뒤틀린 소나무 옆에 서서 반대편의 어둑어둑한 숲속을 살펴보았다. 하지만 고개를 아주 많이 돌리지는 않으려고 조심했다. 높은 곳이기 때문에 자칫하면 저 끔찍하고도 무시무시한 바나가 눈에 들어올 수도 있었기 때문이다.

"짐시?" 라나가 속삭였다.

덩치가 작고, 누더기를 걸치고, 맨발에, 머리는 붉은색이고, 주근깨가 범벅인 꼬마 하나가 나무 뒤에서 걸어 나왔다. 지저분한 한 손에는 엉성하게 만든 활에다 화살 두 대를 들고 있었다. 또 한 손에는 죽은 다람쥐 한 마리를 들고 있었다.

"세상에, 짐시!" 라나가 깜짝 놀라 소리를 질렀다. "도대체 무슨 짓을 한 거야? 내가 기껏 길들인 다람쥐를 죽였잖아!"

꼬마는 붉은 머리 밑의 무심하고도 냉정한 눈으로 그녀를 쏘아보았다. "나도 먹고는 살아야지. 게다가 내가 먹여 살려야 할 식구가 둘이나 더 있단 말이야."

"그럼 차라리 물고기를 잡든가!"

"아하, 물고기." 짐시는 경멸하는 투로 말했다. "그건 누나나 많이 먹어. 난 다람쥐 고기를 먹을 테니까."

라나는 한숨을 쉬었다. 짐시는 이제 겨우 열 살이었지만, 완전히 야만인이 되어서 살아가고 있었다. 그래도 그녀가 일주일에 두 번 아침마다 꾸려나가는 수업 시간에 여전히 참석하는 이유는 무엇인지 알 수 없었다. 여하간 이 꼬마와 아직 친구로 남아 있을 수 있다는 건 고마운 일이었다.

"그나저나 우리 도끼는 찾아봤어?" 라나가 물었다.

"응."

"지금 어디 있는데?"

짐시는 슬며시 시선을 피하더니, 굳게 다문 입술 주위를 혀로 한 번 핥았다. "올로가 갖고 있어."

"이런, 세상에!"

"그래서 내가 직접 가져오지는 못한 거야."

"지금 올로가 있는 데가 어디야?"

"그건 누나가 알아서 뭐 하게?"

"도끼를 도로 찾아와야 하니까. 무슨 일이 있어도 반드시 찾아올 거야! 짐시, 그 도끼가 없으면 당장 스무 명이 장작을 구할 수가 없단 말이야. 도끼가 없으면 살 수 없단 말이야." 지금 이 섬에서 도끼는 단순히 나무를 베거나 쪼개는 것 이상의 도구였다. 그것 말고도 열댓 가지 다른 목적에 두루 사용되었기 때문이다.

짐시는 다시 한번 얇은 입술을 혀로 핥았다. 마침내 꼬마가 입을 열었다. "내가 누나라면 절대 거기로 찾아가지는 않을 거야."

"물론 나도 가고 싶은 마음은 하나도 없어." 라나도 시인했다. "하지만 내가 안 가면 누가 대신 가겠어?"

"당연히 아무도 없겠지. 남자애들도 모두 올로를 무서워하니까."

"그럼 결국 나밖에는 갈 사람이 없는 거네. 어디로 가면 되는 거야?"

"나, 나는 말할 수 없어. 되게 멀단 말이야."

"그러면 그 근처까지만이라도 좀 데려다줘. 그때부터는 내가 알아서 찾아갈 테니까. 너한테 들었다고는 아무한테도 이야기 안 할게."

"진짜지?"

"당연히 진짜지. 자, 얼른 가자."

짐시가 라나를 데려다주고 떠난 곳은 하이하버 남쪽 멀리 있는 어느 산마루였다. 오른쪽으로 펼쳐진 계곡 어디엔가 올로의 야영지가 숨어 있었다.

이 지역은 어딘가 낯익은 듯했지만, 어째서인지는 생각이 나지 않았다. 그러다가 계곡으로 내려가서 그곳에 흐르는 작은 개울을 보자마자, 라나는 여기가 어딘지를 깨달았다. 개울이 납작한 바위 위를 흐르면서 연이어 웅덩이를 만든 모습을 바라보며 그녀는 눈이 휘둥그레졌다. 이 웅덩이는 단번에 알아볼 수 있었다. 지금으로부터 5년 전, 마잘과 함께 이곳을 지나다가 잠깐 쉬며 물을 마셨기 때문이었다. 그때와 비교해서 달라진 것은 나무뿐이었다. 처음 도착했을 때에는 아직 연약한 수풀이 빽빽하게 우거져 있었다. 그래서 마잘이 조종하던 작은 비행기가 결국 추락했을 때에도 숲이 일종의 쿠션 노릇을 해준 것이었다.

그런데 이제는 작은 비행기의 모습을 차마 찾아볼 수가 없었다. 주위의 나무가 워낙 무성하게 자라나서, 비행기를 완전히 뒤덮었기 때문이었다. 하지만 그녀는 숲속 어디에 비행기가 있는지 잘 알고 있었다.

라나는 잠시 머뭇거렸다. 여기서 계속 더 나아간다는 것은 어리석은 일 같았다. 그러다가 문득 도끼가 얼마나 소중한지를 떠올렸다. 단단한 강철로 만든 그 날씬한 연장은 워낙 가벼

워서 여자들도 충분히 사용할 수 있었고, 그렇기 때문에 항구의 남쪽 지역에 있는 모두에게 유용한 도구였다.

라나는 결심한 듯 입술을 깨물었다. 그리고 양손 주먹을 불끈 쥐고 앞으로 씩씩하게 걸어 나갔다.

갑자기 어디선가 고기 굽는 냄새가 풍겼다. 몇 초 뒤에 그녀는 듬성듬성 나무를 베어낸 평지로 나왔다. 저 앞에는 모닥불에서 연기가 모락모락 피어올랐고, 그 옆에는 남자아이 하나가 등을 돌리고 웅크리고 앉아 있었다. 커다란 고깃덩어리를 아직 새파란 나뭇가지에 꿴 다음, 양 끝이 갈라진 나뭇가지 두 개로 만든 받침에 얹어놓고 돌리는 중이었다. 아마도 염소 한 마리를 통으로 굽는 모양이었다.

라나는 주위를 한 바퀴 둘러보았다. 오른쪽에는 텅 빈 오두막과 움막이 있었다. 그리고 예전에 그녀가 타고 왔던 작은 비행기가 마치 납작한 눈물방울처럼 나무와 나무 사이 비좁은 공간에 놓여 있었다. 모닥불 옆에는 장작더미가 쌓여 있었다. 그 장작을 마련하는 데 사용된 도끼는 바로 그 옆의 땅에 놓여 있었다.

모닥불 앞의 남자아이 하나를 빼면 아무도 없을 때를 골라서 올로의 야영지를 찾아온 것이 얼마나 다행인지 몰랐다. 아마 다른 녀석들은 또다시 뭔가를 약탈하러 어디론가 달려간 모양이었다.

여전히 등을 돌리고 앉아 있는 남자아이를 주시하며, 라나는 조심조심 장작더미 있는 곳으로 조용히 다가갔다. 손을 뻗으면 도끼를 잡을 법한 거리까지 왔을 때, 갑자기 왼쪽에서 금속성 소리가 작게 들렸다. 그쪽으로 고개를 돌리자마자, 그녀는 그 자리에 얼어붙고 말았다.

올로가 작은 비행기 안에 숨어 있다가 밖으로 나왔던 것이다. 그는 비행기 옆에 몸을 기대고 서서 느긋하게 뼈다귀에 붙은 고기를 뜯어 먹었고, 눈을 가늘게 뜨고 거만한 태도로 라나를 유심히 바라보았다. 올로는 이제 겨우 턱수염이 돋아나기 시작했는데, 본인은 이 사실을 매우 자랑스러워하는 듯 거듭해서 한 손으로 수염 끝을 배배 꼬고 있었다. 그의 지저분한 머리카락이며, 역시나 지저분한 염소 가죽 윗도리를 보는 순간, 라나는 그 모습이 언젠가 책에서 읽은 이교異敎의 젊은(그리고 불쾌한 느낌을 주는) 신의 모습과 비슷하다고 생각했다.

"이런, 이런, 이런!" 올로가 나지막이 말했다. "여기 무척이나 반가운 손님이 와 계신 것도 몰랐잖아!" 그러면서 뜯어 먹던 뼈다귀를 모닥불 쪽으로 휙 던졌다. 곧이어 누군가가 아얏 하고 비명을 질렀다. 올로가 말했다. "손님이 오셨는데 왜 나한테는 전혀 말을 안 했지, 림피?"

"나, 나는 전혀 몰랐어, 올로!" 소년이 대답했다. "진짜야, 난…"

"똑똑히 새겨둬, 림피. 언젠가 내가 너를 아주 딱 먹기 좋은 크기로 토막토막 썰어버릴 테니까." 올로는 다시 라나 쪽으로 시선을 돌렸다. "아, 그러면 곤란하지, 이 계집애야. 그 도끼는 우리 거니까."

"이 도끼는 '결코' 너희 것이 아니야." 라나는 냉정하게 말하며, 도끼를 집어 들었다. "너희 도끼는 저기 있잖아!" 그녀는 손잡이가 부러진 채로 방치된 도끼를 손으로 가리켰다. "왜 고쳐 쓸 생각은 안 하고 훔칠 생각만 하는 거지? 우리 도끼는 스무 명이 공동으로 사용하는 거란 말이야."

"내 말 안 들려? 그 도끼는 우리 거라고 했잖아. '그거 당장 내려놔.'"

라나는 올로의 말을 무시하고 뒤로 돌아섰다. 등 뒤에서 그가 성큼성큼 다가오는 소리가 들렸다. 도끼를 들고 위협하면 상대방이 접근하지 못하게 할 수도 있었다. 하지만 그녀는 차마 이 도끼를 무기로 쓸 마음이 없었다.

이 결정 때문에 라나는 호되게 대가를 치르고야 말았다. 올로가 그녀의 손에서 도끼를 확 낚아채 버렸다. 곧이어 그의 주먹질에 라나는 저만치 땅에 나가떨어져 버렸다.

간신히 일어나서 무릎을 꿇고 앉았지만, 그녀는 겁에 질려서 숨을 헉헉거렸다. 지금 올로는 다른 사람이었다. 불과 1년 전에만 해도 그는 샨에게 늘 걱정거리를 안겨주는 어설픈 반항아에 불과했다. 하지만 이제는 위험한 짐승이나 마찬가지였다. 만사를 자기 뜻대로 할 수 있다는 사실을 깨달았기 때문이었다. 아프고 놀란 와중에서도 라나는 여전히 뭔가를 생각하고 있었으며, 곧바로 두 가지 사실을 깨달았다. 하나는 올로가 조만간 하이하버의 모든 사람에게 위협이 되리라는 것이었고, 또 하나는 자기가 이곳을 무사히 빠져나가려면 뭔가 그를 속여 넘겨야 한다는 것이었다.

"너도 이제는 나에 대해서 똑똑히 알아둘 때가 됐지." 올로가 이렇게 말했다. "얼른 일어나, 계집애야. 잠깐 이야기나 나누자 이거야. 허튼수작하지 마, 그랬다가는 진짜 가만 안 둘 테니까."

라나는 움직이지 않고 가만히 있었다. 저 자식이 나를 다시 한번 때려서 넘어트리게 만들어야 돼. 그녀는 어렴풋이 이런 생각을 떠올렸다. 그러면 딱 맞춰서 넘어질 수 있을 거야. 하지만 그러려면 일단 저 자식을 화나게 만들어야 해.

"넌 이 세상에서 가장 더럽고 지저분한 도둑놈이야." 라나는 최대한 냉정하면서도 혐오스러운 말투로 이렇게 퍼부었다.

올로

"다른 사람들은 지금 가진 것에 만족하며 더 열심히 일하고, 심지어 모두가 충분히 먹을 수 있도록 서로 나누기까지 하는데. 너는 누굴 돕기 위해 손끝 하나 까딱하는 법이 없지. 대신 너는 도둑질만 하잖아. 하다못해 덩치가 자기 반도 안 되는 어린애한테서까지 먹을 것을 훔치는…"

"닥치지 못해!"

"쥐새끼만도 못한 놈이 바로 너야. 너는 아주 바보 멍청이야! 우리가 털을 얻기 위해 애지중지 키우는 불쌍한 가축을 잡아먹을 생각밖에는 못하는 순 짐승 같은…"

바로 그 순간, 올로의 손이 마치 독사처럼 확 튀어나오더니, 라나의 멱살을 붙잡고 확 일으켜 세웠다. 곧이어 그의 매서운 손바닥이 그녀의 뺨을 때렸다. 그 서슬에 라나는 비틀거리며 뒤로 넘어졌다. 망토에 달린 두건이 구겨지며 조금이나마 충격을 흡수해 주었기 때문에 망정이지, 하마터면 그 한 방에 완전히 정신을 잃을 뻔했다. 정신이 가물가물한 와중에도 그녀는 용케 모닥불 옆에 털썩하고 쓰러지는 데에 성공했다. 모닥불과 아주 가까웠기 때문에 양손에 뜨거운 재가 닿는 것을 느낄 수 있었다.

올로가 가까이 다가오는 소리가 들릴 때까지, 라나는 기절한 척 가만히 엎드려 있었다. 그러다가 그녀는 갑자기 숯불 속으로 손을 집어넣은 다음, 불타는 숯과 재를 움켜쥐어서 상대방의 얼굴에 확 뿌렸다.

올로는 비명을 지르고 욕을 내뱉으며, 마치 미친 사람처럼 두 눈을 비볐다. 상대방이 당황하는 틈을 타서, 라나는 재빨리 자리에서 일어나 장작더미에서 굵은 몽둥이를 하나 집어 들었다.

몽둥이를 무려 세 번이나 힘껏 휘두르고 나서야 올로는 마침내 쓰러졌다. 그가 땅바닥에 쓰러져서 움직이지 못하게 되자, 그녀는 놀라서 꼼짝 못 하는 림피에게 몽둥이를 집어 던졌다. 소년은 무서운 듯 절뚝거리며 뒤로 물러났다. 그리고 라나는 도끼를 집어 들고 뛰기 시작했다.

올로

5

패치

Patch

자정쯤 되었을까. 어쩌면 그보다 한참 뒤인지도 몰랐다. 갑자기 코난은 누군가가 다가오고 있음을 깨달았다. 좁은 감방 속에서는 기껏해야 시간을 어림잡아 추측하는 수밖에 없었다. 시간을 알려줄 시계도 없었고, 하늘을 뒤덮은 별도 보이지 않았기 때문이다. 밖에는 어둠이 짙게 깔려 있었다. 불빛이라고는 행정부 건물이 있는 지역에서 비쳐 오는 흐릿한 불빛뿐이었다.

조사선에서 내린 이후로 지금까지 코난은 먹을 것이나 마실 것을 전혀 받지 못하고 있었다. 이쯤 되자 갈증은 거의 고문이 되어 있었다. 그는 서둘러 오른쪽에 있는 벽 틈새로 바깥을 내다보면서, 거기 비친 그림자의 형태와 움직임이 무엇인지 살펴보았다. 하지만 뭔가를 알아내기도 전에, 벽 틈새 가장자리에서 누가 먼저 나지막이 속삭이는 바람에 깜짝 놀라고 말았다.

"코난?"

"스승님!" 코난이 쉰 목소리로 대답했다.

"쉿, 쉿, 쉬잇! 앞으로 여기 있는 동안은 절대로 그 호칭을 쓰지 마라." 뼈가 앙상한 손이 틈새로 들어와서 그의 손을 붙잡았다. "여기서는 나를 그냥 패치라고 해라. 패치 영감이라고 말이야."

"예, 알았어요. 세상에, 이렇게 다시 만나서 얼마나 기쁜지 몰라요. 할아버지가 어디 계신지 애타게 찾아 헤맸던 걸 생각하면… 저는 정말 이렇게 될 줄은 꿈에도…"

"나는 이제 거의 4년째 여기 머물러 있는 중이다. 물론 네가 올 줄은 당연히 예상하고 있었어. 하지만 자세한 이야기는 나중에 하도록 하자. 지금은 시간이 없으니 말이야. 이제부터 내가 하는 말을 잘 들어라. 여기 물이 담긴 비닐봉지 하나랑, 휴대 식량 두 개를 가져왔다. 일단 휴대 식량은 날이 밝기 전에 모조리 먹어치우도록 해라. 부스러기 하나 남기지 말고. 혹시 누가 발견하면 안 되니까. 다 먹고 나면 물을 마시도록 해라. 한 방울도 남기지 말고 다 마시고, 물주머니는 내일 밤까지 잘 숨겨두도록 해라. 둘둘 말아서 신발 안에 집어넣든지, 아니면 벽 틈새에 끼워 넣든지 해라. 자, 휴대 식량 여기 있다. 받아서 바닥에 내려놔라. 물주머니는 창문으로 넣어줄 테니까."

코난은 손에 닿는 느낌으로 휴대 식량이 무엇인지를 알 수 있었다. 조사선에서도 먹은 적이 있었기 때문이다. 합성 물질로 만든 샌드위치 두 개였는데, 기계로 만들어 낸 것이 분명했다. 그는 영 맛대가리 없는 이 휴대 식량을 한쪽 구석에 밀어 놓고, 대신 물주머니를 향해 얼른 손을 뻗었다. 마개를 열자마자 내용물 일부를 바싹 마른 목구멍으로 흘려 넣었다. 그런 다음에 다시 마개를 닫아서 샌드위치 옆에 물주머니를 잘 내려놓았다.

"다행히도 이곳에는 전업 경비원이 없어." 스승님이 재빨리 말했다. "하지만 항상 누군가가 순찰을 하면서 모든 게 제대로 돌아가는지 확인하곤 하지. 그러니 내가 빨리 말하마. 나중에 그 사람들이 너를 어떻게 할지는 모르겠지만, 일단은 너를 저벌하려고 들 거다. 한동안은 물도 간신히 살아 있을 만큼만 주면서 너를 여기 가둬둘 거야. 이게 그 사람들의 방식이니까. 그러니 낮이면 그냥 가만히 누워서 잠을 자다가, 혹시 누가 와서 들여다보면 그때는 뭔가 움직이는 척해라. 혹시나 일이 잘못 되어서 내가 너를 구해줘야 하는 상황이 되면, 그때는 내가 다시 뭔가 방법을…"

"굳이 저를 빼내려고 애쓰실 필요는 없어요." 코난이 얼른 대답했다. "작정만 하면 이 문은 언제라도 박살 내고 나갈 수 있을 거예요. 오늘 오후에도 잘만 하면 문을 부술 뻔했거든요. 그러다가 갑자기 할아버지를 만난 거예요. 그때 할아버지께서 오시지 않았더라면…"

"내가 그때 온 것이 천만다행이었구나! 지금 인더스트리아에서 혼자 도망친다는 것은 사실상 불가능한 일이야. 우리같이 뭔가 기회를 찾아보자꾸나." 노인은 잠시 말을 멈추었다가 조용히 키득키득 웃었다. "그나저나 인민위원 사무실에서 벌어진 일을 보면서 얼마나 통쾌했는지 모른다니까! 그나저나 너도 이제는 어른이 되어서 힘이 좋아진 모양이구나. 하지만 조심해라, 얘야. 두 번 다시는 그렇게 이성을 잃어서는 안된다. 그러다가는 영영 도망칠 기회를 못 얻을지도 몰라."

"앞으로 조심할게요."

"그 사람들에게 굽신거리라는 뜻은 아니다. 대신 소극적으로 움직이라는 거야."

"예, 할아버지."

"지금 우리가 처한 상황은 이렇단다. 나는 보트 제작소에서 일하고 있어. 그리고 조만간 조수를 하나 충원해 달라고 위에다가 요청할 거다. 아주 힘이 센 녀석으로 말이야."

"그렇잖아도 누가 그러더라고요. 패치가 조수를 내놓으라고 성화라면서요."

스승님은 다시 한번 키득키득 웃었다. "그 이야기는 오래전부터 하고 있었지. 네가 살아 있는 줄 알고 있었으니까. 물론 라나도 그 사실을 알고 있었고. 그래서 언젠가는 조사선이

패치

너를 찾아내리라고 짐작하고 있었지. 그래서 미리부터 준비해 두었던 거야. 혹시나 그 사람들이 너를 보트 제작소로 보내지 않는다고 하면, 그때는 또 다른 계획이 있는데…"

노인은 여기까지 이야기하다 말고 갑자기 입을 다물더니, 얼른 이렇게 속삭였다. "순찰원이 온다. 그럼 내일 밤에 보자…"

잠시 후에 나타난 순찰원은 덜그럭거리는 자전거를 타고 와서는 부두를 한 바퀴 훑어보았다. 잠시 후에 자전거가 감방 쪽으로 가까이 다가오더니, 순찰원이 플래시를 가지고 감방 안을 비춰보았다. 코난은 바닥에 누워서 자는 척했다. 휴대 식량과 물주머니는 한쪽 구석에 안 보이게 치워두었다.

코난은 날이 밝기 전에 음식과 물을 모두 먹어치웠고, 물주머니는 벽에 깊이 파인 틈새 속에 감춰두었다. 곧이어 찾아온 긴 하루도 첫날과 다르지 않았다. 누구 하나 그에게 뭘 갖다 주지도 않았고, 누구 하나 그에게 다가와 말을 걸지도 않았다. 코난은 오후 내내 잠을 잘 수 있었다. 잠에서 깨었을 때, 감방 왼쪽에 있는 건물에서 노동자들이 나오고 있었다. 저 멀리 보이는 부두에 머물던 조사선의 모습도 이제는 볼 수 없었다. 아마도 그 의사 선생은 다시 한번 브라이악 로아를 찾기 위해 바다로 나간 모양이었다. 자기들이 그렇게 찾아 헤매는 사람이 바로 이곳에 포로가 되어 남아 있다는 사실은 꿈에도 모른 채.

그날 저녁, 그러니까 스승님이 찾아오기로 예정한 시간보다 훨씬 일찍, 두 대의 자전거가 덜그럭거리며 오는 소리가 나다가 멈추었다. 곧이어 누군가가 밖에서 플래시로 코난을 비춰보았다. 깜짝 놀란 그를 향해서 어떤 여자가 무미건조한 말투로 명령을 내렸다. "일어나. 낙인 죄수. 네가 마실 물을 가져왔으니까. 물은 당장 마시고 병은 도로 내놓도록."

작은 플라스틱병 하나가 배식구로 들어왔다. 또 다른 목소리가 들려왔다. 역시나 여자였다. "한마디 충고하자면, 가급적 천천히 마시는 게 좋을 거야. 다시 물을 받으려면 앞으로 이틀 더 기다려야 하니까."

어젯밤에 물을 마셨음에도 갈증은 다시 한번 고문처럼 되어 있었다. 코난은 거뜬히 물을 모두 마셔버렸다. 두 여자는 플래시를 들고 있었다. 간혹 비치는 불빛 속에서 그는 두 사람이 만스키 의사 선생만큼이나 나이가 많으며, 역시나 그 사람만큼이나 싸늘한 표정을 유지하고 있음을 깨달았다. 문득 궁금한 생각이 들었다. 어째서 이 불쾌한 지역에 사는 사람들은 하나같이 중년의 모습인 걸까? 이곳에는 젊은 사람이 전혀 없는 걸까?

"왜 나를 낙인 죄수라고 부르는 거죠?" 코난이 물었다.

패치

"처음에는 나를 견습 시민으로 대우한다고 들었는데요."

"이마 한복판에 그 열십자 낙인이 찍혀 있는 한, 너는 어디까지나 낙인 죄수에 불과하니까." 한 여자가 대답했다. "솔직히 말해서 낙인 죄수 놈들은 별로 쓸모도 없지. 도무지 신뢰할 수가 없는 족속이니까."

"고맙네요." 그가 중얼거렸다. "이렇게 굳이 물이라도 갖다 줄 생각을 해주니 솔직히 놀랍기도 하고요. 당신들은 나한테 말을 거는 게 겁나지도 않는 모양이죠? 다른 사람들은 모두 겁내는 것 같던데."

"우리는 이곳의 1등급 시민이니까 그렇지." 다른 여자가 가시 돋친 말투로 대답했다.

"그러면 나한테 이야기할 수 있는 권리도 주어지는 건가요?"

"당연히 우리에게는 무척이나 많은 권리가 주어지지. 이렇게 자전거를 타고 다닐 권리도 있고 말이야."

"아. 그러면 당신들보다 못한 인간들은 두 발로 걸어 다녀야 하고요?"

"네가 1등급이 아닌 다음에야, 그리고 날개가 달리지 않은 다음에야, 두 발로 걸어 다니는 게 당연하지!"

코난은 희미하게 드러난 두 여자의 얼굴을 향해 얼굴을 찡

그랬다. "당신네가 그렇게 중요한 지위에 있는 사람이라면, 왜 굳이 한밤중에 여기 나와서 경비원 노릇을 하고 있는 거죠?"

"왜냐하면 인더스트리아의 안전은 바로 우리의 책임이기 때문이지."

"이런 일을 다른 열등한 놈들에게 맡겨놓을 수는 없으니까." 다른 여자가 대답했다. "잘못될 수 있는 일이 너무 많으니까. 전선이 끊어질 수도 있고, 밸브가 고장 날 수도 있고…" 그녀는 말을 하다 말고, 잠시 후에 이렇게 덧붙였다. "하지만 너는 이런 의무 때문에 골치를 썩을 필요는 없을 거다. 이곳에 와서 한 짓으로만 미루어 보면, 조만간 3등급 시민이 된다고 해도 놀라울 일은 아닐 테니까."

또 다른 여자가 코웃음을 쳤다. "아니, 이런 녀석한테는 아예 기회조차도 줄 필요가 없다니까. 정신부터가 독립심으로 오염되어 있으니까 말이야. 아마 그 고약한 놈의 패치 영감만큼이나 오염되어 있을 거야."

"패치라니, 그게 누구죠?" 코난은 순진한 척 물어보았다.

"너랑 똑같은 낙인 죄수지. 실제로는 부적격 판정을 받아 마땅한 영감이고. 내가 만약 결정권만 있었더라도…"

"하지만 패치도 필요하기는 하지." 또 다른 여자가 말했다. "그 작자 말고는 보트를 만들 수 있는 사람이 없지 않아? 솔직히 말해서, 여기 있는 놈도 차라리 패치한테 넘겨주면 모두 만족할 것 같아."

"모두 그렇겠지. 레프코만 빼고. 어이, 너. 물을 다 마셨으면 병이나 도로 내놔. 너 때문에 우리가 여기 하루 종일 서 있을 수는 없으니까."

두 여자가 가버리는 모습을 보면서 코난은 오히려 기뻤다. 그날 밤늦게, 그는 그들 이야기를 스승님에게 해주었다. 그러자 노인은 재미있다는 듯 키득거렸다.

"마녀 같은 것들이지." 패치의 말이었다. "하지만 그 여자들보다 더 끔찍스러운 놈들도 있단다. 너도 알게 되겠지만, 이곳의 1등급이란 놈들의 전형적인 태도지. 상당히 고집이 센 인간들이야."

"제가 들은 이야기로만 보면, 할아버지도 여기서는 상당히 고집이 센 사람으로 통하는 것 같던데요."

"그래. 내가 일부러 그런 평판을 쌓아 올린 거지. 그렇지 않았더라면, 우리는 이곳에서 도망칠 만한 위치에 있을 수 없었을 거야."

"그건 무슨 말씀이세요?"

"얘야, 나로 말하자면 지금 여기 있는 낙인 죄수 가운데 유일하게 뭔가 권위를 지닌 사람이란다. 시민권을 얻을 수 있는 기회도 물론 있었지. 하지만 일부러 그 기회를 물리친 거란다."

"어째서요? 차라리 시민권을 얻는 편이 더 도움이 되지 않았을까요?"

"전혀 그렇지가 않아. 만약에 시민권을 얻었더라면 나는 지금처럼 한밤중에 혼자서 보트 제작소에서 지낼 수도 없었을 테니까. 텔릿이 있을 때를 빼면, 제작소는 오로지 나 혼자만의 공간이지. 거기서 잠을 자기도 하니까."

"텔릿이라뇨? 혹시 또 다른 조수가 있는 건가요?"

"그래. 그 녀석은 시민권을 얻기 위해서 발버둥 치고 있지. 그 목표를 이룰 수만 있다면, 무슨 일이든지 마다하지 않을 거야. 그러니 앞으로도 그 녀석을 믿지는 마라."

"쥐새끼처럼 약삭빠른 모양이죠, 아마?"

"틀린 말은 아니지. 불쌍한 녀석이긴 하지만."

"예?" 코난은 틈새 너머로 노인을 빤히 바라보았다. "설마 그런 녀석을 동정하시는 건 아니겠죠!"

"하지만 솔직히 동정이 가더구나. 이곳의 상황 때문에, 그러니까 신체제가 이제 시작하려는 일 때문에, 결국 많은 사람들이 가장 나쁜 모습을 겉으로 드러내게 되고 말았지. 낙인 죄수 가운데 믿을 만한 사람은 거의 없다시피 해. 내 생각에는 설령 기회가 있더라도 이곳을 도망치려는 사람은 거의 없지 않을까 싶구나."

"하지만… 하지만 그건 미친 짓이잖아요! 도대체 그 사람들은 어디가 잘못된 걸까요?"

스승님은 잠시 아무 말도 없이 밤의 어둠 속을 바라보며 혹시 누가 오는지 유심히 귀를 기울였다. 다시 안심한 노인은 나지막이 말을 시작했다. "코난, 이 사람들이 어떤 일을 겪어왔는지를 잊어서는 안 된다. 특히 낙인 죄수의 경우에는 더더욱 말이야. 그 사람들은 너처럼 혼자 생존할 능력조차 지니지 못하고 있어. 어찌어찌해서 여기까지 온 사람들, 또는 구조되어서 여기로 온 사람들은 굶어 죽을 지경이었단다. 또 일부는 햇볕에 고스란히 노출되어 반쯤은 죽은 목숨이었지. 나는 섬들 가운데 한 곳에서 구명 뗏목을 타고 출발해 여기까지 오는 동안, 생존자를 두 명 더 구조했단다. 그런 사람들이 보기에 이곳은 천국이나 다름없었을 거야. 지금도 마찬가지일 거고. 혹시 누가 도망치자는 이야기를 꺼내기만 해도, 그들은 여기 말고 어디로 가느냐고 반문할 거란다. 어쩌면 그 사람들 말이 맞는지도 모르지. 예를 들어 너 같으면 여기를 떠나서 과연 '어디로' 가겠니?"

"곧바로 하이하버로 가면 되지 않아요?"

"그건 '사실상' 불가능한 일이야. 지금 하이하버는 대격변 직후에 새로 생겨서 우리가 아직 정확히 알지도 못하는 바다의 반대편에 있거든. 비유하자면 다른 행성에 있다고 봐도 과언이 아니야. 지금 여기서 그곳까지 가는 방법을 아는 사람은 대형 선박 두 척을 지휘하는 고위 관리들뿐이야. 게다가 여기 있는 사람은 어느 누구도 거기 가고 싶어 하지를 않지. 그곳의 소식을 너무 많이 들었거든. 그곳에서도 상황이 나빠지는 중이야. 인더스트리아가 하이하버를 장악하는 것은 시간문제일 거다."

"설마요!"

"미안하지만 그게 사실이란다, 코난. 그런 일은 벌어질 수밖에 없어. 그렇기 때문에 우리는 일단 이곳을 벗어나서, 그들을 저지할 방법을 찾아야 한다는 거야."

"하지만 도대체 어떻게 해야만 우리가 거기까지 갈 수 있을까요?"

"네가 우리를 안내하면 될 거다."

"하지만…" 코난은 고개를 저었다. "도대체 어떻게 그럴 수 있다는 건지 이해가 안 돼요."

"그 이야기는 나중에 자세히 설명해 주마. 일단은 다른 문제가 우선이야. 레프코라는 놈 때문에 걱정이다. 그는 너를 부적격자로 분류하자고 요청하고 있어. 다시 말해서 너를 사막으로 내쫓겠다는 이야기지. 혹시 누구한테서 그 이야기 들은 적 있었니?"

"만스키 의사 선생이 이야기해 줬어요."

"그럼 너도 이미 알고 있겠구나. 마침 사령부에는 내 친구라고 할 만한 사람이 하나 있지. 혹시 레프코가 무슨 흉계라도 꾸미면, 그 친구가 나한테 미리 알려주기만을 간절히 바라는 중이다. 그래야만 내가 너를 위해서 얼른 손을 쓸 수 있을 테니까 말이야. 만약 그럴 경우에는 일단 밤중에 감방 문을 부수고 빠져나와서, 내가 일하는 보트 제작소에 가서 숨어 있으면 돼."

"그러면 할아버지도 저 때문에 위험해지는 게 아닐까요?"

"하루나 이틀 정도는 문제없어. 게다가 나도 어차피 거기서 네 도움을 받아야 할 일도 있으니 말이다."

코난은 보트 제작소가 어디냐고 물어보았다. 알고 보니 캄캄한 어둠 속에서도 부두를 따라 200보쯤 걸어가면 나올 만큼 매우 가까운 곳이었다.

"혹시나 대낮에 감방 문을 부수고 나와야 한다면, 그때는 계획을 수정해야 할 거다." 스승님이 말했다. "너 혹시 수영은 잘하니?"

"예, 할아버지."

"그러면 대낮에 빠져나올 경우에는 보트 제작소로 곧장 들어오지는 마라. 일단 바닷가를 따라서 계속 가는 거야. 그렇게 10킬로미터쯤 가면 충분할 거다. 아니면 그보다 두 배쯤 더 가야 할 수도 있고. 나도 정확히는 모르겠구나. 그곳은 예전에 딱 한 번밖에 본 적이 없으니까. 하지만 워낙 지친 상태이다 보니, 내 판단력도 좀 흐려졌던 것 같아."

"거기 뭐가 있는데요?"

"절벽 사이에 틈새가 있더구나. 지금으로부터 4년 전에 내가 이곳에 도착했을 때, 뗏목을 타고 내려서 한동안 머물렀던 곳이 바로 거기였거든. 거기에는 민물이 나오는 샘도 있어서, 마음만 먹으면 평생 머물러 살 수도 있지. 그곳이 우리한테는 중요한 장소야. '아주' 중요한 장소지. 여기서 도망치려면, 그곳을 일종의 기지로 사용해야 하니까."

"하지만 이미 그곳에 관해 아는 사람이 있을 수도 있잖아요. 처음 여기 오실 때 같이 온 사람들도 있지 않나요?"

"그 사람들이야 기억조차도 못할 거야. 건강 상태가 무척이나 안 좋았으니까. 게다가 그쪽 방향으로는 가는 사람이 아무도 없어. 얼핏 보기에는 길이 없어 보이거든. 높은 절벽이 온통 에워싸고 있으니까."

"하지만 어떻게…"

"너는 일단 제일 지나가기 힘든 지점을 헤엄쳐서 지나가면 되는 거야. 수영을 살한다면 그 정도야 식은 죽 먹기지. 너도 알다시피 여기서는 파도를 걱정할 필요가 없어. 바닷가에서 조금 떨어진 곳에 모래톱이 있어서 큰 파도가 못 들어오거든. 썰물이 되면 여기저기 바닷가도 조금씩 드러날 거다."

노인은 잠시 말을 멈추고, 어둠 속에 귀를 기울여 보았다. 그는 서둘러 덧붙였다. "아까 봤던 그 마녀 자매가 다시 찾아 오는 모양이다. 마지막으로 하나만 더. 혹시나 네가 도망치지 못하고, 레프코라는 놈 때문에 사막에 가게 된다면, 일단 어두 워질 때까지 사막에서 기다렸다가 언덕을 지나서 그 절벽으로 가면 된다. 그럼 내일 보자…"

며칠이 더 지났다. 육지에 온 지 딱 일주일이 되었다. 코난 은 작은 섬에 혼자 살면서 인내하는 법을 배웠지만, 이제는 마 치 우리에 갇힌 짐승 같은 기분이 들었다. 자기가 보트 제작소 에 가 있는 것이 스승님의 계획에서 중요한 일부분이라는 사 실을 몰랐더라면, 그는 지금쯤 감방 문을 박살 내고 바닷가를 따라 달려가서 절벽의 비밀 장소에 숨어 기다렸을 것이다.

열흘째 되는 날 아침, 코난은 바깥을 내다보다가 깜짝 놀랐다. 레프코가 이쪽으로 오고 있었기 때문이다. 그 곁에는 지난번에 그와 함께 낙인찍힌 또 다른 남자도 함께 따라오고 있었다. 레프코는 감방 문을 열자마자 원한 맺힌 눈길로 코난을 한참 노려보았다. 그러다가 엄지손가락으로 바깥을 가리켰다.

"일어나라, 낙인 죄수. 밖으로 나와!"

상대방이 오는 걸 보자마자 재빨리 도로 누워 있던 코난은 마치 힘이 다 빠진 것처럼 연기했다. 그는 천천히 자리에서 일어나, 비틀거리며 밖으로 나갔다. 무심코 두 사람의 이마를 흘끗 바라보니, 이들의 열십자 낙인은 이미 사라져 있었다.

레프코는 코난의 눈길을 놓치지 않았다. 솟구치는 분노를 억누르려는 듯, 창백하고도 커다란 얼굴에 긴장이 드러났다. 그는 코난을 확 밀면서 버럭 소리를 질렀다. "가라니까!"

"어디로 가는지 알아야 가죠?"

보트 제작소가 분명해 보이는 곳에 도착하고 나서야, 레프코가 드디어 대답을 내놓았다. "다른 사람들은 너를 곧바로 부적격자로 분류하라고 난리였지." 그의 말투만 보면, 마치 거짓말을 진실인 것처럼 꾸며내는 기미가 역력했다. "하지만 우리는 일단 너에게 기회를 주기로 했다. 물론 기회는 이번이 처

패치

음이자 마지막이다. 다음번에는 곧바로 사막으로 내쫓을 거니까." 레프코가 크게 소리를 질렀다. "패치! 어디 있나?"

"뭐야? 누가 왔나?"

갑자기 문간에 불쑥 나타나 한쪽 눈을 번뜩이면서 씩씩거리는 저 성미 급한 노인이 설마 스승님일 리는 없었다. 순간 코난이 보기에 상대방은 전혀 낯선 사람이 아닐 수 없었고, 그나마도 무척이나 불쾌한 종류의 사람이 아닐 수 없었다.

레프코가 말했다. "당신이 원하던 조수를 데려왔지."

"조수?" 패치가 짜증스러운 말투로 대답했다. "'저놈' 말이야? 지금 나랑 장난하자는 건가?"

"당신이 먼저 이놈을 쓰겠다고 요청한 게 아니었나?"

"허어! 그건 지금으로부터 무려 일주일 전의 이야기지. 지금 저놈 몰골을 보아하니 전혀 쓸 만한 상태가 아닌데!"

"그러면 당신이 잘 먹여서 쓸 만하게 만들어 놓으시든가." 레프코가 이렇게 중얼거리며 뒤로 돌아섰다. 상대방의 냉랭하고도 번뜩이는 시선을 피하는 것이었다. "이제 그놈은 당신이 떠맡은 골칫거리이니까."

두 남자가 서둘러 떠나는 동안, 패치는 인간의 어리석음이며 상황의 불공평함에 관해서 노발대발 불평을 늘어놓았다. 그러다가 노인은 갑자기 말을 우뚝 멈추더니, 문간에 나타난

키 작은 밭장다리 남자를 향해 돌아섰다.

"도대체 무슨 좋은 구경이 났다고 주둥아리를 헤 벌리고 구경하는 거야? 이 멍청한 원숭이 같은 놈의 자식아! 빨리빨리 움직여! 저놈들이 갖다 주는 그 빌어먹을 놈의 꾸러미에서 옷이랑 그 맛대가리 없는 휴대 식량이랑 하나씩 꺼내 와. 그리고 너 이놈…" 패치는 갑자기 코난을 확 돌아보면서 으르렁거렸다. "아주 썩은 냄새가 나는군! 당장 물에 뛰어들어 가서 박박 씻지 못해! 후딱 씻고 도로 뛰어나와. 여기는 목욕탕이 아니라 보트 제작소니까. 지금부터 할 일이 태산이야!"

코난은 상대방의 고함 소리를 들으며 몸이 떨렸다. 물론 연기라는 것은 뻔히 알고 있었지만 말이다. 이 성질머리 고약한 노인의 모습이야말로 스승님의 평소 모습과는 완전히 딴판이었다. 하지만 일단 몸을 씻을 기회가 있다는 것은 고마운 일이었다. 그는 지저분한 옷을 벗어 던지고, 최대한 몸이 허약해진 것처럼 비틀거리며 항구의 물속으로 들어갔다.

몸을 다 씻고 밖으로 도로 나오려 할 즈음, 밭장다리 조수 텔릿이 이쪽으로 다가왔다. 그는 옷과 물 한 병, 그리고 플라스틱 용기에 들어 있는 음식을 가져왔다.

"어이구야!" 코난의 늘씬한 몸에 단단히 박혀 있는 근육을 보고 텔릿이 깜짝 놀라 말했다. "옷을 걸치고 있을 때에는 전혀 생각도 못 했는데, 이렇게 보니까 완전…" 곧이어 그는 얼른 이렇게 덧붙였다. "얼른 물기를 털어버리고 옷이나 챙겨 입어! 네가 꾸물거리면 저 늙다리 마귀가 우리를 둘 다 잡아먹으려고 들 테니까."

코난은 몸에서 물기를 대강 닦아내고 깨끗한 옷을 걸쳤다. 그가 물과 음식을 먹고 마시는 동안, 텔릿이 짜증스러운 말투로 패치 이야기를 했다.

"난 도대체 저 양반의 배짱이 마음에 안 든다니까! 따지고 보면 우리와 마찬가지로 낙인 죄수에 불과한 주제에. 그렇다고 저 양반이 너를 조금이라도 도와줄 것 같아? 전혀 아니야! 툭하면 멸시하고, 툭하면 빼앗아 갈 뿐이라니까!"

"빼앗아 간다고요? 뭘요?"

"그야 물론 점수지! 우리가 여기서 얻는 건 그게 전부야. 점수가 전부라고. 1,000점을 얻어야만 우리는 3등급 시민이 될 수 있어. 그런데 저 더러운 놈의 늙은이가 지난달에 나한테 무슨 짓을 했는지 알아? 나는 원래 900점을 모아놓고 있었어. 그렇다고 해서 저 양반이 나한테 휴가라도 주면서, 나머지 100점을 더 모을 수 있도록 상부에 좋은 내용의 보고서라도 올린 줄 알아? 전혀! 저 양반은 오히려 나를 헐뜯어서, 무려 30점을 깎이게 만들었어! 겨우 몇 가지 실수를 하고, 플라스틱을 조금 못 쓰게 한 것만 가지고.”

“똑같은 낙인 죄수인데도 저 양반은 어떻게 해서 그런 힘을 갖게 된 거죠?”

“왜냐하면 저 마귀 같은 늙은이는 보트에 대해서 잘 아니까.”

“하지만…” 코난은 얼굴을 찡그렸다. 자기가 아는 한 스승님이 배에 관해서 뭔가 알고 있었다는 기억은 없었다. “그래도 여기는 사람이 많으니까, 보트처럼 간단한 물건 정도면 충분히 만들 수 있을 텐데요?”

“하나부터 열까지 실험실 연구원밖에 없는 놈의 도시에서? 어림없는 소리지.” 텔릿이 탁 하고 침을 뱉더니, 뭔가 불편한 표정으로 보트 제작소를 바라보았다. “이곳은 대격변 이전까지만 해도 바닷가에 있지 않았어. 아, 물론 바다까지 이어지는 운하를 파놓기는 했지만, 그렇다고 해서 여기 사는 사람들이 보트를 만들 수 있다는 건 아니지. 물론 보트 만들기 따위야 식은 죽 먹기라고 ‘생각한’ 사람이 몇 명쯤은 있었어. 하지만 실제로 해보니까 영 아니었거든. 패치 영감은 사람들이 만든 보트를 딱 보자마자, 그놈의 물건은 거친 파도를 만나면 박살이 날 거라고 한마디 했어. 그러자 사람들은 영감을 비웃으면서 말했지. ‘저놈의 영감은 뭘 안다고 헛소리야? 자기가 무슨 브라이악 로아라도 되는 줄 아나?' 그런데 보트가 '정말로' 박살이 난 거야. 그 사고로 다섯 명이 물에 빠져 죽었어. 결국 패치 영감은 얼씨구나 하고 기회를 잡은 거야. 그때부터 지금까지 줄곧 보트 제작소를 운영하고 있는 거지."

텔릿이 다시 한번 침을 뱉었다. "너도 알겠지만, 보트라는 게 생각만큼 쉬운 건 '아니더라' 이거지. 제일 만들기 쉬운 보트도 마찬가지야. 나도 그걸 모르고 깜박 속았다니까. 나는 노동 인민위원한테 완전히 찍히는 바람에, 그 벌로 패치 밑에 조수로 들어오게 되었어. 나는 멋도 모르고 여기 오면 보트 제작에 대해서 많이 배울 수 있을 거라고 생각했지. 그것만 알면 남들 '위'에 설 수 있으니까. 하지만 그렇지가 않더라고. 이놈의 일처럼 복잡한 건 살다 살다 처음 본다니까. 그래서 기회만 있으면 이곳에서 벗어나려고 애쓰는 중이야."

"그러면 완전히 도망칠 거라는 뜻이에요?"

텔릿이 코난을 빤히 쳐다보았다. "도망치다니? 어디에서? 나는 그저 이 보트 제작소에서 나가고 싶다는 뜻이야."

"그렇다면 차라리 인더스트리아를 떠날 생각은 안 해봤어요?"

"뭐? 너 혹시 바보 멍청이가 아니냐? 아니, 세상에 어떤 바보가 감히 인더스트리아를 떠날 생각을 하겠냐고!"

"그러면 여기서 노예처럼 사는 게 좋다는 거예요?"

"물론 좋다는 것까지는 아니지. 하지만 여기서 조금 더 점수를 쌓게 되면, 나는 머지않아 3등급 시민이 될 거야. 그때부터 내 인생은 출세가도를 달리는 거지. 일단 적격 시민이 되고 나면, 여기도 상당히 살기 좋은 곳이라니까. 그때부터는 온갖 종류의 특혜를 얻게 되니까. 물론 그러려면 일단 연줄을 잘 잡아야 하고, 꼭대기에 있는 사람들한테도 잘 보여야 하지. 저 패치 영감도 고분고분하게만 굴었더라면, 지금쯤은 최소한 2등급 시민은 되고도 남았을 거야. 하지만 워낙에 성미가 비뚤어지고 멍청하다 보니까, 사람들 앞에서 아무 말이나 되는대로 지껄이곤 하지. 그래서 저 양반은 점수를 얻기는커녕 오히려 항상 잃어버리고 있다니까. 내가 듣기로 지금쯤 마이너스 3,000점 가까이 되었다던데. 그게 도대체 상상이나 돼? 물론 이제는 저 양반에 대한 이야기도 일종의 농담이 되었지. 하지만 저 양반은 워낙 정신이 나가 있다 보니까, 그런 사실 따위에는 눈 하나 깜짝 안 해. 그래도…"

바로 그때 보트 창고에서 고함 소리가 들려왔다. 패치의 욕설을 듣자마자 두 사람은 끈으로 움직이는 꼭두각시처럼 벌떡 자리에서 일어나고 말았다. "당장 기어들어 와서 뛰어다니지 못하겠나, 이 버러지 같은 놈의 멍청이들아! 하루 종일 거기서 놀고 자빠져 있을 생각이냐고. 배를 만들어야지, 배를!"

알고 보니 패치가 말한 배라는 것은 플라스틱과 금속을 이용한 저인망 어선이었다. 길이는 15미터쯤 되었는데, 악천후를 대비하여 뱃머리가 높게 설계되고, 그물을 다룰 수 있도록 갑판이 넓었다. 일부분에만 두꺼운 플라스틱판을 덧댄 커다란 배의 골조가 작업장 안을 모두 차지하고 있었다. 그 뒤쪽의 좁은 공간에서는 작은 보트 몇 척도 동시에 제작되고 있었다.

코난은 텔릿을 도와서 플라스틱판을 골조에 갖다 대고 조립하는 일을 했다. 더 두꺼운 플라스틱에 알루미늄을 보강한 골조였다.

"이곳에는 강철이 전혀 없어." 판과 판 사이의 이음매에 접착제를 흘려 넣으면서 텔릿이 코난에게 설명해 주었다. "있는 재료라고는 보시다시피 알루미늄 약간이 전부지. 게다가 이놈의 물건을 최대한 얇고 넓게 늘려서 써야 한단 말씀이야. 알루미늄은 대부분 모터를 만드는 데에 들어가니까."

"그러면 이만큼 큰 배를 하나 완성하려면 얼마쯤 걸릴까요?" 코난이 물었다. 그는 이 저인망 어선이야말로 스승님이 탈출을 위해서 만들고 있는 물건이라는 사실을 단박에 깨달았다. 첫눈에 보기에도 저 작은 보트는 너무나도 작다는 것을 알 수 있었다. 오히려 이 저인망 어선 정도로 크고 힘이 좋은 배가 있어야만, 그가 지난 5년 동안 바라보기만 했던 그 위험천만한 바다를 건널 가능성이 있어 보였다.

"그야 모르지." 텔릿의 대답이었다. "지금 우리는 이 일만 6개월째 하고 있으니까. 네가 도와준다 하더라도, 앞으로 6개월은 더 있어야 이놈의 배를 물에 띄울 수 있을걸. 그나마도 모터가 완성되고 나서의 일이지."

"모터요?"

"그래. 그 모터는 바로 이놈의 배를 위해서 특별히 만드는 거야. 시운전용 모터도 저기 하나 갖다 놨어. 패치가 지금 마무리하는 저 작은 배에 달아서 한번 직접 움직여 보고 싶다고 했거든."

순간 코난은 가슴이 덜컥 하는 기분으로 작업장 한쪽 구석을 흘끗 바라보았다. 거기서는 패치가 한창 보트 가운데 한 척의 선미에 방수제를 바르고 있었다. 혹시 스승님은 정말로 6개월 동안 이곳에 더 머무르면서 이 저인망 어선을 완성해 놓고, 그런 다음에야 비로소 탈출 기회를 모색하실 작정일까? 아니면 혹시 다른 계획이라도 갖고 계신 것일까?

어스름이 시작될 무렵에 종이 울리자, 코난은 텔릿과 함께 인근의 배급소로 가서, 앞서 식사 시간에 펀치를 찍었던 바로 그 배급 카드에 다시 서명을 한 다음, 포장된 휴대 식량 하나씩을 얻어 왔다. 두 사람은 보트 제작소 앞에 있는 정박장에 앉아서 저녁을 먹었다.

"최소한 3등급 시민은 되어야만 버젓이 식탁이 있는 곳에 들어가서 식사를 할 수 있어." 텔릿이 투덜거렸다. "난 솔직히 낙인 죄수 노릇 하는 게 이제 지긋지긋해. 우리는 일하는 시간도 제일 길고, 일하는 양도 제일 많고, 그럼에도 특권은 하나도 없으니까. 이 망할 놈의 열십자 표식을 내 이마에서 지우려면 앞으로도 100 하고도 30점이 더 필요하다 이거지. 하지만 그걸 얻기는 정말이지 하늘의 별 따기만큼이나 어려울 거야."

"그러면 그 점수는 도대체 어떻게 하면 딸 수 있는 거죠? 그냥 일을 많이 하고, 또 실수를 하지 않으면 되는 건가요?"

"웃기는 소리 하지 마!" 덩치 작은 남자가 침을 뱉었다. 곧이어 그는 눈을 가늘게 떴다. "그렇게 정석대로만 하면 평생 낙인 죄수 노릇에서 벗어나지 못할 거야. 앞서 말했던 것처럼, 저 꼭대기에 있는 양반의 눈에 잘 보이는 게 최선이라니까. 그러니까 저 사람들이 궁금해하는 것을 내가 직접 알아다가 전달해 주는 거지. 무슨 말인지 알아?"

"그러니까 결국… 결국 밀고자 노릇을 하는 건가요?"

"그 표현은 별로 마음에 안 드는데." 텔릿이 잘라 말했다.

"하지만 이와 같은 곳에서야 누구든 제 코가 석 자니까. 예를 들어 네가 근무 시간에 몰래 낮잠을 자거나, 또는 뭔가를 훔친다고 쳐봐. 그걸 뻔히 보고도 일러바치지 않는다면, 오히려 내가 바보인 셈이지. 여기서는 모두 그렇게 하니까."

"하지만 나 같으면 순순히 저 사람들의 밀고자 노릇을 하느니, 차라리 사람들을 모아서 저항이라도 해보겠어요." 코난이 굳은 얼굴로 말했다. "여기 있는 포로들은 도대체 뭐가 문제인 거죠? 자기 권리를 위해 싸울 생각조차 없는 건가요?"

"넌 잘 몰라서 그래. 이곳의 기구와 싸운다는 건 불가능해."

"왜 안 되는데요? 누가 감히 막아서겠어요? 여기는 경찰조차도 없다면서요."

"어이구! 무슨 소리야. 대신 우리가 '모두' 경찰 노릇을 하고 있는데. 우리 낙인 죄수들은 공장 지역 곳곳에 하나둘씩 뿔뿔이 흩어져 있어. 그러니 우리가 모여서 무슨 계획이라도 세운다 치면 곧바로 상부에 보고가 올라가게 되어 있다고."

"그러면 밤에는 어떻게 지내는데요? 모두 어디서 잠을 자죠?"

"그야 각 지역의 합숙소에서 자지. 감방 하나에 두 명씩."

"감방이요? 그러니까 자는 동안 가둬둔단 말이에요?"

"물론 진짜로 가둬놓는 것은 아니지만, 사실상 그와 비슷한 효과를 거두긴 하지. 우리 같은 낙인 죄수들은 마지막 종이 울리고 나면 절대로 밖에 나올 수 없거든. 혹시 그랬다가 붙잡히면 큰 말썽이 난다니까. 합숙소마다 2등급 시민 한 명씩이 관리를 맡고 있어. 그러니 서로 행동을 조심하지 않으면, 우리 모두 다시 말썽을 겪게 되거든. 모두 점수를 얻기 위해 골몰하니까, 결국 서로를 감시할 수밖에 없지. 말썽이 났다 하면 그때는 단체로 점수가 깎이든가, 아니면 식량 배급이 깎이든가 둘 중 하나거든. 게다가 말썽이 자꾸 일어나면 결국 단체로 부적격 판정을 받게 돼. 이제 무슨 말인지 알아듣겠지?"

"알았어요." 코난이 천천히 대답했다.

"그러니까 앞으로 행동을 조심하라고. 그리고 패치 영감한테서 밤에 여기 남아 있으라는 소리 듣지 않게 조심하고."

"예? 그러면 종종 밤까지도 남아서 일을 한다는 뜻인가요?"

"나도 많이 당했지. 다행히 나중에는 나도 연줄을 하나 잡으니까 좀 편해지더라고. 저 양반은 밤새 절반쯤은 잠도 못 자게 하고, 나더러 이걸 해라 저걸 해라 일을 시키는 거야. 나중에는 정말 늙은이를 죽어버리고 싶더라니까. 그러다가 합숙소로 가서 잠을 자게 되니까 얼마나 기뻤는지 몰라!"

갑자기 종이 울리자 이들은 다시 일터로 돌아가야만 했다.

긴 어스름이 점점 깊어만 갔다. 밤이 거의 다 되어서야 다시 한번 종이 울렸다. 텔릿은 공구를 내려놓고 코난을 향해 피곤한 목소리로 말했다. "얼른 가자. 마침 내가 있는 방에 침대가 하나 남아 있으니까."

"아니, 아니, 네 녀석은 안 되지!" 패치 영감이 버럭 소리를 질렀다. "꼬맹이, 네 녀석은 지금부터 매일 작업장 바닥에서 자빠져 자는 거다. 선수船首와 선미船尾가 어떻게 다른지를 제대로 배워먹기 전에는 편히 잘 생각 마라. 내 말 알아들었나?"

"어, 예, 어르신." 코난은 머뭇거리며 대답한 다음, 피곤하고 짜증나는 척하면서 작업장 바닥에 털썩 주저앉았다.

결국 텔릿이 작업장을 떠나자마자, 패치는 키득키득 웃어대더니 예전과 같은 스승님 특유의 목소리로 말했다. "가끔은 나도 이런 내가 싫다니까. 세상에, 정말로 끔찍한 늙다리 마귀 아니냐!"

"솔직히 진짜로 좀 그래요, 할아버지! 그래도 이쯤 되니까 왜 굳이 그렇게 하셨는지 이해가 되네요."

"그래, 이제는 우리끼리 할 일이 또 있지. 그나저나 너 정말로 힘이 들어서 털썩 주저앉을 수밖에 없는 지경인 거냐?"

"당연히 아니죠! 밤새 일을 하라고 하셔도 너끈히 하겠어

패치

요.”

“좋아! 아마 진짜로 밤새 일을 해야 할 거다. 우리는 내일 당장 여기를 떠날 작정이니까.”

코난은 똑바로 일어나 앉았다. 얼굴에는 놀란 표정이 역력했다.

“그렇다면… 어떻세… 하지만 제가 듣기로 이 저인망 어선을 완성하려면 최소한 몇 달은 더 있어야 한다고…”

“아이고, 이런, 얘야. 이놈의 물건은 결코 제대로 움직이지도 못할 거야. 우리한테 필요한 건 오히려 돛단배란다.” 노인은 이렇게 말하며 자기가 만들던 작은 보트 가운데 하나를 가리켰다. 곧이어 작업장의 어두운 한쪽 구석에 놓여 있던 또 다른 보트도 가리켜 보였다. “저쪽에 있는 걸 이리로 끌고 와라.”

코난은 궁금한 생각이 들었지만 일단 시키는 대로 했다. 비록 보트에 관해서는 아무것도 몰랐지만, 이렇게 땅딸막하고 볼품없는 작은 배로 망망대해를 지나갈 수 있을 것 같지는 않았다. 설령 한 사람이 타도 마찬가지일 것 같았다. 그는 어리둥절한 표정으로 스승님을 바라보았다.

“이쪽으로 돌려봐라.” 노인이 명령했다. “그리고 두 척의 배를 붙여놓아 봐라. 배 뒤쪽이 서로 맞닿도록 말이야.”

코난은 시키는 대로 보트 두 척을 맞닿게 놓은 다음, 뒤로 몇 걸음 물러나서 바라보았다. 순간 그는 깜짝 놀랄 수밖에 없었다. 방금 전까지만 해도 볼품없었던 모습은 사라져 버리고 없었다. 보트 두 척을 하나로 연결하자, 양쪽 끝이 뾰족한 데다가 길고도 미끈한 돛단배의 선체가 희미한 빛 속에 나타났던 것이다.

"세상에." 코난이 중얼거렸다. "정말… 정말 믿을 수가 없어요! 어떻게 하신 거죠? 그러니까 저는 지금껏 한 번도 몰랐어요. 할아버지께서…"

"그러니까 내가 보트를 만들 수 있다는 사실을 몰랐다는 거지? 사실은 내가 난생처음으로 관심을 둔 기술이 바로 보트 제작이었단다." 스승님은 문간으로 다가가서 잠시 바깥의 동정에 귀를 기울이더니, 아무도 없다는 사실을 확인하자 다시 말을 이었다. "이 계획의 핵심은 일단 우리한테 필요한 배를 설계한 다음, 다른 사람들의 눈에는 우리가 뭘 하는지 전혀 안 보이도록 배를 만드는 거였지. 그러려면 유일한 방법은 이것 하나뿐이었단다. 이 배가 완성되려면 일단 용골, 또는 그 대용품 비슷한 것이 하나 있어야 되겠지. 하지만 그 문제는 일단 나중에 생각해 보자. 내가 먼젓번에 이야기했던 그 장소에 가서 말이야. 자, 내가 생각한 계획이 뭐냐 하면…"

노인의 설명은 이러했다. 내일 밤, 두 사람은 필요한 장비

패치

를 아직 미완성인 보트 두 척에 나누어 실은 다음, 우선 시운전용 저인망 어선 모터를 이용해서 절벽 사이의 틈새 있는 해안까지 갈 것이었다. 거기서 두 사람은 보트 두 척을 하나로 조립한 다음, 그곳에서 직접 돛을 만들어서 설치할 것이었다.

"하지만 일단은 우리가 꼭 해야 할 일이 있지." 스승님이 덧붙였다. "그리고 그 일을 하려면 바로 너의 힘이 필요했던 거다. 지금부터 우리는 어떤 건물 안에 들어가서 뭘 훔쳐내야 하거든."

6

위험

Danger

이들에게 필요한 물건은 다음과 같았다. 포장된 빵, 오래 두어도 괜찮은 기타 식품들, 돛을 만들 재료인 천, 얇은 플라스틱 필름 두루마리 하나. 이 물건들이 보관되어 있는 창고를 터는 일은 일단 자정까지 기다렸다 착수하기로 했다. 그 시간쯤이면 순찰 경비원도 첫 근무를 마친 다음일 것이었다. 따라서 이들도 더 안전할 것이었다.

주위가 칠흑처럼 어두워지고 나자, 스승님은 정박장으로 나가서 하이하버에 있는 마잘과 연락했다. 코난은 보트 제작소 한쪽에 있는 이불 속에 들어가서 쉬려고 했다. 차마 말할 수 없을 정도로 지쳤지만, 당장은 잠이 오지 않을 것 같았다. 뭔지 알 수 없는 두려움이 그를 괴롭히기 시작했다. 이게 다 앞으로 직면하게 될 불확실성 때문이라고 생각하면서, 코난은 두려움을 머릿속에서 몰아내려고 노력했다.

지금 하이하버에서는 무슨 일이 벌어지고 있을까? 대격변으로 인해 그곳에 일어난 변화를 상상해 보려고 하면서, 그는 자기도 스승님처럼 전달능력을 조금이라도 가졌으면 좋겠다는 생각을 다시 해보았다. 예전에 마잘이 그 능력을 배웠던 것처럼, 자기와 라나도 그 능력을 배웠다면 얼마나 좋았을까. 하지만 그 당시에는 전쟁이 갑자기 확대되다 보니, 차마 그걸 배울 시간 여유조차도 없었다. 바로 그때, 코난이 기억하는 라나의 모습이 머릿속에 선명하게 떠오르자, 그는 그녀의 지금 모습을 보고 싶다는 거의 압도적인 열망에 사로잡혔다. 과연 정말로 볼 수 있을까?

어쩌면 가능할지도 몰라. 만약 자기 생각을 모조리 라나에게 집중한다면, 저 먼 거리를 거뜬히 넘어서 어떻게든 그녀를 볼 수 있을지 몰랐다. 비록 실제로 이야기를 나누지는 못하더라도 말이다…

코난이 라나를 향해 생각을 집중한 바로 그 순간, 그녀는 오두막 안에 남아 탑에 올라간 마잘이 내려오기를 기다리며 조바심하고 있었다. 바다 저편의 이곳, 그러니까 먼 서쪽인 이곳에는 아직 햇빛이 남아 있었다. 물론 이제는 저녁의 냉기가 고지에서부터 서서히 내려오고 있었지만 말이다. 라나는 몸을 부르르 떨더니, 지금껏 약간 열어두었던 출입문을 닫았다. 바로 그 순간, 그녀의 머릿속에 코난의 영상이 짧게, 그러나 놀라

우리만치 선명하게 떠올랐다. 그를 마지막으로 보았을 때의 모습이 아니라, 그때보다 더 나이 많고 더 힘이 세어졌음 직한 모습으로 말이다. 심지어 이마에 새겨진 무슨 표식조차도 또렷이 보였다.

지금 무슨 일이 벌어지고 있는지를 알았더라면, 그리하여 자기 머릿속에서 다른 모든 생각을 지워버리고 그 영상에만 집중했더라면, 라나는 난생처음으로 코난과 원거리 접촉을 할 수 있었을 것이다. 하지만 바로 그때 다른 문제가 그녀의 주의를 끌었다.

오두막 뒤편의 비탈 위에서 짐시의 까마귀 울음 신호가 들려왔던 것이다. 그 아이는 오늘 아침 그녀가 가르친 수업에 나오지 않았다. 결국 도끼를 찾아온 이후로 줄곧 보지 못한 셈이었다. 하필이면 이렇게 늦은 시간에 짐시의 호출을 받으니 어딘가 불안한 마음이 들었다. 그 아이는 이제껏 한 번도 이렇게 한 적이 없었다. 물론 뭔가 중요한 이야기를 전달해야 한다면, 언제라도 찾아와서 불러내는 것이 당연하기는 했지만…

짐시의 신호가 다시 한번 들려왔다. 이번에는 라나도 상대방의 신호에서 뭔가 다급한 듯한 느낌을 읽었다. 도대체 무슨 일일까?

그녀는 문을 열고 탑 쪽을 흘끗 바라보았다. 혹시 마잘이 내려오는 모습이 보일까 싶어서였다. 라나는 어떻게 할지 몰라 망설였다. 짐시의 다급한 부름, 그리고 코난과 할아버지에 대한 걱정, 이렇게 둘 사이에서 갈팡질팡하는 것이었다. 어제 스승님께서는 마잘에게 이렇게 말씀하셨다. 두 사람이 탈출할 시간이 머지않았다고. 아마도 앞으로 하루 이틀 사이에는 떠나게 될 거라고. 어쩌면 지금일 수도… 그녀는 세차게 고개를 저으며, 다시 한번 문을 닫고 안으로 들어갔다. 그리고 망토를 집어 들고, 마치 희미한 유령처럼 오두막의 어둠 속을 재빨리 움직였다.

출입문 앞에 도착한 라나는 우뚝 걸음을 멈추었다. 누군가가 현관 앞으로 올라오는 발자국 소리가 들렸기 때문이다. 그녀가 옆으로 비켜서자마자 문이 열렸다. 샨이 안으로 들어왔다.

"어디 무도회라도 가는 거냐, 아직 이른 시간인데?" 그가 농담을 건넸다. 그나마 분위기를 가볍게 만들어 보려는 애처로운 시도였다.

순간 라나는 뭐라고 대답해야 할지 몰라 망설였다. "그게… 사실은 방금 짐시가 저를 불러서요." 그녀가 말했다. "아무래도 무슨 일이 생긴 것 같아요." 순간 라나는 이모부의 얼굴의 주름살이 어쩐지 더 깊어진 것 같다는 느낌을 받았다. 그러고 보니 샨은 오늘 새벽부터 줄곧 밖에 나가 있다가 이제야 들어오는 셈이었다.

"혹시… 혹시 무슨 일이라도 있어요, 이모부?"

샨은 아무 말 없이 문을 닫더니, 거기 등을 기대고 서서 힘없이 눈을 감았다. "바이러스야." 그가 나지막이 중얼거렸다. "항구 저편에서 갑자기 시작되었더라고. 애들 가운데 여섯 명이 벌써 그것 때문에 몸져누웠어. 하지만 지금 나로선 그걸 어떻게 할 방법이 없구나."

라나는 깜짝 놀란 나머지 눈이 휘둥그레졌다. 지난 5년 동안 샨이 무척이나 두려워했던 종류의 일이 드디어 터진 것이었다. 지금까지는 비교적 운이 좋아서인지, 특별히 위험하거나 전염성 높은 질병이 하이하버에서 발생한 적은 한 번도 없었다. 그런데 이제는…

"이모부가 보시기엔 어떠세요? 혹시… 심각한가요?"

"그래. 뭔가 새로운 질환이었어. 적어도 내 눈에는 말이야. 어쩌면 이번에 온 무역선에 묻어 온 건지도 몰라. 그 배의 선원들은 이미 면역이 되어 있는지도 모르고. 하지만 우리 섬의 아이들은 그렇지가 못하지. 어젯밤에 처음 발병한 모양인데, 그 중 세 명은 이미 의식을 잃은 상태야. 그나저나… 혹시 너 오늘 다이스를 본 적이 있니?"

라나는 고개를 저었다. 그 인민위원이라는 사람은 벌써 이틀째 이곳에 오지 않고 있었다.

"그렇다면 내가 먼저 그 양반을 찾아가야 하겠군." 샨이 말했다. "물론 그 양반이야 의사가 아니지만, 그래도 간단한 응급조치는 알고 있을 테니까. 그리고 그 배에는 약품도 제법 많이 실려 있을 거고. 그 양반한테 좀 도와달라고 부탁을 해야겠다."

"어쩌면 짐시가 그 사람 행방을 알고 있을지도 몰라요. 제가 가서 물어볼게요."

라나는 망토를 걸치고는 밖으로 달려 나갔다. 일단 샨의 진료실 근처에 도착하자 잠시 걸음을 멈추었고, 혹시 누가 지켜보지 않는지 한참 주위를 살폈다. 곧이어 그녀는 숲을 지나서 비탈 맨 꼭대기에 있는 구불구불한 소나무 있는 데까지 서둘러 달려갔다.

짐시는 나무에 붙어서 웅크리고 앉아 있었다. 어스름 속에서 이 작고 누더기 걸친 아이의 모습은 그 주위의 관목과 하나가 되어 거의 보이지 않았다. 오로지 잔뜩 뒤엉키고 지저분한 붉은 머리카락만이 그늘 속에서 유난히 두드러져 보일 뿐이었다. 힘겹게 자리에서 일어나는 짐시의 모습을 본 라나는 깜짝 놀랐다. 얼굴 왼쪽은 온통 멍투성이에 퉁퉁 부어서 마치 눈을

위험

감은 것처럼 보이는 지경이었다.

"짐시!" 라나가 말했다. "도대체 이게 무슨… 누구랑 싸우기라도 한 거야?"

"아, 됐어." 그가 투덜거렸다. "난 멀쩡하거든."

"하지만 너무 많이 다쳤잖아! 얼른 가자. 내려가서 의사 선생님한테 잠깐만 봐달라고…"

"아, 정말! 됐다고 그랬잖아. 내 말 안 들려?" 짐시는 짜증을 부리다 말고 말을 멈추었다. 그러고는 그녀는 똑바로 바라보며 물었다. "그 모임 이야기 들었어?"

"무슨 모임?"

"그럼 아직 못 들은 거구나. 내일 이맘때쯤에 열릴 거야. 큰길에 있는 그 자리에서 말이야. 올로가 참석할 거라고."

순간 라나의 가슴에 새로운 공포가, 이전까지의 다른 공포보다도 훨씬 더 날카로운 공포가 파고들었다. 짐시가 말한 "큰길에 있는 그 자리"라는 곳은 산마루 건너편에 있었다. 대격변 이후로는 쓸모가 없어진 예전의 고속도로 옆에 있는 일종의 노변 공원이었다. 이 근처에서는 제일 가깝고 제일 넓은 공터였기 때문에, 종종 아이들이 그곳에 모여서 놀이를 하거나 이야기를 나누곤 했다.

"짐시, 그럼 나한테 해주고 싶은 이야기가 뭔데?"

"음, 그러니까… 그러니까 지금 여기 있는 녀석들 중에서 상당수는 의사 선생님이 계속해서 이러쿵저러쿵 잔소리하는 걸 마음에 들어 하지 않는다 이거지. 쉽게 말해서 의사 선생님이 안 된다고 금지한 물건들을 그 녀석들은 갖고 싶어 한다는 거야. 무슨 말인지 알겠지? 그 무역선에 실려 있는 물건들을 말이야. 예를 들어 자전거라든지 뮤직 박스라든지…"

"하지만 짐시, 지금 우리한테는 그런 물건들보다 '훨씬' 더 필요한 게 있잖아! 넌 도대체 생각이…"

"아니, '내가' 언제 그런 것 갖고 싶댔어? 예를 들어 '내가' 그런 뮤직 박스 따위 갖고 있어서 무슨 소용이 있는데? 설령 갖고 있더라도, 조만간 다른 어떤 더러운 놈이 훔쳐 가고 말겠지. 게다가 올로라는 놈은 뭐든지 갖고 싶어서 작정한 모양이니까. 누나도 알다시피, 지금 그 자식은 이 섬을 모조리 차지할 작정이야."

"뭐라고?"

"그 자식… 그 자식이 의사 선생님을 몰아내고 대장 노릇을 하려고 한다니까."

라나는 충격을 받은 나머지, 아무 말도 못 하고 소년을 빤히 쳐다보기만 했다.

"거기서 끝난 게 아니야." 짐시가 말했다. "올로, 그 자식은 지금 누나를 잔뜩 벼르고 있어. 무슨 말인가 하면, 사실… 사실은 나도 그때 누나가 도끼를 도로 빼앗아 오면서 무슨 일이 벌어졌는지 봤거든."

"너… 너도 보고 있었다고?"

"그래. 그 자식이 갑자기 치사하게 구는 걸 보고서는, 여차하면 내 화살을 한 방 먹여주려고 작성하고 있었지. 하지만 다행히 누나가 무사히 도망쳐 버리더라고." 짐시는 잠시 말을 멈추었다가, 이렇게 덧붙였다. "그나저나 나랑 여기서 만나는 거, 지금까지 아무도 본 사람 없었지?"

"짐시, 나는 여기 올 때마다 '항상' 조심한다니까. 내가 지금 너를 만나러 나왔다는 걸 아는 사람은 우리 이모부뿐이야. 하지만 방금 전에는 그렇다고 이야기를 하지 '않을' 도리가 없었어. 왜냐하면…"

"됐어, 의사 선생님은 괜찮아. 그러면 올로가 그냥 찍어서 맞힌 모양이네."

"찍어서 맞히다니, 뭘? 짐시, 혹시 올로가 널 이렇게 때린 거야?"

짐시는 어깨를 으쓱했다. "아니야, 신경 쓰지 마."

"그렇다면 '정말로' 올로 그 자식의 짓이구나! 내가 '어떻게' 신경을 안 쓸 수가 있어! 그 짐승 같은 놈의 자식이!" 라나는 화가 치민 나머지 주먹을 불끈 쥐었다. "결국 그 도끼에 관한 이야기를 네가 나한테 해줬다고 생각해서 그런 짓을 한 거구나!"

다시 한번 짐시가 어깨를 으쓱했다. "난 괜찮으니까, 신경 쓰지 마. 어쨌거나 나도 이번 일은 절대로 잊지 않을 거니까. 언젠가는 그 자식한테 똑같이 갚아줄 거야." 그는 시선을 피하며 이렇게 말했다. "그나저나 내일은 차라리 비라도 실컷 내렸으면 좋겠네. 그 염소 도둑놈이 여기까지 기어 와서 대장 노릇을 한다고 치면, 솔직히 누구한테도 좋을 건 없을 테니까 말이야."

"짐시, 잠깐만! 우리 지금 그 인민위원이라는 사람을 찾아야만 돼. 아주 중요한 일 때문에 그래. 혹시 요즘에 그 사람 어디 있는지 봤어?"

"응, 당연히 봤지." 짐시의 거칠고도 주근깨 범벅인 얼굴이 아까보다 좀 더 굳어졌다. "그 양반은 오늘 하루 종일 올로하고 붙어 다니고 있었거든."

"올로하고?"

"그래. 둘이서 단짝이더라니까. 내가 보기에는 둘이 아마 무슨 거래를 한 것 같아. 그 인민위원이란 사람, 그 양반도 내일 모임에 나올 거래."

위험

"이런, 세상에!"

"내가 들은 바에 따르면 그렇다고 하더라고. 아마 지금은 둘 다 무역선에 가 있을 거야."

또다시 충격을 받은 라나는 다시 한번 말이 없었다. 짐시가 그곳을 떠나는 모습도 거의 눈에 들어오지 않았다. 잠시 후에 그녀는 집으로 가려고 돌아섰다. 그런데 점차 커져가는 두려움을 억누르는 데에만 신경을 썼던 나머지, 이 땅 너머에 있는 또 다른 적에 대해서는 차마 생각을 못 하고 있었다. 라나는 평소와 달리 이번에는 그쪽으로 돌아서며 차마 눈을 내리깔지도 못했다. 그러자 저 위협적인 방망내해가 순식간에 눈에 들어왔다. 대륙을 집어삼키고 과거를 파묻어 버린 그 광활하고도 시커먼 바다가, 항상 똬리를 감추고 기회를 엿보는 뱀처럼 음험하게 보이는 죽음의 바다가. 어둠이 퍼져 나가는 바다 한가운데 지평선 위로 저물어 가는 햇빛의 반사광이 마치 괴물의 눈처럼 그녀를 노려보고 있었다.

라나는 그 모습을 보고 비명을 질렀다. 여차하면 공황 상태에 빠질 수도 있었다. 다행히 줄곧 그녀의 머리 위를 맴돌던 티키가 재빨리 아래로 내려와 그녀의 한쪽 팔에 가볍게 올라앉아 있었다. 라나는 다행스러운 듯 새를 손으로 감쌌고, 저녁의 어스름을 뚫고 비탈 아래로 달려 내려갔다.

보트 제작소의 한쪽 구석에서 잠들어 있던 코난은 갑자기 잠에서 깨었다. 누군가가 그의 어깨를 한 손으로 만졌기 때문이었다.

어둠 속에서 스승님의 목소리가 나지막이 들려왔다. "바로 지금이다, 애야. 서둘러서 해치워야만 해."

코난은 이불을 옆으로 걷고 얼른 자리에서 일어났다. 그 즉시 잠은 멀리 달아나 버리고 말았다. 자기가 잠깐 잠들었다는 사실이 놀랍기만 했다. 불과 몇 초 전까지만 해도 그는 라나와 하이하버를 생각하고 있었던 것 같았으니 말이다. 노력했지만 성과가 없었다고 생각하니 약간 힘이 빠졌다. 아무래도 자기는 전달능력자가 될 수는 없을 것 같았다.

코난은 혹시 마잘을 통해서 라나가 보낸 메시지가 있었느냐고 스승님에게 물어보려고 했다. 하지만 노인이 먼저 플래시 하나를 그의 손에 쥐여주면서 말했다. "나를 따라와라, 애야. 대신 플래시 불빛은 꼭 필요할 때에만 쓰도록 해라. 그리고 내 뒤를 따라오면서는 계속 바닥을 비추도록 해라."

"할아버지께서 앞장을 서시니까, 차라리 직접 들고 가시는 게 낫지 않을까요?"

위험

"아니, 나한테는 아무 도움이 안 될 거다. 나야 사실상 눈이 멀었으니까 말이야."

"그게 지금 '무슨' 말씀이세요?"

스승님은 나지막이 키득키득 웃었다. "나야 원래부터 눈이 거의 멀다시피 한 상태였어. 난 또 너도 아는 줄 알았지. 어렸을 때 화학약품을 가지고 놀다 보니 눈이 무척 나빠졌단다. 설상가상으로 안경까지 잃어버렸지 뭐냐. 바로 대격변이 벌어진 날 밤에 말이야. 그래서 지금도 보트 설계도를 간신히 그릴 만한 정도의 시력밖에는 안 된다니까. 그래도 안경이 없으니 변장하기는 쉬워졌지. 턱수염도 밀어버리고, 안경까지 벗은 데다가, 의안 대신 안대까지 하고 있으니, 누가 내 얼굴을 알아볼 수 있겠니?"

"저는 전혀 모르고 있었어요! 그나저나 눈이 그렇게 나쁘시면 도대체 어떻게 길을 찾아가실…"

"어둠 속에서 말이냐? 그야 쉽지. 나한테는 다른 감각도 있으니까. 어서 가자!"

어둠 속에서 노인의 경쾌한 발걸음을 뒤따라가다 보니, 코난은 난생처음으로 스승님을 향해 어마어마한 존경심을 품기 시작했다. 다시 말해서, 이제껏 온 세상이 우러러보던 것과 마찬가지 시각으로 스승님을 바라보게 된 것이었다. 키가 크고

언뜻 허약해 보이는 이 노인은 다름 아닌 브라이악 로아, 즉 이 시대의 가장 뛰어난 지식인이었다. 하지만 소년은 지금껏 그런 사실을 별로 중요하게 여기지 않았다. 다만 이 노인을 스승님으로, 또한 가까운 친구로 여기고 있었을 뿐이었다. 그런데 이제 와서야 갑자기 경외감을 느낀 까닭은, 단지 이 노인이 수많은 경이를 만들어 낸 천재라는 사실 때문만이 아니었다. 오히려 거의 눈이 먼 상태임에도, 어둠 속에서 뭔가를 볼 수 있도록 단련했다는 분명한 사실 때문이었다.

도대체 어떻게 그렇게 하는 걸까?

순간 코난은 오래전에 있었던 한 가지 일을 떠올렸다. 어느 날 저녁, 스승님은 마잘에게 전달능력을 향상시키는 방법을 가르치고 있었다. "여기서는 '시각화'하는 방법을 배우는 게 필수란다." 스승님이 말했다. "무슨 말인지 알았니? 네가 멀리 떨어져 있는 나에게 말을 걸고자 한다면, 네가 나를 매우 열심히 생각해서 내 모습이 눈에 선해져야만 되는 거야."

"하지만 아버지, 그건 불가능한 일이에요."

"무슨 말이냐. 나는 항상 네 모습이 눈에 선한데. 네가 아무리 멀리 떨어져 있어도 말이야. 내가 할 수 있는 일이라면, 너도 충분히 할 수 있을 거다."

"하지만… 하지만 저는 그런 이야기를 믿지 않는다고요."

마잘은 이렇게 항변했다. "아버지는 그저 저보다 능력을 훨씬 더 많이 갖고 계실…"

"그건 또 무슨 말이냐. 이럴 줄 알았으면 다른 사람에게만 맡길 것이 아니라, 내가 일찍부터 너를 직접 훈련시킬걸 그랬구나. 다른 모든 사람과 마찬가지로, 너는 이제껏 정신을 사용하는 방법을 전혀 배우지 못했지. 오히려 그걸 사용하지 '말아야' 한다고 배웠던 거야."

이쯤 되자 마잘도 지친 듯 고개를 젓고만 있었다. 하지만 스승님은 특유의 고집스러운 태도로 이렇게 말씀하셨다. "너는 그걸 사용하지 '말아야' 한다고 배운 거야. 그런 일은 애초부터 불가능하다는 생각을 머릿속에 떡하니 박아놓다 보니까 그렇게 된 거지. 예를 들어 너는 눈이 먼 사람이 뭔가를 보는 법을 배운다는 것도 불가능하다고 생각하겠지. 하지만 나는 그런 일이 충분히 가능하다고 본다. 일단 시각화하는 방법만 배우고 나면…"

"그만 좀 하세요, '아버지'!"

하지만 그로부터 몇 년이 지난 지금, 스승님은 단순히 자신의 주장을 사실로 증명했을 뿐만 아니라, 심지어 그보다 더 큰 진리도 제공해 주었다. 코난이 보기에는 지금 이 순간이야말로 어떤 마법의 문이 열리는 것만 같았다.

노인은 거의 한 번 쉬지도 않은 채, 그를 이끌고 음침한 골목길을 통해서 이런저런 건물들을 지나갔다. 어떤 건물에서는 화학약품 냄새가, 또 어떤 건물에서는 섬뜩한 불빛이 흘러나왔다. 마침내 두 사람은 창문 하나 없이 길고 육중한 플라스틱판으로만 만들어진 어느 구조물 뒤쪽에 도착했다.

스승님은 그곳에 잠시 서서 가만히 귀를 기울였다. 곧이어 노인은 직접 들고 온 꾸러미를 펼치더니, 코난에게 짤막한 금속제 지렛대를 하나 건네주었다. 할아버지는 건물의 플라스틱판 몇 개를 손가락 끝으로 톡톡 두들겨 보고 나서 이렇게 속삭였다. "여기를 한번 해보자. 지렛대로 아래쪽 죔쇠를 뜯어내고, 플라스틱판을 옆으로 벌려봐라. 천천히…"

코난은 조심스럽게 지시대로 했다. 순간 눈 붙이기 전에 느꼈던 것처럼 뭔지 알 수 없는 두려움이 다시 한번 솟아나는 기분이 들었다. 이번에는 아까보다 더 컸다. 무엇이 잘못되었다는, 매우 잘못되었다는 생각이 들었다. 하지만 도대체 무엇이?

건물 안으로 들어가는 일은 생각보다 쉬웠다. 곧이어 코난을 따라 안으로 들어온 스승님은 아까의 꾸러미에서 커다란 비닐봉지 몇 개를 꺼냈다. 두 사람은 필요한 물품을 손쉽게 찾아냈고, 봉지를 다 채우자 아까 들어갔을 때와 똑같은 방법으로 밖에 나왔다. 코난이 든 짐은 물론 스승님의 짐보다 훨씬

위험

많고 더 무거웠다. 벽에 난 좁은 틈새를 지나가려다 보니, 어떤 봉지에서는 유난히 부피가 큰 물건 몇 개를 도로 꺼내야 했다. 그가 무사히 틈새를 나와서 그 물건들을 다시 봉지에 넣고 보니, 스승님은 거기서 몇 미터 떨어진 곳에 웅크리고 앉아 있었다. 노인은 뭔가를 조사하는 듯한 모습이었다.

"왜 그러세요?" 코난이 속삭였다.

"아직은 잘 모르겠다만. 어쩌면 뭔가 큰일이 일어날지도 모르겠구나."

코난은 플래시로 땅 위를 비춰보았지만, 보이는 것이라고는 방금 그 건물 있는 곳에서부터 그곳까지 포석 위에 닌 갈라진 자국뿐이었다. 할아버지는 도대체 무엇 때문에 땅에 난 갈라진 자국에 관심을 두는 것일까? 그런 갈라진 자국이야 부두에서도 흔히 볼 수 있는데.

하지만 뭔가가 잘못된 것은 분명해 보였다. 왜냐하면 스승님은 보트 제작소까지 오는 동안 아까와는 다른 길을 택했고, 몇 미터마다 멈춰 서서 포석을 잠깐씩 살펴보았기 때문이다. 제작소로 돌아와서도 할아버지는 이 문제에 대해서는 아무 말이 없었다. "일단은 잠을 더 자 두도록 해라, 애야." 할아버지가 이렇게 말했다. 가져온 비닐봉지는 제작소 옆 창고에 숨겨 놓은 다음이었다. "아마 내일은 무척이나 힘든 하루가 될 것 같으니까 말이야."

다음 날은 그 시작부터 뭔가 좋지 않은 느낌이 들었다. 코난에게는 이런 느낌이 결코 끝나지 않을 것만 같았다. 아침에 눈을 뜨자마자, 어젯밤에 느꼈던 뭔지 알 수 없는 두려움이 다시 한번 그에게 찾아왔다. 이 두려움은 계속해서 그의 마음속에 남아 있었으며, 시간이 흐를수록 점점 더 커지기만 했다. 텔릿이 찾아오자마자 스승님은 평소와 마찬가지로 성미 고약한 패치의 모습으로 돌아왔지만, 코난이 보기에는 노인도 뭔가 마음이 불편해 보였다. 할아버지는 이날 하루 대부분을 창고에 있는 제도용 책상 앞에 앉아서, 종이 대용품으로 사용되는 플라스틱 필름에다가 뭔가 알 수 없는 방정식을 줄줄이 쓰고 있었다.

텔릿도 뭔가가 이상하다는 것을 깨달았는지, 한번은 창고 쪽을 가리키며 코난에게 중얼거렸다. "도대체 '저 양반' 어떻게 된 거야? 혀가 달아나기라도 한 건가?"

"그걸 내가 어떻게 알아요?" 코난도 괜히 퉁명스레 대답했다.

그날 오후에 패치는 시운전용 모터를 시험 삼아 돌려보겠다면서, 두 사람에게 작은 보트 가운데 한 척을 끌고 오라고 했다. 이들은 모터를 가져다가 보트의 선미에 마련된 사리에 설치하고 잘 고정한 다음, 보트를 살살 운반해 정박장으로 나갔다. 보트가 물에 뜬 모습을 본 패치는 얼굴을 찡그리더니, 배의 균형을 잡아줄 바닥짐 노릇을 할 만한 묵직한 물건을 가져오게 했다. 코난이 가만 보니, 패치가 가져오게 한 물건은 여분용 배터리며, 공구 상자며, 심지어 나중에 보트의 선체를 연결할 때에 도움이 될 만한 접착제 깡통 같은 유용한 것들이었다.

"시험이기는 하지만 실진처럼 해야지." 노인이 딱딱거리며 말했다. "물건을 좀 더 갖다 실어! 이놈의 모터는 힘이 아주 좋아야 쓸모가 있단 말이야." 곧이어 패치는 마치 뒤늦게야 생각이 난 것처럼 이렇게 덧붙였다. "그리고 다른 보트도 마저 가져와 봐. 견인 줄로 뒤에 묶어놓아 보게."

저녁이 되어서 마지막 종이 울렸지만, 코난은 여전히 정박장에 남아서 보트 모는 법을 난생처음으로 배우고 있었다. 두 척의 보트에는 이미 부분적으로 짐이 실려 있었다. 이제 두 사람이 어제 가져온 비닐봉지 두 개 분량의 물품과 몇 가지 물건만 더 실으면 떠날 수 있었다. 이때가 되자 코난이 느끼는 불안감은 차마 견딜 수 없을 지경까지 되었다.

"도대체 뭐가 잘못된 걸까요?" 텔릿이 제작소를 떠나자마자 코난은 할아버지에게 물어보았다.

"지질 문제 때문이지." 스승님이 나지막이 말했다. "그렇잖아도 그 일 때문에 우리 계획도 망치게 될 것 같구나."

"하지만 저는 도무지… 그런데 방금 '지질 문제'라고 하셨어요?"

"그래. 대격변 때문에 지구의 지각에는 상당한 손상이 가해졌거든. 이 지역은 그래도 방대한 넓이에 걸쳐서 지각이 비교적 깨끗하게 떨어져 나온 경우지. 인더스트리아의 일부분도 그래서 사라진 거야. 하지만 균열이 남아 있는 곳도 있지. 지금 우리가 있는 땅에도 심한 균열이 남아 있어. 나는 여기 처음 올 때부터 그렇다는 사실을 발견했지. 땅에 가해지는 긴장이 점점 더 늘어나고 있어. 내가 어젯밤에 본 것으로 미루어 보자면, 이제는 임계점에 도달한 것 같더구나."

코난은 너무나도 놀란 나머지 입을 벌린 채 할아버지를 바라볼 수밖에 없었다. "그러면… 그러면 조만간 지진이라든지, 또는 그와 유사한 일이 여기서 벌어질 거라는 말씀이세요?"

스승님은 한숨을 쉬었다. "그래, 코난. 최소한 이 도시의 남아 있는 부분 가운데 절반가량은 파괴되고 바닷속에 잠길 것 같구나."

　　　　　　　　　　　　　　　　　위험

"그게… 그게 정말인가요?"

뒤늦게야 코난은 자기가 한 질문이 얼마나 어리석은지를 깨달았다. 지금 그의 앞에서 지진을 예견한 사람은 일찍이 내 격변을 예견했던 바로 그 사람이었다. 지금 그는 브라이악 로 아를 의심하는 것이었다. 자력磁力을 무기로 사용한다면 정확 히 어떤 일이 벌어질지를 이 세계에 분명히 경고했던 바로 그 사람을 말이다. 하지만 장군들은 이 노인의 말을 믿고 싶어 하 지 않았다. 적국의 도시를 방어하고 있는 역장力場을 깨트리기 위해서는 그런 무기가 있어야 한다는 이유에서였다. 결국 이 행성은 원래의 축에서 벗어나게 되었고, 그 장군들은 지금 바 닷물에 휩쓸려 사라져 버렸다.

"죄, 죄송합니다, 할아버지." 코난이 더듬거렸다. "저는 그 냥…"

"아니, 괜찮다, 얘야. 내 생각에는 어지간한 기적이 찾아오 지 않는 한, 이 재난을 막을 방법은 전혀 없는 것 같구나. 이 재 난은 언제라도 일어날 수 있을 거다. 지금 나야 쓸 만한 측정 도구를 갖고 있지 못하기 때문에, 정확히 예측하기에는 불가 능하지만 말이야." 노인은 고개를 저었다. "하지만 어쨌거나 일어나기는 할 거다. 그것도 아무런 경고조차 없이 말이야. 이 것이야말로 무시무시한 함정이야. 사람들에게 반드시 알려야만 해.”

순간 코난의 가슴이 선뜩해지고 말았다. 갑자기 그가 물었다. “그러면 텔릿에게 메시지를 하나 남기면 되지 않을까요? 그 내용을 이곳 본부에 전하라고 말이에요. 할아버지께서 자세하게 적어만 주신다면…”

“그렇게 메시지를 남겨놓기만 하면, 저 사람들이 믿을 것 같으냐?”

“왜 믿지 않으려 하겠어요?”

“왜냐하면 여기에 있는 사람 중에는 그런 일을 제대로 이해할 사람이 하나도 없기 때문이지. 게다가 모두 나를 패치로만 알고 있었던 게 아니냐. 설령 내가 그 메시지에다가 진짜 이름을 적어놓는다 하더라도, 다들 이 패치라는 작자가 결국 돌아버리고 말았다고 생각하고 말 게야.”

“저 사람들이 믿지 않으면 또 어때요?” 코난이 대꾸했다. “그렇다고 해서 할아버지께서 어떻게 하실 수 있는 것도 아니잖아요. 게다가 우리는 저 사람들을 도와야 할 이유도 없고요!”

“아니, 도와야 할 이유가 있지.”

“무슨 이유요? 우리한테 이렇게 낙인을 찍어준 것에 대한 감사라도 해야 하나요?” 코난은 양손 주먹을 불끈 쥐었다.

스승님은 고개를 저었다. "사람은 누구나 자기와 똑같은 사람이 위기에 처했을 경우에는 도와야 하는 법이야. 지금 여기 있는 사람들은 그나큰 위험에 처해 있지 않니."

"그러면 그냥 위험에 처해 있도록 내버려 두시라고요! 무엇 때문에 우리의 계획을 포기하면서까지 신체제를 도와야 한다는 거죠? 그놈들이 지금까지 한 짓을 좀 보세요! 전 솔직히 그놈들이 모조리 물에 빠져 죽게 내버려 두어야 한다고 봐요! 그놈들이 모조리 죽어버리고 나면, 이 세상은 훨씬 더 좋아질 테니까요! 세상에 둘도 없이 더러운 놈들…"

"코난! 내 말을 들어보라니까!"

"어… 예, 할아버지." 코난의 가슴에 찾아온 선뜩한 기운은 이제 뭔가 딱딱한 것으로 변해 있었다. 그는 무슨 말을 듣게 될지 짐작이 갔다. 그렇게 짐작을 하기만 해도 두려워졌다. 이제는 바깥도 어두워져 있었다. 불과 몇 분이면 두 사람은 보트에 나머지 짐을 모두 실어도 안전할 것이었다. 이제 스승님을 여기서 모시고 나갈 무슨 방법을 생각해 내지 않는다면…

"아니, 네가 무슨 말을 해도 내 결심이 바뀌진 않을 거다." 노인은 마치 그의 마음을 읽은 듯, 이렇게 재빨리 말했다. "지금부터 반 시간 뒤에는 인민위원들이 모이는 회의가 있을 거야. 나는 거기 참석할 거다. 그리고 내가 누구인지 밝힐 거고.

지금으로서는 그런 방법밖에는…"

"안 돼요! 그렇게 하시면 저놈들이 할아버지를 절대 놓아
주지 않을 거라고요! 제발 부탁…"

"내 말대로 해라, 애야. 만약 그 균열이 결국 벌어지게 되
면, 이곳의 식량 생산 설비는 모조리 없어지고 말 거다. 그러니
얼른 사람들을 동원해서 설비를 다른 곳으로 옮겨야 해. 이 사
람들이 살 수 있는 방법은 바로 그것 하나뿐이야."

"하지만…"

"내 말 아직 안 끝났다." 스승님은 고개를 돌리며 어딘가
를 손으로 가리켰다. "혹시 저쪽에 있는 커다란 바위 보이니?
여기서 바닷가를 따라서 3킬로미터쯤 가면 나오는 곳이지. 바
닷가에서 약간 떨어진 곳에 말이야."

"너무 어두워서 안 보이는데요. 하지만 어디 있는지는 알
아요. 먼저 본 적이 있으니까요."

"좋아. 그러면 너는 일단 보트를 몰고 거기 가서 나를 기다
려라. 일이 제대로만 된다면, 내일 날이 밝을 무렵에 내가 그리
로 가마."

"하지만… 하지만 혹시라도…"

"혹시라도 내가 뭔가 말썽에 휘말리게 되면?" 스승님은 어
깨를 으쓱했다. "물론 그럴 가능성도 염두에 둬야 하겠지. 날

이 밝을 무렵이면 아마 썰물일 거다. 그때쯤 해서도 내가 바위 있는 데까지 걸어서 도착하지 않는다면, 너는 앞서 내가 이야 기했던 그 절벽 있는 데까지 일단 가 있도록 해라. 공구 상자를 열어보면 내가 너를 위해서 적어놓은 몇 가지 지시가 나와 있 을 거다. 그다음에는 거기 적어놓은 지시대로 하면 될 거다."

결국 할아버지 없이 나 혼자서 보트의 돛을 만들고 항해를 떠나는 방법을 가르쳐 주는 내용의 지시겠구나. 코난은 생각 했다. 하지만 나 혼자서는 불가능해. 전혀 불가능하다고.

항구가 점점 더 어두워지는 모습을 바라보며, 코난은 이를 악물 수밖에 없었다. 지금부터 내일 날이 밝을 무렵까지, 정말 너무나도 많은 일이 일어날 것만 같았다.

7

탈출

Flight

좌석 밑에 놓인 배터리로 작동하는 모터는 거의 아무런 소리도 내지 않고서 보트를 천천히 어둠 속으로 밀고 나아갔다. 그나마 들리는 소리라고는 밤의 산들바람 소리, 밀려오는 조류의 철썩거리는 소리, 모터의 추진 장치에서 밀려 나오는 물 때문에 보트 뒤쪽에서 생기는 나지막한 부글부글 소리뿐이었다. 모터의 조작은 어린아이도 충분히 할 수 있을 만큼 매우 간단했다. 하지만 코난은 미지않아 미처 예상하지 못했던 몇 가지 문제에 직면했으며, 그로 인해 시간을 허비하게 되었다.

그의 계획에서 첫 번째 단계는 일단 정박장에서 밖으로 나가는 수로를 안전하게 통과하는 것이었다. 이 수로는 사실 물에 잠긴 도로여서, 물에 잠긴 건물들이 양옆으로 늘어서 있었다.

처음에는 이 수로를 지나서 깊은 물까지 가는 과제가 가장 쉬워 보였다. 일단 깊은 물까지 나아가면, 거기서 다시 바위 쪽으로 방향을 틀 것이었다. 방향을 똑바로 잡을 수 있도록, 스승님은 코난에게 간이 나침반을 주셨다. 지금 그의 발 사이 바닥에는 그 나침반과 플래시가 놓여 있었다. 플래시는 켜진 상태였지만 붉은색 플라스틱 필름으로 싸서 불빛을 죽여놓았다. 한편으로는 바닷가에 있는 어느 누구도 불빛을 보지 못하게 하려는 의도였고, 또 한편으로는 불빛 때문에 눈이 부셔서 앞을 분간하지 못하는 일이 없게 하려는 의도였다. 하지만 나침반에 의존하여 항해하는 방법은 결코 단숨에 배울 수 있는 것이 아니었으며, 코난도 이 사실을 금세 실감할 수밖에 없었다. 게다가 길을 인도할 만한 물체가 전혀 안 보이는 한밤중에는 더욱 힘들 수밖에 없었다.

처음 몇 분 사이에 코난은 수로에서 두 번이나 옆으로 벗어났고, 물에 가라앉은 어떤 물체에 보트 옆구리를 두 번이나 긁혔다. 그러고 나서야 그는 이제껏 조류를 전혀 고려하지 않고 있었음을 깨달았다. 곧이어 코난은 한 가지 사실을 발견했다. 숙련된 뱃사람이라면 누구나 알고 있는 이 사실이 무엇인가 하면, 한밤중에는 어떤 물체를 똑바로 쳐다보지 말고 오히려 비스듬히 눈가로 쳐다봐야 더 잘 보인다는 점이었다. 덕분에 그는 더 이상 아무런 말썽을 겪지 않은 채 수로 끝에 도달할 수 있었다.

깊은 바다로 들어와서 북쪽으로 방향을 돌리자마자, 코난은 이제 어려운 일은 모두 끝이라고 생각했다. 하지만 이제는 밤이 더 깊어진 데다가, 옅은 안개까지 주위로 슬금슬금 밀려

탈출

오고 있었다. 그는 마치 허공 속을 움직이는 기분이었다. 나침반으로 방향을 잡아보려고 했지만, 바늘이 이리저리 빙빙 도는 모습을 보자 어딘가 불안한 생각이 들었다.

어쩌면 나침반에 영향을 줄 수 있을 만한 이런저런 장비가 이 지역 전체에 잔뜩 가라앉아 있는지도 모른다는 생각이 들었다. 하지만 오작동의 원인을 알아보았자 지금은 아무런 도움이 되지 못했다. 과연 어떻게 해야만 날이 밝기 전에 그 바위를 찾아갈 수 있을까?

코난이 그나마 판단할 수 있는 바에 따르면, 지금은 조류가 대략 바위 있는 방향으로 흐르고 있는 것 같았다. 어쩌면 배가 조류에 자연스레 떠밀려 가게끔 가만히 내버려 두는 편이 더 현명할 것 같았다. 이 상황에서 모터를 작동해 버리면, 자기가 가려던 방향을 완전히 놓쳐버릴 수도 있을 것이었고, 어쩌면 바다 한복판으로 나아갈지도 몰랐다.

그는 스위치를 끈 다음, 배를 타고 떠내려가는 내내 귀를 기울이며 어둠 속을 살폈다. 정박장을 떠날 때에만 해도 그의 머릿속에는 한 가지 생각이 박혀 있었다. 식품 공장의 불빛이 일종의 등대처럼 항상 켜져 있으니, 최소한 방향을 잃어버리지는 않으리라는 것이었다. 하지만 이제는 사방 어디에서도 불빛은 흔적조차 발견할 수 없었다. 소리도 전혀 없어서, 두 척의 보트에 찰싹찰싹 부딪히는 물결 소리와 희미하게 웅웅거리는 바람 소리뿐이었다.

이처럼 금방 길을 잃게 되다니, 정말 믿을 수가 없었다. 하지만 그는 정말로 길을 잃은 상태였고, 이제 다시 나침반이 똑바로 한 방향을 가리키기 전까지는 무슨 수로도 길을 찾을 수가 없을 것이었다.

지금 스승님에게 무슨 일이 벌어지고 있을지를 생각하고 싶지는 않았다. 그래서 코난은 대신 하이하버와 라나에게 생각을 집중했다. 탈출을 시도하는 지금 이 시간에는 유난히도 그녀가 너무나도 멀리 있다고 느껴지는 것만 같았…

그 순간 라나는 비가 내리기를 간절히 기도했다. 비가 온다고 해서 문제가 모두 해결될 것은 아니었지만, 적어도 오늘 저녁에 예정된 모임이 열리지는 못할 것이었기 때문이다. 만약 모임 날짜를 다음으로 미룰 수만 있다면, 그녀도 그사이에 조용히 아이들을 규합해서 올로의 음모를 중지시킬 수 있을지도 몰랐다.

아직까지만 해도 라나와 마잘이 직접 만나서 이야기한 아

탈출

이들은 몇 명 되지 않았다. 왜냐하면 산이 자리를 비울 때에는 두 사람이 가급적 진료실 가까이에 있어야 했기 때문이다. 그나마 진료실에서 간호사 노릇을 하는 사람이 라나일 경우가 차라리 나았다. 응급 상황에서 부목을 대거나 상처를 꿰매는 솜씨만 놓고 보면 이모보다 조카가 더 뛰어났기 때문이다. 라나는 내일 이 근처에 사는 다른 아이들을 찾아가서, 여기저기 흩어져 살아가는 여러 패거리에도 이야기를 전하도록 부탁할 생각이었다. 하지만 공동 농장 근처에서 살아가는 아이들은 아마 대책이 없을 것이었다. 이미 올로가 협박을 해서 잔뜩 겁을 주었을 테니까. 그 녀석은 아무런 일도 하지 않았다. 그런데도 항상 농장에서 자라나는 것 중에서 제일 좋은 것만 골라가졌고, 어느 누구도 그 녀석에게 대들지 못했다.

하지만 지금은 반드시 올로를 막아야만 했다.

제발. 그녀는 기도했다. 비가 내렸으면. 비가 내렸으면. 비가 내리고, 또 내렸으면!

순간 라나는 지금 자기가 할 기도는 따로 있음을 깨달았다. 지금 병상에 누워 있는 아이들을 위해서, 그리고 지금쯤 탈출을 시도하고 있을지도 모르는 스승님과 코난을 위해서 기도해야 마땅한 것이었다. 어제 저녁에 마잘은 아무런 메시지도 받지 못했다. 하지만 오늘 저녁에는 뭔가 새로운 메시지가 올지도 몰랐다.

어스름이 점점 짙어지면서, 그녀는 날이 완전히 저물기 전에 해야 할 일이 산더미라는 사실을 깨달았다. 일단 부엌으로 달려가서, 연기가 모락모락 나게 불을 피우고, 주전자에 물을 채우고, 식탁을 차려놓고, 어제 먹고 남은 생선과 이런저런 음식을 꺼내놓았다. 식사는 영 빈약해 보였다. 아침 식사 이후로는 요리할 시간이 없어서였다. 어쩌면 마당에서 신선한 채소라도 좀 가져와야 하려나.

그러나 문을 나서자마자 라나는 채소에 관한 생각을 깡그리 잊어버렸다. 마잘이 탑에서 내려오는 모습이 보였기 때문이다. 찡그린 얼굴만 보아도 이모의 사기가 뚝 떨어져 있음을 한눈에 알 수 있었다.

"무슨 일이에요, 이모?"

"한마디도 듣지를 못했어. 단 한마디도. 지금껏 줄곧 말이야! 그, 그나저나 샨은 아직 안 온 거야?"

"안 오셨어요." 이모부는 오늘 하루 종일 집 밖에 나가 있었다.

"이런, 세상에. 그놈의 바이러스인지 뭔지 하는 게 사방팔방으로 퍼지는 게 분명해." 마잘이 고개를 절레절레 흔들었다. "제, 제발 뭔가 좋은 일이라도 좀 생기면 좋겠는데."

탈출

라나가 가만 보니, 이모는 너무나도 감정이 북받친 나머지 자칫 울음이라도 터트릴 것만 같았다. 본인이 느끼는 불안 때문에 이미 그런 지경까지 도달해 있었던 것이다.

"이모, 왜 그러시는지 말 좀 해보세요. 무슨 일이에요?"

"무슨 일인지 몰라서 불안한 거야." 마잘이 울먹이며 대답했다. "어째서인지는 '나도 몰라'. 그런데 뭔가 불안한 '느낌'이 계속 들어." 두 사람은 대화를 나누면서 부엌으로 들어가 식탁 앞에 나란히 앉았다. 곧이어 이모가 힘없이 덧붙였다. "갑자기 속이 막 울렁거리고, 뭔가가 확 무너져 내릴 때처럼 끔찍스러운 기분이 드는 거야. 뭔가가 잘못된 게 틀림없어. 그렇다는 생각이 들어. 두 사람이 탈출하는 과정에서 분명히 무슨 일이 생긴 거야."

"그런 말씀 마세요, 이모."

"생각을 하지 않으려고 해도 소용이 없어. 그런 불길한 생각을 아무래도 떨칠 수가 없다고. 무슨 일이 일어난 거야. 그놈들이 결국 스승님의 정체를 알아낸 것 같아."

"그럴 리가!"

"아니야, 내 말이 맞아. 정말 그렇다고 치면, 그놈들은 '결코' 스승님을 놓아주지 않을 거야!"

"그렇다면 코난이 무슨 수를 쓸 거예요."

이모가 조카를 빤히 바라보았다. "너는 정말 코난을 어마어마하게 신뢰하고 있구나, 안 그러니?"

이 질문을 받자마자 라나는 깜짝 놀랐다. 자기는 결코 지금껏 단 한 번도 그렇게 생각해 본 적이 없었기 때문이다. 하지만 이모의 지적은 맞았다. 아주 어렸을 때부터, 수천 가지의 사소한 경험을 통해서, 라나는 코난에 대해서 그런 신뢰를 길러왔던 것이다. 사실은 스승님이 코난에 대해서 품고 있는 신뢰 역시 이와 비슷했다.

라나가 마잘에게 말했다. "언젠가 스승님께서 그런 말씀을 하신 적이 있었어요. 어느 누구도 차마 할 수 없어 보이는 일을 할 사람을 찾아야 할 일이 생긴다면, 당신은 코난 말고 다른 사람을 찾지는 않으실 거라고 말이에요. 그것도 아주 오래전의 이야기죠. 그때만 해도 코난은 겨우…"

라나는 더 이상 말을 잇지 못했다. 바로 그때 누군가가 현관문을 요란하게 두들겼기 때문이다. 어딘가 다급한 느낌을 주는 그 소리를 듣자마자, 그녀는 자리에서 일어나 짜증스레 문 쪽으로 다가갔다. 마잘도 조카 뒤를 따라오고 있었다. 라나는 누가 문을 두들겼는지, 소리로 이미 짐작하고 있었다.

문을 열자마자 그녀 앞에는 예상대로 덩치가 크고 턱수염이 시커먼 남자가 서 있었다.

탈출

"의사 선생 어디 있지?" 다이스 인민위원이 명령조로 물었다. "나더러 진료실에서 만나자고 하더니만, 거기에는 있지도 않더구먼."

"아이들 중에 몇 명이 많이 아파요." 라나가 말했다. "아마 그래서 좀 늦으시는 모양인데요."

"나로 말하자면 누굴 기다려 본 적이 없는 사람이야. 그러니 그 양반도 남의 호의를 사고 싶으면 이렇게 늦게 와서는…"

"'호의'라고요?" 마잘이 날카로운 목소리로 상대방의 말을 잘랐다. 마치 방금 들은 말을 도서히 믿을 수 없다는 듯한 어조였다.

인민위원이 그녀를 노려보았다. 곧이어 누군가가 소나무 숲의 그늘 속에서 터덜거리며 걸어오는 소리가 들리자, 다이스는 다시 그쪽으로 고개를 돌렸다.

"샨!" 마잘이 소리를 지르며 남편에게 달려갔다. "괜찮은 거야?"

"나는 괜찮아." 샨이 중얼거렸다. 그는 천천히 아내와 함께 계단을 걸어 올라오더니, 가방을 바닥에 툭 떨어트리고 벽에 몸을 기댄 상태로 인민위원을 바라보았다. 샨의 눈빛에는 라나가 이전까지 한 번도 본 적이 없었던 뭔가가 들어 있었다.

그로 말하자면 이 세상에서 가장 온화하고 친절한 사람이었지만, 이날 저녁의 모습은 정말이지 무시무시할 지경이었다. 도대체 무슨 일이 생긴 걸까?

"어젯밤에 내가 당신에게 부탁했었소." 샨이 나지막이 말했다. "우리를 좀 도와달라고 말이오. 하지만 당신은 거절해 버렸소. 오늘 나는 또다시 당신에게 부탁했었소. 하지만 당신은 또다시 거절해 버렸소."

"내가 왜 그랬는지는 당신도 잘 아실 텐데." 인민위원이 딱딱거렸다. "지금 나로선 그 귀중한 의약품을 상부의 허락 없이 함부로 나눠줄 수가 없단 말이오."

"그렇게 간단한 선행조차도 상부의 허락을 맡아야만 할 수 있을 정도로, 당신은 그렇게 감정이라고는 전혀 없는 메마른 인간이오?"

"입조심하는 게 좋을 거요, 의사 선생! 내가 이미 말했지 않소. 그 문제는 무전을 통해서 상부에 물어보겠다고, 그리고 오늘 저녁에 다시 찾아와서 이야기하겠다고 말이오. 내가 그런 이야기를 했소, 안 했소?" 순간 인민위원의 검은 턱수염이 위협적으로 꼿꼿이 일어선 듯한 느낌이었다.

"당신 말이 맞소. 그래서 당신은 이제 내가 필요한 것을 결국 가지고 오신 모양이로군. 하지만 이미 늦었소. 10시간이나 늦었단 말이오.”

“뭐요? 도대체 뭐가 늦었단 거요?”

“여자아이 하나를 살리기에는 너무 늦었단 말이오.” 샨이
대답했다. 그의 목소리는 거의 속삭임처럼 변해 있었다. “그
아이는 바로… 아니, 그 아이의 이름은 당신에게 아무런 의미
도 없을 거요. 게다가 당신도 전혀 관심이 없을 거고. 나는 지
금 그 아이를 묻어주고 오는 길이오.”

라나는 깜짝 놀라 이모와 눈을 마주쳤다. 마잘 역시 충격
이 역력한 표정이었다. 하지만 두 사람이 차마 무슨 말을 꺼내
기도 전에, 샨이 다시 이야기를 계속했다. 그의 목소리는 갑자
기 거칠어져 있었다.

“물론 당신은 여기 있는 모든 사람을 면역시킬 수 있는 예
방약을 가져왔겠지. 하지만 십중팔구 그 대가를 우리에게 요
구할 속셈일 것이고. 도대체 당신이 그 약을 건네주는 대가로
원하는 게 뭐요, 인민위원?”

하지만 신체제의 특사인 이 남자는 차마 눈 하나 깜짝하지
않았다. “그 비행기 두 대와 교환합시다.” 그가 기다렸다는 듯
말했다.

샨은 깊은 한숨을 내쉬었다. “이제는 당신과 싸워봤자 소
용이 없겠군. 큰 비행기를 가져가시오. 대신 작은 비행기를 가

저가는 문제는 당신이 직접 해결해야 할 거요."

"그 문제는 이미 그쪽과 이야기를 끝낸 상태요." 다이스가 밉살맞은 어조로 대답했다. "그리고 또 한 가지 조건이 있소."

"비행기를 가져가는 것으로 이야기는 끝난 것 아니오! 얼른 예방약이나 내놓으라니까!"

"아직은 안 된다 이거요, 의사 선생. 내가 보니까 그 비행기는 이제 완전히 쓸모가 없더구먼. 왜냐하면 그 기계장치에서 작은 부품이 하나씩 빠져나갔으니까. 그 부품을 도로 내놓으시지."

"부, 부품이라니, 도대체 무슨 소리를 하는지 모르겠군." 샨이 더듬거리며 대답했다.

"어물쩍 속여 넘길 생각 마시오, 의사 선생! 당신이 모를 리 '없지' 않소." 인민위원은 한쪽 팔 밑에 끼고 있는 플라스틱 통을 마치 위협하듯 손가락으로 톡톡 두들겼다. "지금 가져온 이 예방약만 있으면 하이하버에 있는 사람 모두가 바이러스의 위협에서 안전해질 거요. 하지만 그 비행기 부품이 없으면, 이건 하나도 못 얻을 줄 아시오."

"내가 말했지 않소! 그 부품인지 뭔지에 관해서는 전혀 모른다고!" 샨은 발끈 화를 내면서 소리를 질렀다. "당신도 사람이라고 할 수 있소? 아이들이 저렇게 죽어가는 상황에서…"

"잠깐만요." 마잘이 끼어들었다. "그러고 보니 한 가지 기억이 나는 게 있는데…" 그녀는 양손을 붙잡고 꽉 움켜쥐더니, 뭔가 긴장된 말투로 덧붙였다. "몇 년 전에 스승님께서 그 부품인지 뭔지를 꺼내서 안전한 장소에다가 보관하라고 하신 적이 있었는데…" 마잘은 갑자기 뒤로 돌아서서 오두막 안으로 달려 들어갔다. 몇 초 뒤에 그녀는 플라스틱 필름으로 감싼 묵직한 금속제 상자를 두 개 들고 나왔다.

"혹시 이게 당신이 원하는 물건인가요? 스승님께서는 이걸 변환기라고 하셨어요."

"변환기라." 다이스가 말했다. 그의 굵은 목소리는 어딘가 기분 좋은 고양이처럼 가르랑거리고 있었다. "바로 그거요." 인민위원은 자기가 들고 있던 플라스틱 통을 열더니, 작고 파란 알약이 잔뜩 들어 있는 투명한 비닐봉지를 꺼냈다. 그러더니 금속제 상자 두 개를 건네받아 그 통 안에 집어넣었다. 임무를 완수하고 무척이나 즐거워하는 사람의 표정이었다.

"그것 보시오." 다이스가 떠나려고 뒤로 돌아서면서 말했다. "결국 모두에게 만족스러운 결과 아니오?"

"나한테는 아니오." 샨이 이렇게 말하며, 약이 든 봉지를 마잘에게 건네주었다. "거기 서시오!"

"뭐요?"

"마지막으로 말이오, 인민위원, 내가 당신에게 한마디 하겠소. 당신이 무엇 때문에 여기까지 왔는지 모를 정도로 내가 바보인 것 같소? 결국 이 바이러스도 당신이 의도적으로 우리에게 퍼트린 것이지 않소."

"무슨 소리를! 다시 말하지만, 입조심하는 게 좋을…"

"이 더러운 거짓말쟁이 같으니." 샨은 떨리는 목소리로 말했다. "네놈이 무슨 짓을 했는지 내가 모를까 봐! 네놈, 그리고 신체제라는 놈들은 뭐든지 바라는 게 있으면 억지로라도 빼앗아 갈 놈들이야. 그러자고 마음만 먹었다면 네놈은 이 약을 어제 저녁에라도 우리한테 줄 수 있었어. 상부의 허락 따위는 필요도 없었다고. 결국 네놈은 단순히 거짓말쟁이가 아니라, 말 그대로 살인범이야! 네놈은 아이들을 죽여버리려고 했어! 그 아이가 얼마나 불쌍하게 고통을 받았는지 네놈은 알기나…"

"입 닥쳐!" 다이스가 갑자기 커다란 한 손을 휘둘러서 샨을 때렸다. 그 힘이 얼마나 센지, 허약한 의사 선생은 그만 뒤로 밀려나며 오두막의 벽에 쿵 부딪치고 말았다. 순간 샨은 헉하고 숨을 못 쉬는 것 같았다. 하지만 그것도 잠시였다.

의사는 숨을 헐떡이며 곧바로 상대방에게 달려들어 양손으로 턱수염을 움켜쥐었다. 그러고는 몸을 젖히며 인민위원을 내던졌다. 그 잡아당기는 힘에 실린 분노가 어찌나 강하던지,

다이스는 그만 계단 위에서 떨어져 마당에 큰대자로 뻗어버리고 말았다.

샨은 계단 아래로 뛰어내리더니, 마당에 난 실가에 놓인 돌멩이를 하나 집어 들었다. "이 더럽고 치사한 놈아!" 그가 소리를 질렀다. "당장 꺼져버려! 안 그러면 골통을 부숴버릴 테니까!"

라나가 정신을 차리고 보니, 자기도 이미 샨을 뒤따라 마당으로 내려서 있었다. 인민위원은 이미 비틀거리며 마당을 벗어나 어둠 속으로 사라지고 있었다. 그제야 라나는 자기가 한 손에 굵은 막대기를 들고 있다는 사실을 깨달았다. 마절이 산에 갈 때마다 쓰려고 현관 옆에 놓아두던 막대기였다. 라나는 자기도 모르는 사이에 그 막대기를 무기 삼아 집어 든 것이었다. 그녀는 몸을 떨면서 막대기를 놓아버렸지만, 곧이어 그 생각은 모두 잊어버리고 말았다. 얼굴에 빗방울 떨어지는 느낌이 들었기 때문이다.

차마 현관으로 돌아오기도 전에, 비가 억수처럼 쏟아지기 시작했다.

"하느님, 감사합니다!" 라나가 숨을 헐떡이며 말했다. "아, 정말 감사합니다!"

곧이어 그녀는 하이하버가 처한 위협이 그 어느 때보다도 더 크다는 사실을 실감할 수밖에 없었다. 아울러 지금 내리는 비와 그로 인한 모임의 연기조차도 문제를 전혀 해결해 주지 못한다는 사실까지도.

라나가 겪은 심적 동요 가운데 일부가 어쩌면 코난에게도 고스란히 전달되었는지 몰랐다. 그 역시 갑자기 불안감을 연이어 느꼈는데, 어쩐지 자기가 지금 처한 곤경과는 아무런 상관이 없는 듯한 느낌이었다. 알 수 없는 불안감을 지워버리기 위해서, 코난은 다시 한번 어둠 속에서 위치를 파악하는 문제에 정신을 집중했다.

플래시의 붉은 불빛에 비치는 나침반을 흘끗 바라보았더니, 그 바늘은 아직까지도 불안정한 상태였다. 도대체 이 배가 지금 얼마나 오랫동안 조류에 떠밀려 온 것일까? 반 시간쯤 되었을까? 아마 그쯤, 또는 더 오래되었을지 몰랐다. 대략 그 시간이면 1.5킬로미터쯤은 지나온 셈일까?

그는 지금 바람과 조류 덕분에 그 바위가 있는 곳까지의 거리 중 대략 절반쯤 왔다고 판단했다. 물론 지금 자기가 떠내려가는 방향이 딱 그쪽이라는 추측이 맞기만 한다면 말이다.

바로 그 순간, 코난은 한 가지 가능성을 떠올리고는 깜짝 놀라고 말았다. 일찌감치 고려했어야 하는 한 가지 변수를 이제야 생각해 낸 까닭이었다. 이 조류는 그가 정박장을 떠났을 때부터 이미 밀려들고 있었다. 하지만 지금은 그 조류가 어떻게 되고 있을까?

스승님의 말씀에 따르면, 이곳에서는 날 밝을 무렵에 썰물이 된다고 했다. 그렇다면 지금은 밀물의 절정인 만조滿潮이거나, 또는 벌써 썰물이 시작되었는지도 몰랐다.

곧바로 코난은 보트에서 앞쪽으로 기어가기 시작했다. 여기저기 흩어진 장비 사이를 누비며, 밧줄 사리에 연결한 콘크리트 덩어리를 더듬어 찾아보았다. 이곳에서는 금속 자체가 워낙 귀했기 때문에, 닻 대용품으로 쓰려고 실어두었던 것이다. 마침내 콘크리트 덩어리를 발견하자, 처음에는 곧바로 선수船首 너머 바닷물에 풍덩 던져 넣으려 했다. 하지만 생각을 바꿔서 밧줄을 붙잡고 천천히 바닷물에 내리기 시작했다. 알고 보니 그렇게 한 것이 천만다행이었다. 왜냐하면 콘크리트 덩어리가 바다 밑바닥에 닿았을 무렵에는 밧줄이 거의 다 풀린 상태였는데, 밧줄 끝을 더듬어 보니 미처 배에 묶어두지도 않은 채였기 때문이다.

코난은 휴우 하고 나지막이 휘파람을 불었다. 참으로 아슬

아슬한 탈출이라고 생각하니 몸이 떨렸다. 닻을 내리다 귀한 밧줄을 잃어버리면 너무 아까웠을 것이다. 여하간 일단 물의 깊이를 확인함으로써 조류가 바뀌었음은 증명된 셈이었다. 즉 그는 이미 썰물에 이끌려서 바다로 나가고 있었던 것이다.

뒤에 따라오는 보트와의 견인 줄을 확인한 다음, 코난은 이불을 두르고 각종 장비 사이에서 편안한 자세를 잡고 누워 보았다.

그는 꾸벅꾸벅 졸다가 잠깐씩 깨기를 반복했다. 그러다가 결국 자리에서 일어나 앉아보니, 안개가 이미 걷혀 있음을 문득 깨닫게 되었다. 이제는 바닷가에 있는 식품 공장의 희미한 파란색 불빛이 또렷이 보였다. 그리고 좌현으로 조금 떨어진 곳에는 점차 밝아지는 하늘을 배경으로 바위의 시커먼 그림자가 우뚝 솟아 있었다. 바위는 그의 예상보다 더 가까이 있었다.

불과 몇 초 만에 닻을 올리자, 보트는 다시 바위 쪽으로 향했다.

코난은 커다란 바위의 뒤쪽으로 돌아가서 보트를 그곳에 바짝 붙였다. 그리고 도시에서 안 보이는 바위 뒤쪽의 깊이 60 센티미터짜리 얕은 물에 닻을 내렸다. 이제는 새벽이 다 되었기에, 거기서 50미터쯤 떨어져 있는 좁고 울퉁불퉁한 바닷가의 모습을 알아볼 수 있었다. 스승님의 흔적은 전혀 없었다.

하지만 아직 이른 시간이었고, 다시 밀물이 바닷가를 덮기 전에 여기까지 걸어올 여유는 얼마든지 있었다.

기다리는 동안 코난은 모래와 잡석으로 뒤덮인 좁은 땅 위에 곧게 솟아난 절벽을 호기심 어린 눈으로 바라보았다. 지금 이곳에서 바라보니 높이는 대략 20미터쯤 되어 보였고, 인더스트리아 쪽으로 가면서 점차 낮아지는 것처럼 보였다. 하지만 절벽의 왼쪽은 다시 높아지다 새벽의 실안개에 파묻혀 꼭대기가 보이지 않았다.

아마 대격변 때문에 생긴 절벽인 모양이었다. 마치 칼로 자른 것처럼 땅이 깨끗하게 떨어져 나갔기 때문이었다. 혹시 저 도시에 생긴 균열이 멀리 이곳까지 이어져 있는 것인지 궁금한 생각이 들었다. 바로 그때, 뭔가를 득득 가는 듯한 이상한 소리가 들렸다. 코난은 위를 쳐다보고 딱 굳어버렸다. 바로 앞에 보이는 절벽에서 상당히 넓은 부분이 움직이고 있었기 때문이다. 그는 너무나도 놀란 나머지, 멍하니 입을 벌린 채 그 느릿느릿한 장관을 바라보았다. 어마어마한 무게의 흙과 돌이 흘러내리고 떨어지더니, 점점 그 속도가 빨라지다가 결국 요란한 굉음을 내며 바다로 철썩 떨어지고 말았다.

코난은 앉은 채로 보트의 뱃전을 꽉 움켜쥐고 있었다. 부들부들 떠는 그의 몸은 저만치서 날아온 물보라로 뒤덮였다.

혹시 균열이 벌써부터 깨지고 있는 것일까? 날이 점차 밝아지면서 그는 절벽의 다른 몇 군데도 그렇게 무너져 내렸음을 알아볼 수 있었다. 물론 지금이 아니라 더 이전에 떨어진 부분이었음을 깨닫자, 순간적으로 안심되었다. 하지만 곧이어 상상력이 발동되면서, 코난은 이 바닷가에 여전히 남아 있는 위험이 어느 정도인지를 절감하게 되었다.

그런데 스승님께서는 왜 안 오시는 걸까?

새벽이 물러가고 회색빛의 아침이 찾아왔다. 이제 바다 쪽에서 들어오는 밀물의 웅얼거리는 소리가 들려왔다. 머지않아 절벽 아래쪽의 좁은 바닷가도 물에 덮이고 말았다.

이제는 스승님께서 결국 오시지 못한다는 사실이 분명해졌다. 무슨 일이 생긴 것이었다.

코난은 쓰라린 마음으로 공구함 뚜껑을 열어서 스승님이 남겨놓은 지시를 죽 읽어보았다. 그러다가 지시가 적힌 종이를 내던지고 다시 공구함 뚜껑을 닫았다. 그가 생각한 대로였다. 항해에 필요한 돛을 다 만들고 나면, 코난 혼자 하이하버로 떠나라는 내용이었다. 스승님께서는 이미 대략적인 해도까지도 그려두었다. 여기서부터 거기까지 가는 최선의 경로를 제안해 놓은 것이었다.

스승님께서 여기까지도 오실 수 없었다고 치면, 결국 절벽의 은신처까지 혼자 찾아오실 희망은 사실상 없다고 봐야 했다. 하긴 그럴 수밖에 없지 않은가? 허약한 노인이, 눈까지 거의 안 보이는 상태로…

"도대체 그놈들이 할아버지한테 무슨 짓을 한 거죠?" 코난은 버럭 소리를 지르며 한쪽 주먹으로 공구함을 쿵 내리쳤다. 그러면서 생각을 해보려고 노력했다. "혹시 그놈들이 할아버지를 어디다가 가둬놓은 건가요?" 물론 당연히 그랬을 것이었다. 왜냐하면 스승님은 다름 아닌 브라이악 로아, 즉 신체제에서 소유하고 싶어 하는 재산 중에서도 가장 귀중한 인적 재산이었기 때문이다. 그들은 아마 할아버지를 어딘가에 가둬놓고, 아마도 경비원을 두어서 지킬 것이었다. 지금쯤은 텔릿이 상부에 이미 보고했을 것이었다. 보트 두 척이 사라졌고, 새로 온 조수 녀석도 사라졌다고 말이다. 그렇기 때문에 상부에서도 무슨 음모가 있었음을 알았을 것이다.

이제는 어떻게 해야 할까? 일단 절벽의 틈새에 있다는 은신처까지 가서, 보트에 실린 짐을 거기 내려놓고, 어둠을 틈타서 다시 돌아가 스승님을 찾아야 할까? 절벽의 틈새까지는 무려 몇 킬로미터나 더 가야만 했다. 거기까지 갔다가 다시 돌아온다고 치면, 배터리가 너무 많이 소모되는 바람에, 나중에 동력이 필요할 때 낭패할 수도 있었다. 하지만 여기, 이렇게 완전히 노출된 곳에 남아 있으면…

그런데 이 문제는 곧이어 자연스럽게 해결되고 말았다. 멀리서 모터 돌아가는 소리가 희미하게 들려왔기 때문이다. 그가 때마침 고개를 돌려보니, 아마도 저인망 어선인 듯한 배 한 척이 700미터쯤 떨어진 바다를 지나가고 있었다. 코난은 얼른 닻을 끌어 올린 다음, 두 척의 보트를 몰아서 바위의 다른 쪽으로 옮겨 갔다. 지금 숨어 있는 곳의 가장자리로 내다보니, 저인망 어선은 천천히 바닷가를 따라 올라가고 있었다. 그 오래된 모터는 마치 북처럼 둔탁하고 꾸준한 소리를 내고 있었다.

이 도시에 저런 배가 있다는 이야기는 들었지만, 실물을 보기는 이번이 처음이었다. 저런 배가 이 지역에 있는 한, 감히 대낮에 이 바위를 벗어나 움직일 엄두는 나지 않았다.

사람들의 눈에 띌 위험을 줄이기 위해, 그는 보트를 최대한 바위에 바짝 붙여서 정박시켰다. 그리고 창고에서 가져온 회색 플라스틱 필름 두루마리를 풀어서, 그 조각으로 보트를 덮어 가리기까지 했다. 그런 뒤에 그는 주의 깊게 사방을 살펴보며 기다리는 고된 일에 착수했다. 낮이 지나가고 밤이 되기를 기다리는 것이었다.

결국 코난은 물품 대부분이 실린 두 번째 보트를 바위 옆에 정박시킨 다음, 첫 번째 보트를 몰고 정박장으로 돌아왔다. 머리 위로는 달이 빛나고 있었다. 대격변 이후로는 성층권의 안개 때문에 달이 항상 약간 흐릿하게 보였다. 그래도 지금은 달빛이 있었고, 나중에는 식품 공장의 불빛까지 있었으니 수로를 찾아내는 데에는 충분했다.

일단 수로에 들어서자 그곳을 지나가는 데에는 아무 문제가 없었다. 다만 정박장에 너무 가까이 접근하지 않도록 주의할 필요가 있었다. 자칫 육지에서 그의 배를 목격하는 사람이 있으면 안 되었기 때문이다.

정박장 끝에 도달하자마자 코난은 보트를 멈추고 닻을 내린 다음, 옷을 벗어 던졌다. 공구함에서 작은 지렛대를 하나 꺼내고, 끈을 이용해서 자기 허리에 잘 붙잡아 맸다. 물에 들어가려던 순간, 그는 플래시를 가져가야겠다고 생각했다. 혹시 스승님이 계신 곳을 알아내기도 전에 날이 갑자기 더 어두워지면 어떻게 하지?

결국 코난은 한 손에 플래시를 번쩍 들어 물 밖으로 내민 채, 조심스럽게 헤엄쳐서 정박장을 지나갔다. 콘크리트가 깨져 나간 울퉁불퉁한 곳에 도착하자, 반조(半潮)의 물속에서 조심스럽게 일어나서 부두 쪽을 바라보았다. 보트 제작소와 그 주위 건물들의 검은 윤곽 때문에 식품 공장의 불빛이 아예 보이지 않아서, 그의 앞쪽으로는 오로지 흐릿한 달빛으로만 사물을 어렴풋이 식별할 수 있을 뿐이었다. 지금 이 순간, 부두에는 오로지 코난 한 사람뿐인 것만 같았다.

그는 엉금엉금 기어가기 시작했다. 최대한 조심하면서 육지와 물이 만나는 곳을 따라서 천천히 움직였고, 혹시 누가 오는 소리가 들리기라도 하면 물에 들어가 숨을 채비를 했다. 목적지는 바로 행정부 건물이었다. 스승님 정도의 중요한 포로라면 비교적 편안한 상태로 구금해 두었을 것이었다. 그래야만 행정관들이 쉽게 만나서 이야기를 할 수 있을 것이기 때문이었다.

부두가 꺾어지는 곳에서 툭 튀어나온 건물 모서리에 다 왔을 무렵, 코난은 우뚝 동작을 멈추고 말았다. 모서리 반대편에서 순간적으로 불빛이 번쩍했기 때문이다. 곧이어 누군가의 웃음소리가 들렸다.

코난은 건물 모서리로 바짝 붙어서, 조심스럽게 그 너머를 엿보았다. 거기서 15미터쯤 떨어진 곳에는 그가 이곳에 오자마자 열흘 동안이나 갇혀 있었던 바로 그 작은 감옥이 있었다. 바로 그 앞에는 자전거를 탄 사람이 두 명 있었는데, 정확히 누군지는 알아볼 수가 없었다. 혹시 지난번에 물을 배급하러 왔던 바로 그 여자들일까?

다시 한번 불빛이 번쩍였다. 곧이어 째지는 웃음소리가 들리더니, 한 여자가 조롱하는 투로 말했다. "저 늙은 사기꾼 좀 보라고! 세상에, 저 작자는 이제 자기가 누군지도 잊어버린 모양이지! 하!"

"패치." 또 다른 여자가 말했다. "당신은 정말 자기가 누군지도 모르는 거야? 정신 차려, 패치, 도대체 무엇 때문에 그러는 거야?"

"무엇 때문인지는 뻔하지 않겠어?" 먼젓번 여자가 조롱하는 투로 말했다. "한마디로 돌아버린 거지. 내가 늘 그랬잖아. 이 인간은 벌써 돌아버려서 제정신이 아니라고 말이야. 이제 보라고. 내 말이 틀렸어? 맞잖아. 그러니까 애초에 본부에서도 내 말을 듣기만 했더라면…"

코난은 갑작스러운 분노에 이를 악물었다. 도대체 왜 스승님께서 여기 갇혀 있는 걸까? 인더스트리아에는 그분의 말을 믿을 만큼 상식이 통하는 사람이 하나도 없는 걸까?

순간 그는 지금 있는 장소가 남의 눈에 띄기 쉽다는 사실을 깨닫고, 얼른 보도 가장자리를 지나 물속으로 엉금엉금 기어들어 갔다. 곧이어 플라스틱 자전거가 덜그럭거리는 소리와 함께, 불빛이 보트 제작소 쪽으로 향했다. 소리와 불빛이 사라지자마자 그는 숨어 있던 곳에서 뛰어나와 감방으로 달려갔다.

"스승님, 저예요. 코난이요." 그가 속삭였다. "괜찮으세요?"

노인의 목소리에 힘이 없다는 사실 때문에 코난은 겁이 났다. 곧이어 그는 감방 문짝을 걷어차서 박살 냈다. 굳이 지렛대를 이용해서 문짝을 경첩에서 뜯어낼 필요조차도 없었다. 그 안에는 노인이 한쪽 구석에 쓰러져 있었다. 차마 일어나지도 못하고 차마 말도 못 하는 지경이었다.

"얘야, 이러지… 나 때문에 괜히 이러지 마라… 저놈들이 너를 붙잡는 날에는… 죽이려고 할지도…"

코난은 스승님을 양팔로 번쩍 안아 들고 감방에서 밖으로 나왔다. 곧이어 그는 보트 정박장으로 달리기 시작했다. 지렛대는 그만 잃어버리고 말았지만, 왼손에는 여전히 플래시를 들고 있었다.

정박장에 거의 다 왔을 무렵, 누군가가 보트 제작소에서 그를 향해 불빛을 비추었다.

"어이, 거기!" 누군가가 불렀다. "도대체 뭐 하고 있는 거야?" 목소리를 듣고 보니 텔릿이었다.

코난은 우뚝 멈춰 섰다. 그리고 자기가 안고 있던 노인을 깨진 포석 위에 조심스레 내려놓았다. 텔릿이 왜 지금 여기 와 있는지는 굳이 물어볼 필요도 없었다. 저 덩치 작은 남자는 어제의 일을 틈타서 아예 보트 제작소의 업무를 인계받기로 작정한 모양이었다. 그리고 텔릿은 지금 자기 눈앞에 펼쳐진 광경으로부터도 뭔가 이득을 얻으려고 들 것이었다. 아마 이 사건을 신고하면 시민권을 얻을 수도 있을 테니까.

어떻게 하든지 간에, 코난은 최대한 빨리 텔릿을 처리해야만 했다.

덩치 작은 남자는 보트 제작소에서 달려 나오다 말고, 상대방의 정체를 뒤늦게야 깨달았는지 우뚝 멈춰 섰다. "이런, '너'였구나!" 그가 놀란 듯 숨을 훅 들이마셨다. "그러니까 '저' 양반을 구하겠답시고 다시 돌아온 거군, 그렇지? 좋아, 그러면…"

"텔릿, 내 말 똑바로 들어요! 지금이라도 살고 싶다면, 당장 우리랑 같이 가는 게…"

"그따위 미친 소리 집어치워! 내가 무슨 바보 멍텅구리라도 되는 줄 알아? 도대체 그놈의 보트는 어디 갖다 숨긴 거야? 어디에 뒀어?"

텔릿이 정박장 곳곳을 불빛으로 훑기 시작하자, 코난은 곧바로 자기가 들고 있던 플래시를 그의 얼굴에 집어 던졌다. 단지 상대방을 당황하게 만들 뿐인 공격이었지만, 계속되는 고함소리를 저지하는 데에는 충분히 도움이 되었다. 곧이어 코난은 텔릿을 꼼짝 못 하게 덮쳐눌렀다. 상대방의 튜닉을 찢어 낸 다음, 그 길쭉한 천 조각을 이용해 묶어버리고, 입에도 재갈을 물렸다. 그는 돌아서서 스승님을 안고 정박장으로 데려갔다.

코난은 한 손으로 헤엄을 치면서, 다른 한 손으로는 스승님의 튜닉 목깃을 꽉 붙잡고 끌어당겼다. 이렇게 정박장을 가로질러 보트 있는 곳까지 가는 데에 걸린 시간은 채 3분도 되지 않았다. 하지만 그의 생각에는 마치 실제보다 열 배나 더 오래 걸린 것 같았다. 잠시 동안은 육지에서 경보가 울리지 않을까, 그리고 불이 환하게 켜지고 총이 발사되지 않을까 하는 조마조마한 마음이 들었다. 인더스트리아에는 총이 있었고, 아마 야간 경비원은 총을 휴대하고 다닐 것이 분명했다.

하지만 코난이 수로를 따라 헤엄치고 조류와 씨름하며 결국 보트에 도달할 때까지도 경보는 전혀 울리지 않았다. 숨이 차고 힘이 빠졌지만, 그는 스승님의 머리가 물에 빠지지 않도록 최대한 잘 붙잡은 채, 보트 위로 자기가 먼저 올라갔다. 곧이어 코난이 스승님을 보트 위에 끌어 올리자, 그제야 저 멀리서 텔릿의 고함 소리가 들려왔다.

하지만 텔릿의 경보에도 즉각적인 응답은 없었다. 결국 서치라이트가 처음으로 켜져서 바다 쪽을 비추었을 즈음, 코난

탈출

이 탄 보트는 침수 지역에서 1.5킬로미터나 떨어진 곳에서 바위를 향해 달리고 있었다.

8

항해

Sail

코난이 바위에 도착해서 머무른 시간은 아주 잠깐뿐이었다. 젖은 옷을 벗기고 이불을 덮어서 스승님을 좀 더 편안히 누워 계시게 만든 다음, 그는 다시 출발했다. 또 한 척의 보트를 선미에 매달고, 배터리 동력 모터로 낼 수 있는 한 최고 속력을 내서 바닷가를 따라 계속 달려갔다. 불빛이 전혀 없는 상황이다 보니, 지금은 나침반을 읽을 수도 없었다. 대신 그의 오른쪽에 솟아올라 있는 절벽이 일종의 안내자 역할을 한동안 내신해 주었다.

절벽이 뚜렷하게 보이는 상황에서는 최대한 깊은 물에서 보트를 움직였다. 하지만 이제 바다에서 몰려오는 안개 속으로 절벽의 모습이 점차 사라지기 시작하자, 보트를 바닷가에 좀 더 가까이 붙여서 천천히 움직일 수밖에 없었다. 절벽의 모습이 완전히 사라져 버리자, 이제 슬금슬금 움직일 수밖에 없었다. 안내자 역할을 하는 것이라고는 바위를 쓸고 때리는 나지막한 파도 소리뿐이었다.

안개는 코난의 적이기도 했지만, 천천히 배를 몰고 나아가는 동안에는 문득 고맙다는 생각도 들었다. 그날 아침에 그가 목격한 저인망 어선은 아직 항구로 돌아오지 않았다. 즉 그 배가 먼 바다로 나가지 않았다고 한다면, 아마 이 근처 어디에 머물러 있을지도 몰랐다.

점차 코난은 시간 감각을 모조리 잃어버리고 말았다. 피곤이 늘어나면서 나중에는 저인망 어선에 관해서도 말짱 잊어버리고 말았다. 그는 며칠 밤낮으로 거의 쉬지 않고 움직인 셈이었으며, 스승님에 대한 걱정 때문에 사실상 먹는 것조차도 잊어버리고 있었다. 이제는 졸음과의 싸움이 시작되었다. 깜박잠이 들었다가 악몽 같은 순간을 접하고 화들짝 잠에서 깨어나면, 순간적으로 지금 여기가 어디고 자기가 어디로 가는지 몰라 어리둥절하기도 했다.

한번은 졸다가 깨어보니, 보트가 어느 모래톱에 걸려서 꼼짝도 하지 않고 있었다. 배를 다시 물 위로 밀어내는 동안, 스승님께서 힘없이 말했다. "조금만 더 가면 된다. 거의 다 왔어…"

얼마 후에 다시 스승님께서 말씀하셨다. 드디어 다 왔다고. 캄캄한 어둠 속이다 보니 코난의 눈에는 아무것도 안 보였다. 심지어 스승님의 모습조차도 안 보였다. 하지만 다행히 그는 보트를 바닷가에 대고, 모터를 끄고, 조약돌이 가득한 바닷가에 닻을 내렸다.

과연 자기가 언제 보트로 다시 기어들어 가서 잠이 들었는지, 코난은 전혀 기억이 나지 않았다. 겨우 몇 초밖에는 흐르지 않은 것 같았는데, 갑자기 스승님이 앙상한 손으로 그의 어깨를 흔들었다.

"코난, 일어나라! 어서 움직여야 해!"

처음에만 해도 코난은 노인의 목소리에 담긴 다급한 느낌을 전혀 알아채지 못했다. 이미 또 한 번의 회색빛 아침이 찾아왔고, 공기 중에는 생선 굽는 냄새와 나지막한 음악 소리가 들려오고 있을 뿐이었다. '음식' 냄새와 '음악' 소리라니! 그러고 보니 제대로 된 음식을 먹은 지가 벌써 몇 주는 되는 셈이었다. 그리고 음악을 들은 지는 벌써 몇 년은 되는 것 같았다. 음악이야말로 지금은 오래전에 사라진 마법처럼 여겨졌다. 음악을 연주하던 각종 악기들도 이제는 거의 남아 있지 않을…

지금이야말로 기분 좋은 순간인 동시에 섬뜩한 순간이 아닐 수 없었다. 그제야 코난은 자기가 듣고 있는 음악 소리가 십중팔구 저인망 어선에서 나오는 것임을 깨달았기 때문이다. 그 배는 아마 이곳에서 겨우 수백 미터쯤 떨어진 곳에 머물러 있음이 분명했다. 안개가 걷히고 나면 저인망 어선에 있던 사람 모두가 이들을 발견할 것이었다. 게다가 안개는 금방이라도 걷힐 수 있었다.

코난은 얼른 바닷가에 내려서 보트에 실린 짐을 열심히 부리기 시작했다. 스승님도 지친 몸으로 보트에서 나와 도와주려고 했다. 노인은 심하게 얻어맞은 상태였다. 그나마 멀쩡한 한쪽 눈조차도 이제는 감기다시피 했으며, 얼굴은 온통 멍들고 부어올라 있었다. 동작 하나하나마다 힘겨워하는 모습만 보아도, 노인이 얼마나 무지막지한 폭력에 시달렸는지 알 수 있었다. 코난은 그런 어리석고 잔인한 인간들을 스승님이 도우려 하다가 이 지경이 되었다는 사실에 화가 치밀었다. 결국 헛수고만 한 셈이 아닌가.

"그건 아니야." 스승님이 그의 마음을 읽고 말했다. "헛수고만 한 것은 아니지. 하지만 지금은 자세히 설명할 시간이 없구나. 우리는…"

"그건 제가 옮길게요! 할아버지는 절대 움직이시면…"

"아니, 나도 움직여야 돼. 그래야 얼른 회복되는 데에도 도움이 될 거다. 짐을 전부 저쪽으로 옮겨라. 오른쪽으로 말이야."

이렇게 가까이 와 있는데도, 절벽에 난 균열은 거의 알아보기가 힘들 정도였다. 얼핏 보기에는 바위가 떨어져 나가고 바닷물에 부식되어서 생긴 동굴에 불과한 듯했다. 하지만 안으로 들어가 보면 그 동굴은 좁은 바닷가에서 상당히 깊고도 교

항해

묘하게 멀리까지 이어지고 있었다. 밀물 때이기만 했어도 두 사람은 곧장 보트를 타고 동굴 안으로 들어갈 수 있었을 것이다. 그랬다면 지금처럼 짐을 일일이 옮거야 하는 수고도 필요 없었을 것이다.

보트 두 척은 각각 길이가 4미터씩이었고, 무척이나 튼튼하고 육중한 물건이었다. 코난은 젖 먹던 힘까지 다 써가면서 보트를 하나하나 육지로 끌어 올리고, 안을 비우고, 잡석 더미 위를 지나서 틈새까지 운반했다. 마지막 남은 장비를 챙겨 들고 서둘러 은신처로 돌아오며 뒤를 흘끗 바라보았더니, 옅어지는 안개 사이로 저인망 어선의 모습이 희미하게 떠올랐다. 정말 아슬아슬한 순간이었다.

그로부터 몇 분 뒤, 코난은 저인망 어선의 모터가 텅텅거리며 움직이는 소리를 들었다. 그 배가 다시 바닷가를 따라 내려가는 모습을 엿보고 나서야 그는 안도의 한숨을 내쉬었다.

스승님께서 말씀하신 샘물은 지금도 여전히 틈새에서 분출되고 있었으며, 거기서 나온 물이 작은 개울을 이루며 바닷가로 흘러 나가고 있었다. 그 모습을 보니 정말 안심이 되었다. 출발하던 날에는 시간이 없는 관계로 물통을 겨우 몇 개밖에는 채우지 못한 까닭이었다. 본격적으로 일을 시작하기 전에 서둘러 아침을 먹고 자리에 앉자, 코난의 안도감은 갑자기

증발해 버리고 말았다. 스승님 역시 마음의 안정을 찾으려는 듯 한동안 아무 말이 없었다.

노인은 여전히 이불을 두른 채, 잔뜩 멍든 몸이 좀 더 편안해지도록 자세를 고쳐 앉다가 얼굴을 찡그렸다. "일단 우리가 직면해야 할 사실이 한두 가지 있단다." 겉으로는 태연하기 짝이 없는 말투였다. "첫째는 지질 문제 때문에 우리가 나중이라도 적잖은 곤란을 겪을 것 같구나. 너 혹시 쓰나미가 뭔지는 아니?"

"어… 그게 무슨 파도의 일종 아닌가요?"

"그래. 쓰나미를 만들어 내는 충격은 여러 가지가 있지. 나중에 우리가 보게 될 것은 아마도…" 하지만 스승님은 아주 살짝이나마 어깨를 으쓱했다. "하지만 지금부터 미리 걱정할 필요까지는 없겠지. 일단 노동 인민위원과 다른 친구들이 제정신을 차리고 나면, 곧바로 우리를 찾으러 추적대가 잔뜩 몰려올 거다."

"저는 이해가 안 되는데요. 그놈들이 할아버지를 이렇게 함부로 대해놓고, 무엇 때문에 뒤늦게 찾으러…"

"내가 얻어맞았다는 것은 일종의 증명인 셈이란다. 사실 나는 이렇게 처벌받을 것을 미리 예견하고 있었어."

"하, 할아버지께서 이걸 미리 '예견하고' 계셨다고요?"

"그야 당연하지. 왜, 폭력이라는 것도 알고 보면 이성 앞에서 비이성이, 또는 진실 앞에서 권력이 보이는 자연스러운 반응 아니겠니?" 스승님은 힘없이 키득키득 웃었다. "아이고, 그래도 아프기는 아프더라! 그나저나 그들이 나 때문에 얼마나 화가 났는지 상상이 가니? 줄곧 그들 코앞에 얼쩡거리는 성가신 늙은이가 하나 있었는데, 알고 보니 그 사람이야말로 그들이 그토록 찾으려고 혈안이 되어 있던 장본인이었다, 그 말씀이지. 그들로선 정말이지 인정하고 싶지 않은 사실이었으니까."

"하지만 제 생각에 그놈들은 할아버지의 진짜 정체를 믿으려 하지 않을 거예요!"

"아니, 분명히 믿고 있을 거다. 하지만 그렇다는 걸 차마 어떻게 시인할 수 있겠니? 저 패치 늙은이가 알고 보니 브라이악로아였다고? 무슨 말도 안 되는 소리! 하지만 내가 정말로 뚝딱거리고 배를 만들다가 머리가 돌아버린 패치 늙은이라고 믿었다면, 그들은 그냥 허허 웃으면서 나를 쫓아내는 선에서 일을 마무리했을 거야. 예를 들어 사막으로 내쫓든지 해서 말이야. 정신이 나가버린 늙은이라면 아무짝에도 쓸모가 없다고 생각했을 테니까. 하지만 그들은 전혀 웃지도 않더구나. 결국 내가 그들을 찾아가서 한 경고가 먹혀든 셈이지."

코난은 그저 놀란 눈으로 스승님을 바라볼 뿐이었다.

"그리고 이제는 그들도 알았을 거야." 스승님이 덧붙였다. "자기네가 그토록 찾아 헤맸던 사냥감이 또다시 울타리를 뚫고 도망쳤다는 사실을 말이다. 그들은 곧바로 우리를 찾아 나서겠지만, 결코 쉽게 여기를 발견하지는 못할 거야. 내 생각에는 그럴 것 같거든. 그러고 나면 그들은 이 바닷가를 돌멩이 하나하나까지 뒤집어 보면서 샅샅이 뒤지기 시작할 거다. 그렇기 때문에 우리가 탈 배를 준비할 수 있는 시간도 예상보다는 많이 줄어들 것 같구나. 최소한 일주일 정도는 작업할 시간이 있었으면 했는데."

"그러면 우리한테 남은 시간이 어느 정도인데요?"

"오늘 밤 안으로 여기를 떠나야 돼."

"하지만… 하지만 그건 불가능해요." 코난이 깜짝 놀라 대답했다. 그런 한편으로 그는 이제부터 해야 하는 수많은 세부적인 과제를 하나하나 머릿속에 그려보았다. 선체를 조립하고, 돛을 만들고, 플라스틱 조각을 이어 붙여서 돛대를 만들어야만 했다. 이곳에는 목재가 전혀 없었으니까…

"맞는 말이야." 노인이 중얼거렸다. "그러면 일단 내일 밤까지 작업을 완료하는 걸로 하자. 물론 그렇게 해도 불가능해 보이기는 하지만 말이야. 하지만 어떻게든 반드시 그렇게 해

항해

야만 한다. 그럴 준비가 되어 있건 안 되어 있건 간에 말이야. 단순히 그 사람들이 내 정체를 알아냈기 때문만이 아니란다. 어쩌면 하루 더 머물러 있다가는 너무 늦어버릴지도 몰라. 그리고 너한테 한 가지 더 경고해 주는 게 좋겠구나. 바닷가를 뒤져서도 우리를 찾아내지 못한다면, 그 사람들은 아마 바다를 뒤지려고 할 거다."

"하지만 그 낡은 저인망 어선을 가지고는 우리를 따라오지 못할 거예요. 그러니 우리는 그저 몇 시간만 더 일찍 출발하면 그만…"

"나는 그 저인망 어선을 걱정하는 게 아니야. 인더스트리아에는 헬리콥터도 있거든."

"설마요!"

"진짜다. 그것도 두 대나 있지. 무거운 물건을 옮길 때 사용하던 크고도 오래된 물건이야. 하지만 우리에게는 그것 한 대가 보트 열댓 척보다도 더 위협적이지." 스승님은 어깨를 으쓱했다. "하지만 그 문제는 나중에 생각하도록 하자. 지금은 일단 선체를 합치도록 하자꾸나."

서둘러 일을 시작하면서, 코난은 자신들의 생존 가능성이 과연 얼마나 되는지 생각하며 표정이 굳어졌다. 지금은 라나에 대한 생각을 가급적 하지 않으려고 노력하면서.

다행히 하이하버에서 더 이상의 희생자가 나오지는 않았다. 감염의 위험도 이제는 지나가 버리고 말았다. 하지만 라나는 또 다른 위험을 절감하지 않을 수 없었다. 저 아래 항구 쪽으로 시선을 던질 때마다, 거기 있는 무역선을 바라보며, 그녀는 이 사실을 상기하지 않을 수 없었다. 그녀가 알기로 비밀 모임은 이미 무한정 연기되었다. 한편으로는 전염병이 돌고 나서 아직은 뭔가를 새로 시작할 단계가 아니었기 때문이었고, 또 한편으로는 그 전염병의 원인이며 그간의 일에 관해서 여러 가지 이야기들이 떠돌고 있었기 때문이었다. 하지만 저 인민위원이라는 악당에게는 하등 급할 것이 없었다. 그는 이미 자기가 찾던 것을 일부분이나마 손에 넣었고, 일단 주위가 좀 잠잠해지기만 하면 곧바로…

베틀에 앉아서 북을 이리저리 움직이는 내내 라나는 손이 떨렸다. 오늘은 일찍부터 일어나서 천을 몇 센티미터라도 더 짜려던 참이었다. 이제는 무역선에서 천을 얻어낼 가능성도 없었던 데다가, 설령 그쪽에서 주겠다고 제안하더라도 이쪽에서 코웃음 치며 거절할 것이었다. 하지만 그녀는 영 일에 정신을 집중할 수가 없었다. 스승님과 코난에 관한 생각이 계속해

항해

서 떠올랐기 때문이다. 이모가 스승님으로부터 메시지를 받은 지가 얼마나 되었지? 나흘? 닷새? 불확실한 것이 워낙 많았기 때문에, 이제는 날짜를 정확하게 따지는 것조차도 힘들었다. 그 며칠이 마치 몇 주나 되는 것 같았다.

바로 그때, 라나의 뒤에서 무슨 작은 소리가 들렸다. 얼른 뒤를 흘끗 바라보니 마잘이 문간에 서 있었다. 이모의 가뜩이나 수척한 얼굴은 지난 며칠 동안 더욱 여위어 갔으며, 오늘 아침에는 눈 주위에 시커먼 자국까지도 나 있었다.

라나가 말했다. "아침은 제가 준비할게요. 들어가셔서 좀 더 주무시지 그래요?"

"그런다고 내가 잠이 오겠니?" 이모가 중얼거렸다.

라나는 고개를 세차게 흔든 다음, 다시 베틀에서 오가는 북에 정신을 집중하려고 노력했다. 이들은 일단 두 가지 사실을 잘 알고 있었다. 아니, 두 가지 사실밖에는 모르고 있었다. 한 가지는 코난과 스승님이 아직 살아 있다는 것이었다. 그리고 또 한 가지는 뭔가 끔찍하고도 차마 상상 불가능한 상황으로 인해 두 사람이 위험에 처했다는 것이었다. 하지만 적어도 두 사람은 아직 살아 있었다. 그 사실을 깨닫는 것은 마치 심장이 아직 뛰고 있다는 사실을 깨닫는 것과도 비슷했다.

마잘이 안으로 들어와서 베틀 옆에 있는 의자에 앉았다.

"내가 스승님한테서 받은 마지막 메시지는…" 이모는 말을 꺼내다 말고 우뚝 멈추었다. 그녀는 문 쪽을 바라보고 있었다.

라나도 고개를 돌려서 그쪽을 바라보았다. 샨이 문간에 서 있었다. 그는 천천히 안으로 들어왔다. 양손은 여전히 가운의 주머니에 깊이 찔러 넣은 상태였다. 최근에 이렇게 힘든 일을 겪었는데도, 그는 이상하게도 일찍 일어나 있었다.

"스승님께서는 아직 탈출을 못 하셨대?" 샨이 물었다.

마잘은 깜짝 놀라 숨을 훅 들이마셨다. 라나도 너무 놀란 나머지 북을 떨어트리고 말았다.

"그런 거야?" 샨은 두 사람의 얼굴을 번갈아 가며 쳐다보았다.

"누가 그래? 스승님께서 어디 붙잡혀 계시다고?" 마잘이 기어들어 가는 목소리로 물었다.

"내가 나름대로 이리저리 궁리해서 생각해 낸 거야." 샨이 나지막이 그녀에게 말했다. "한동안 그렇게 생각했었거든. 스승님께서 혹시 어디에서 포로로 잡혀 계시지 않나 하고 말이야. 물론 나한테는 이야기를 안 하는 게 차라리 나았겠지. 아무도 몰라야 했을 테니까. 하지만 이제는 나도 사실을 알아야하겠어. 내 말이 맞는 거야?"

"그래." 마잘이 속삭였다.

"그리고 코난도 스승님과 같이 있어요." 라나는 자기도 모르게 이렇게 덧붙이고 말았다.

"뭐라고?" 샨이 이렇게 깜짝 놀라는 모습은 두 사람도 처음이었다.

마잘이 말했다. "이모부한테도 다 말씀드려, 라나."

모든 이야기를 듣고 나자, 샨은 자리에 앉아서 고개를 절레절레 흔들었다. "이런 세상에." 그가 한숨을 내쉬었다. "도대체 어쩌다가 그 지경이 되었을까!" 갑자기 샨이 마잘을 바라보았다. "그러니까 당신도 전혀 모른다는 거지? 스승님과 코난이 정말로 탈출에 성공했는지 여부는 말이야."

"그게 바로 문제야." 마잘이 서글픈 어조로 말했다. "나도 도무지 알아낼 수가 없어. 전혀! 어떻게 된 영문인지 알 수만 있다면!"

"혹시 신체제에서 스승님의 정체를 알아냈을 수도 있지 않을까?"

"그렇잖아도 정말 그런 건 아닌가 싶어 걱정이야." 마잘의 말이었다.

샨이 얼굴을 찡그렸다. "그놈들이 결국 알아냈다면, 우리도 당장 긴급 모임을 갖고 그 사실을 여기 있는 모두에게 알려야만 해. 다이스와 신체제에 관한 진실을 여기 있는 아이들이 모두 알기만 한다면…"

"지금은 일단 스승님께서 연락을 해 오실 때까지 기다려야 해요." 라나가 얼른 끼어들었다.

"맞아, 그건 당연하지." 샨도 선뜻 동의했다. "아직 스승님의 정체가 발각되지 않은 상황이라면, 우리가 먼저 그 사실을 드러낼 필요는 없을 테니까. 어쩌면 공연히 다이스를 통해서 그 사실이 저쪽에 흘러가면, 그때는 정말 대대적인 수색이…" 그는 다시 한번 고개를 저었다. "솔직히 나도 이제는 뭘 어떻게 해야 할지 모르겠어. 정말 끔찍스러운 상황이야."

첫 번째 날 오전, 코난과 할아버지는 선체 두 개를 하나로 결합했고, 곧이어 돛 만드는 작업에 돌입했다. 원래는 창고에서 털어 온 천을 이용해서 커다란 삼각형 돛을 만들려고 계획했다. 하지만 시간이 다급해지자, 대신 두루마리 형태로 된 회색 플라스틱 필름을 이용하기로 했다. 천이 아니라 플라스틱 필름을 사용할 경우, 선체를 결합하는 데 사용한 접착제를 이용해서 돛을 밧줄에 금방 이어 붙일 수 있었다. 아울러 가장자리 손질도 손쉬운 편이고, 역시나 접착제를 이용해서 활대에

항해

단단히 고정할 수 있었다.

"돌풍이 본격적으로 불면 아마 떨어져 나가고 말 거다." 스승님이 중얼거렸다. "하지만 일단 여기서 벗어나는 데에는 도움이 되겠지. 최소한 사흘 정도는 우리 목숨을 구해줄 거야."

하나뿐인 플래시는 코난이 텔릿과 몸싸움을 할 때 내던져서 지금은 없었다. 대신 스승님은 요리용 간이 버너에 불을 피웠고, 두 사람은 그 약한 불빛에 의존하여 밤늦도록 일을 계속했다.

잠시 휴식하던 두 사람은 희미한 새벽빛이 나타나자마자 또다시 작업을 시작했다. 이번에는 짧고 굵은 돛대를 튼튼하게 보강했고, 보트 제작소의 창고에 있었던 굵은 밧줄을 이용해서 삭구를 만들었다.

두 번째 날 오전, 헬리콥터 한 대가 접근했다. 틈새 바로 위에서 비행기가 고도를 낮게 잡고 오랫동안 선회하는 몇 분은 정말 길고도 섬뜩하게 느껴졌다.

코난은 때맞춰 헬리콥터 오는 소리를 들었다. 그는 곧바로 배를 한쪽 구석에 끌어다 놓고, 회색 플라스틱 돛을 그 위에 덮었다. 그리고 모래와 자갈을 플라스틱 돛 위에다가 충분히 흩어놓아서 효과적으로 위장해 두었다. 물품은 이미 스승님의 지시대로 한쪽에 잘 쌓고 덮어두었다. 하지만 비행기가 바닷가를 따라서 멀어지기까지의 그 짧은 시간 동안이나마 신경이 곤두설 수밖에 없었다.

어둠이 다시 찾아오고, 밀물이 다시 들어왔을 무렵, 두 사람에게는 아직 끝내지 못한 자질구레한 일이 100여 가지는 남아 있었다. 하지만 배는 이미 대강이나마 삭구를 장착했으며, 비록 허술하게나마 돛도 사용 가능한 상황이었다. 다른 일들은 나중에라도 할 수 있었다.

버너의 불빛에 의존해서, 두 사람은 여기까지 가져온 모든 물건을 도로 배에 실었다. 식량, 물병, 공구함, 이불과 옷을 담은 비닐봉지, 천, 줄 꾸러미, 그리고 보트 제작소에서 가져온 온갖 장비들이었다. 마지막으로 이들은 응급 수리를 대비해 접착제 남은 것이며 플라스틱 조각까지도 모조리 배에 실었다.

일단 배를 물에 띄운 다음, 코난은 모터를 뒤쪽 자리에 잘 고정하고, 배터리도 그 근처에 놓아두었다. 혹시나 바다에서 물결에 휩쓸려 떨어지지 않도록 하는 것이었다. 그는 마지막으로 주위를 둘러보더니, 버너를 나침반에 가까운 배 바닥에 놓아두었다. 혹시나 너무 어두워져서 나침반을 볼 수 없을 때를 대비해서였다.

스승님이 말했다. "준비가 다 된 거냐?"

"그, 그런 것 같아요, 할아버지." 갑자기 뭔가 이상한 느낌이 그를 엄습했다. 그의 능력으로는 차마 설명할 수가 없는 느낌이었다.

"그럼 일단 기도를 해보지." 스승님이 말했다. "이번 항해에는 단지 우리 두 사람의 안전뿐만 아니라, 더 많은 것이 걸려 있으니까 말이야."

잠시 침묵이 흘렀다. 곧이어 노인이 조용히 기도를 시작했다. 마치 '귀 기울이는 분'이 그의 곁에서 듣고 있기라도 한 것처럼. "우리를 도와주시고 인도해 주십시오. 이제 우리가 접하게 될 일이 무엇인지, 그리고 우리가 실패할 경우에는 어떻게 될지, 당신은 우리보다 더 잘 알고 계시니까요."

그제야 처음으로 코난은 스승님이 당신의 아주 튼튼하지는 못한 어깨 위에 지고 있는 무시무시한 책임이 어떤 것인지를 조금씩 실감하게 되었다. 이 순간, 마치 싸늘한 충격처럼, 그는 자신의 책임이라는 섬뜩한 사실도 깨닫게 되었다. 스승님의 지식과 손이 미래를 인도해 주지 못한다면, 과연 대격변의 생존자들에게는 무슨 일이 벌어질까?

물 위에 뜬 배를 밀고 끌며 절벽 틈새의 어둠 속을 통과하는 동안, 코난은 인간이 과거에 겪었던 길고 야만적인 밤에 관한 갑작스러운 환상을 보게 되었다. 스승님께서 계시지 않다면, 그리고 스승님께서 아시고 믿으시는 그 모든 것이 없다면,

결국 인간은 그 원시의 밤으로 다시 가라앉아 버리는 것이 아닐까? 어쩌면 인간은 차마 존재할 수도 없는 것이 아닐까?

이 마지막 생각을 떠올리자마자 코난은 또 한 번 충격을 받았다. 그가 지금까지 알게 된 사실, 그리고 현재의 상황만 가지고 판단해 보아도, 인간의 존재가 완전히 종지부를 찍게 되는 것은 그리 어려운 일이 아니었기 때문이다. 순간적으로 몸과 마음이 그만 마비되는 듯한 기분이었다. 그때 배가 절벽 틈새를 빠져나가다 말고 그만 꽉 끼어버리고 말았다. 이전에만 해도 4미터짜리 배가 두 척이었지만, 이제는 8미터짜리 배가 한 척이었고, 선미船尾에는 자칫 부서지기 쉬운 키가 달려 있었다. 그러다 보니 움직임이 거북해서 장애물이 있어도 예전만큼 손쉽게 지나갈 수가 없었다.

코난은 그 무시무시한 몇 분 동안 허리까지 차오르는 물속에 서서 애를 쓰며 배를 끌어내리려고 노력했다. 마침내 배가 장애물을 지나서 바다로 흘러나왔다. 이 사건 덕분에 그는 자기가 맡기로 선택한 역할이 얼마나 중요한지 새삼 깨닫고 가슴이 벅찼다. 기분이 좋아서 소리라도 지르고 싶었지만, 지금은 때가 아닌 것 같았다. 배가 산들바람을 맞아 선수船首를 돌리자, 코난은 배에 올라타서 모터에 시동을 걸었다.

몇 분 뒤에 스승님이 붙임 용골을 내려서 홈에 끼우고 돛을

항해

올렸다. 플라스틱 필름이 세차게 파닥거리고 펄럭거리는 가운데 노인은 배의 뒤쪽으로 가서 돛을 잘 펼쳤다. 곧이어 돛이 바람을 받아 팽팽해지자, 갑자기 배기 기우뚱하더니 선수가 번쩍 들렸다. 이어서 두 사람이 탄 배는 바람을 받아서 앞으로 움직이기 시작했다.

코난이 돛배를 타본 것은 이번이 처음이었다. 하지만 그가 무심코 절벽 쪽을 돌아본 순간, 방금 느꼈던 짜릿한 느낌은 거의 곧바로 사라져 버리고 말았다. 밤하늘을 배경으로 우뚝 솟아 있는 그 절벽은 그야말로 칠흑같이 어두웠고, 그 모습은 마치 덤벼들려고 웅크린 짐승처럼 위협적이었다.

코난은 고개를 저으며 어리석은 자기 생각을 탓했다. 저 절벽은 이제 더 이상 위협이 되지 못했다. 두 사람은 이미 그곳을 떠나고 있었으니까. 이제는 오히려 아침이 되자마자 다시 한번 수색에 나설 헬리콥터를 걱정해야 할 것이었다.

"그들이 수색 중인 구역으로 지나가서는 안 되겠지." 그의 마음을 읽은 스승님이 말했다. "키를 잡아라, 얘야. 그리고 지금 이 상태로 계속 붙잡고 있어라. 바람이 너의 왼쪽 귀에 불어오도록 말이야. 힘들면 이따 내가 교대해 주마."

"그럼 하이하버가 지금 이 방향에 있는 거예요?" 배의 뒤쪽으로 가서 키의 손잡이를 붙잡으며 코난이 물었다.

"아니, 그쪽은 또 다른 방향이지. 하지만 오늘 밤은 그쪽으로 가지 않을 거다. 마침 바람이 북서풍이니, 일단 그 사람들의 수색 구역에서는 확실히 멀어지고 있는 거야."

"그럼 모터는 어떻게 할까요?"

"계속 돌려라. 최고 속력으로 말이야. 그런다고 해서 아주 빨리 갈 수 있는 것은 아니겠지만, 지금 상황에서는 조금이라도 더 멀리 가는 게 중요하니까. 날이 밝을 무렵에는 이쪽 바닷가에서 최대한 멀리 떨어져 있는 게 상책일 거다."

9

추적

Chase

날이 밝고서 1시간쯤 흘렀을까. 코난은 결코 듣고 싶지 않았던 희미한 소리를 처음으로 알아채게 되었다. 마치 멀리서 벌한 마리가 웅웅거리는 듯한 소리에 불과했지만, 충분히 멀리 도망쳤으니 이제는 어느 정도 안전하리라는 희망을 꺾어버리기에는 충분했다. 지금은 육지가 수평선 멀리 사라져 버렸고, 몇 시간째 이들을 꾸준히 밀어주던 바람도 더 신선해진 것 같았다. 커다란 삼각돛을 펼쳐 올린 배는 거의 날아가듯 달리고 있었다.

하지만 코난은 차마 스승님을 깨울 수 없었다. 노인은 모터의 우현 쪽에 이불을 덮고 누워서 아직 잠들어 있었다. 그는 두들겨 맞아서 잔뜩 멍든 상대방의 얼굴을 흘끗 보자마자, 그 벌의 웅웅거리는 소리가 더 가까이 다가오기 전까지는 스승님의 숙면을 방해하지 않기로 작정했다.

대신 코난은 이 소리가 사라져 버리기를 간절히 기도했다. 몇 번인가는 잠깐이나마 정말 소리가 사라져 버렸다. 하지만 그 소리는 번번이 되돌아왔으며, 그때마다 더 커져 있었다. 그는 헬리콥터가 바다에서도 넓은 구역을 수색하기 때문에 십중팔구 지그재그를 그리며 날아가리라 생각했다. 실안개가 계속 끼어 있어서 한동안은 헬리콥터의 모습을 알아볼 수가 없었다. 그러다가 갑자기 코난은 헬리콥터를 똑똑히 보았다. 그 소리만 없었다면, 그는 하늘에서 움직이는 그 점을 십중팔구 바닷새로 오인했을 것이다.

코난은 스승님을 깨우려고 고개를 돌렸다. 하지만 노인은 이미 자리에서 일어나 유심히 귀를 기울이고 있었다.

갑자기 스승님이 지시를 내렸다. "일단 배를 바람 불어오는 쪽으로 돌려라. 그리고 모터를 끄도록 해라. 이제는 저 돛을 내려서 배를 덮어야 하니까."

두 사람은 서둘러서 긴 활대를 아래로 내린 다음, 회색 플라스틱 필름을 펼쳐서 배를 대부분 덮어버렸다. 그런데 이렇게 덮은 돛을 단단히 붙잡아 매기도 전에 헬리콥터가 이들의 곁을 재빨리 스치고 지나갔다. 배의 좌현으로 겨우 수백 미터 밖에는 떨어지지 않은 상공이었다.

헬리콥터는 배가 있다는 사실을 전혀 눈치채지 못한 듯 계속 날아가 버렸다. 코난은 도무지 이해가 되지 않았다. "어떻게 된 걸까요?" 그는 몸을 떨면서 스승님에게 물었다. "혹시 저놈들이 우리를 '못' 보는 걸까요?"

"그래." 스승님이 말했다. "왜냐하면 이 돛이 회색 플라스틱으로 되어 있기 때문이지. 바닷물하고 거의 비슷한 색깔이니까. 그리고 내 생각에 저놈들은 보트 두 척을 찾고 있을 거다. 한 척이 앞에 가고, 또 한 척이 견인 줄로 뒤에 따라가는 모습을 말이야. 우리가 탄 배가 이전과는 전혀 다른 모습이라는 사실은 꿈에도 생각을 못 하겠지."

"그러면 이제는 어떻게 해야 되죠? 이제는 저놈들이 우리보다 앞서가는 셈이잖아요. 이런 상황에서 돛을 올리면, 저놈들이 나중에라도 우리를 보게 될 수 있어요."

"모터를 쓰도록 해라. 계속 가다 보면, 아까처럼 안개를 만날 수도 있으니까. 그때가 되면 다시 돛을 올리면 되지."

코난은 실안개가 낀 주위를 둘러보았다. "저쪽에 안개가 짙게 끼어 있는 것 같아요. 왼쪽… 그러니까 좌현 쪽에요."

"그럼 그쪽으로 가자. 네 눈이 각별히 요긴할 때가 바로 이런 경우지. 지금 나야 여기서 30미터 바깥에 있는 물체는 거의 볼 수가 없는 상태니까 말이야. 아니, 본다기보다는 감지한다는 쪽이 더 정확하겠군."

코난은 모터를 작동시켜서 저 멀리 떨어진 안개 더미를 향해 최고 속력으로 달려갔다. 마침 바람이 배의 뒤쪽에서 불어오고 있었지만, 돛을 올리지 않은 상태라서 움직이는 속도가 느릴 수밖에 없었다. 때때로 그는 헬리콥터가 돌아오는 것이 아닌가 하는 불안을 느꼈다. 하지만 그 소리가 다시 들린 것은 오전도 절반쯤 지난 뒤의 일이었고, 이때에는 이들도 이미 안개 속에 안전하게 숨어 있는 상태였다.

코난은 힘겹게 돛 올리기를 도운 다음, 이번에는 키 손잡이를 스승님에게 넘겨주었다. 그는 모터 옆에 자리를 잡고 눕자마자 잠에 빠져들었다. 무려 24시간도 넘게 꼬박 뜬눈으로 버티다가 처음으로 휴식을 취하는 셈이었다.

코난이 잠에서 깨어나 보니 주위는 칠흑같이 어두워져 있었다. 얼마나 어두운지, 불과 몇 미터 떨어진 곳에 앉아서 키를 잡은 스승님의 모습조차도 안 보일 정도였다. 모터는 여전히 돌아가고 있었으며, 배는 먼저와 마찬가지로 순탄하게 나아가고 있었다.

코난은 손으로 바닥을 더듬으며 배 뒤쪽으로 다가가서, 스승님이 잡은 키 손잡이를 도로 붙잡았다. 그는 마치 책망하듯 말했다. "왜 저를 깨우시지 않고 그냥 자게 내버려 두셨어요?"

그러자 노인은 키득키득 웃었다. "그야 네가 어젯밤에 나를 깨우지 않고 그냥 자게 내버려 둔 것과 같은 이유였지. 그렇지 않아도 이제는 깨우려던 참이었다. 마잘하고 연락을 좀 해봐야겠다 싶어서."

"아, 저는 최근에 와서는 연락이 불가능해진 줄 알았는데요.”

“그랬겠지. 그 애도 많이 걱정하고 있는 것 같더구나. 그 애가 보내는 메시지는 내가 항상 접수하고 있단다. 하다못해 그 애가 나한테는 알려주고 싶어 하지 않는 정보까지도 말이야. 하지만 그 애는 내가 보내는 메시지를 잘 수신하지 못하는 것 같더구나. 그 애가 마지막으로 수신한 메시지는 우리가 곧 탈출할 계획이라는 내용이었어. 그 이후에 무슨 일이 벌어졌는지는 모르고 있지. 오늘은 내가 그 애한테 연락을 해서 미리 경고해 주려고 한다.”

“경고라뇨? 뭐에 대해서요?”

“지금 하이하버에서는 문제가 벌어지고 있어. 우리가 인더스트리아에서 탈출한 것 때문에, 문제가 더 악화될지도 몰라. 어쩌면 문제가 절정에 도달하게 될지도 모르지. 하지만 그게 뭔지는 나중에 다시 설명해 주마.”

스승님은 어둠 속을 뚫고 배의 앞쪽으로 가버렸다. 코난은 어쩐지 갑자기 불편한 생각이 들었다. 그는 키 손잡이를 꽉 움켜쥔 채로, 자기가 방금 들은 이야기를 이해해 보려고 노력했다. 하지만 도무지 이해할 수 없었다. 뒤늦게야 배가 고프다는 사실을 깨달은 코난은 삼각형의 후갑판 아래 놓인 식량 상자를 열었고, 이미 포장이 뜯어진 샌드위치 몇 개를 꺼내서 억지로 씹어 삼켰다. 예전에 무인도에서 먹었던 날생선과 해초를 생각하며 아쉬움에 잠겨 있다 보니, 스승님이 다시 그에게 다가왔다.

"정말 다행이지 뭐냐." 노인이 중얼거렸다. "이번에는 다행히 마잘하고 제대로 연락이 되었어."

"그나저나 하이하버에서는 무슨 일이 벌어지는 거죠? 어째서 우리가 도망친 것 때문에 거기서…"

"코난, 너도 올로라는 아이를 기억하고 있겠지?"

"그럼요, 할아버지. 왜, 저랑 크게 한 번 싸웠던 녀석이잖아요. 하이하버로 가는 비행기를 타려고 모두 기다리고 있었을 때에요. 한마디로 쓸데없는 싸움이긴 했지만, 문제는 올로가 만사를 쥐고 흔들고 싶어 했다는 거예요. 그 녀석은 저보다 덩치가 더 커서, 차마 저도 그 녀석을 어떻게 할 수가 없었다니까요."

"음, 아마 그 녀석은 지금도 마찬가지로 남들에게 이래라저래라 하고, 만사를 쥐고 흔들고 싶어 하는 모양이더구나. 그 녀석이 하이하버를 손에 넣고 싶어 한다는 거야. 어쩌면 실제로 그렇게 될 수도 있지. 신체제 측으로부터 지원을 받아서 말이야."

"그렇다면 별로 좋은 소식이 아니잖아요. 그러면 어떻게?"

추적

"그건 나도 지금 생각하는 중이다, 코난. 그건 그렇고 네가 한 가지 알아두어야 할 게 있다. 우리는 이미 인더스트리아 측에 발각되었어."

"그럴 리가요!"

"오늘 아침에 이미 발각되고 말았지. 네가 잠들고 난 직후의 일이었어. 헬리콥터가 돌아왔더구나."

"저도 잠결에 소리를 들은 것 같아요. 하지만 안개 속에 있었으니까 우리는 당연히 안전할 줄 알았는데요!"

"나도 그럴 줄 알았지. 하지만 헬리콥터가 지나갈 때에 우리는 마침 안개가 걷힌 틈새를 지나가고 있었지 뭐냐. 물론 안개 밖으로 나왔다가 다시 들어간 순간은 겨우 몇 초에 불과했었지. 하지만 그들은 우리의 존재를 알아채고, 곧바로 헬리콥터를 선회시켜서 다시 확인하는 모양이더군. 결국 이제는 그 사람들도 우리가 지금 어떻게 하고 있으며, 또 어디로 가고 있는지 눈치를 챘을 거다."

"하지만 지금 우리는 하이하버로 곧장 가는 건 아니잖아요?"

"물론 아니지. 적어도 지금과 같은 모습으로는 아니야. 하이하버까지 가려면 아주 위험한 바다를 지나가야 하거든. 게다가 우리한테는 해도도 없는 실정이니까. 아마 지금 상태로는 무사히 갈 수가 없을 거야. 그 바다를 지나가려면 더 튼튼한 돛과 더 튼튼한 선체, 그리고 더 섬세한 키와 더 튼튼한 용골 같은 것이…"

코난이 이해한 바에 따르면, 두 사람은 지금 타고 있는 어설픈 배를 좀 더 항해에 적합한 상태로 향상시켜야만 했다. 그는 이 배가 충분히 튼튼하다고 생각했지만, 알고 보니 선체를 보강하지 않으면 자칫 언제라도 떨어져 나갈 수 있는 상태였다. 구멍에 끼우는 방식으로 만든 용골 역시 위험하기는 마찬가지였다. 워낙 구멍에 딱 맞았기 때문에, 혹시 바닷속 암초라도 부딪칠 경우에는 바닥이 산산조각이 나서 떨어져 나갈 위험이 있었다.

"그러니 일단은 섬을 하나 찾아야만 해." 스승님이 말했다. "최대한 빨리 말이야. 거기 머물면서 배를 고친 다음, 그들이 우리를 발견하기 전에 얼른 다시 떠나는 거지. 그들은 십중팔구 우리를 찾으러 올 거다. 내 생각에는 그 사람들이 이미 조사선을 곧바로 이쪽으로 보냈을 것 같구나."

"다른 배들은 어쩌고요? 먼저 본 그 저인망 어선 말고도…"

"그러니까 무역선을 말하는 거냐? 지금 다이스란 작자가 하이하버로 끌고 간 배? 그건 당연히 거기 그대로 남아 있겠

추적

지. 왜 그런지는 너도 알겠지?"

코난은 어둠 속에서 얼굴을 찡그렸다. "말하자면 최후의 수단이라는 건가요?"

"바로 그거야. 내가 걱정하는 이유도 바로 그래서이고 말이다. 만약 우리가 도망치는 데 성공한다면, 그러니까 우리가 추적을 완전히 따돌리고 하이하버에 무사히 도착하는 데 성공한다면, 인더스트리아에서는 결국 다이스를 통해서 나를 다시 체포하는 것밖에는 방법이 없게 되지. 그러려면 우선 다이스란 작자가 하이하버를 장악할 수 있어야 하는데. 그 혼자서는 그렇게 할 수가 없어. 그가 데려간 부하는 몇 명에 불과하고, 또한 그는 지금 하던 것 말고 새로운 계략을 자발적으로 추진할 만한 인물도 아니거든."

"'지금 하던 것'이라고요? 그러면 그가 지금 하이하버에서 뭔가 계략을 추진하고 있는 거군요?"

"그래. 하지만 그건 어디까지나 우리의 탈출에 관해서 알기 전에 추진하던 거였지. 이제는 다이스도 우리의 탈출에 관해서 소식을 들었을 거다. 따라서 그 작자는 곧바로 올로의 도움을 얻고자 하겠지. 그곳에서의 생활에 불만을 품고 이제 절반쯤은 야만인처럼 변한 아이들을 모조리 규합하려고 할 거야. 어떻게 된 상황인지 너도 이해가 되니?"

코난은 놀란 나머지 휴우 하고 휘파람을 불었다. "정말 엉망진창이네요! 그러면 우리는 언제쯤 되어야 하이하버에 도착할 수 있을까요?"

노인은 한숨을 쉬었다. "그 질문에 대해서는 나도 선뜻 답변을 내놓을 수가 없구나, 코난. 우리 배가 항해에 최적인 상태라고, 그리고 우리한테 유리한 바람이 줄곧 불어온다고 가정해도, 최소한 3주는 족히 걸릴 거야. 하지만 항상 유리한 바람이 불어올 리 없고, 게다가 우리 배는 항해에 최적인 상태도 아니구나. 그러니 내일 아침쯤에는 적당한 섬을 하나 찾아내기만을 기도해야지…"

다음 날 내내, 코난은 계속해서 앞을 가린 실안개 사이로 혹시 육지를 뜻하는 짙은 회색의 얼룩이 나타나지 않나 기대하며 살펴보았다. 이 지역 어딘가에는 육지가 있었다. 열댓 개의 작은 섬이 흩어져 있었다. 그중 한 곳에서 그 역시 한동안 살았으며, 또 한 곳에서 스승님도 한동안 살았다. 또한 코난은 포로가 되어 순찰선을 타고 인더스트리아로 가던 도중에도 다른 섬들을 여럿 본 적이 있었다. 그가 알기로는 이런 작은 섬들이 바다의 북쪽으로 수백 킬로미터에 걸쳐서 흩어져 있었다.

그런데 어째서 지금은 그런 섬을 하나도 찾아볼 수 없는 것일까?

어스름이 찾아올 때까지 이들은 육지를 전혀 보지 못했고, 심지어 떠돌아다니는 바닷새 한 마리도 전혀 보지 못했다. 곧이어 배터리가 갑자기 소진되고 말았다. 물론 코난이 예견했던 것보다는 훨씬 더 오랫동안 모터를 돌릴 수 있었지만 말이다. 그는 소진된 배터리를 빼낸 다음, 아직 남은 배터리 두 개 가운데 하나를 모터에 연결했다.

"가급적 동력을 아끼는 게 좋을 거다." 스승님의 조언이었다. "어쩌면 나중에 필요할 수도 있으니까. 아마 지금쯤은 우리도 섬들이 있는 곳에 가까워졌을 거다. 아직 지나쳐 오지는 않았을 거야."

섬들이 있는 곳을 지나치지 않기 위해서, 두 사람은 배의 방향을 바꾸어서 더 서쪽으로 향했고, 밤새 돛을 활짝 펼치고 나아갔다. 아침이 되어서 하늘이 밝아지기 시작하자, 코난은 실안개 속에 짙은 회색 얼룩이 나타나기를 고대하며 앞을 주시했다.

이날은 두 사람이 바다에 나온 지 사흘째 되는 날이었다. 점점 더 짙어지는 실안개며, 검어지는 바닷물이며, 때때로 길게 지나가는 짙은 안개 더미 같은 것을 겪으면서, 코난은 어느새 위도가 바뀌고 있음을 알 수 있었다. 이제는 뭔가 친숙한 느낌이 다가오고 있었다. 북서쪽의 하늘에서 어딘가 더 짙은 색조가 점차 퍼져 나가는 것 역시 친숙한 느낌을 주었다. 지난 5년 동안 이런 모습을 자주 본 적이 있었다. 그 모습이 나타난 뒤에는 항상 날씨가 나빠졌다.

오전 내내 그는 섬이 가까이 있다는, 그리고 조만간 그중 하나를 보게 되리라는 믿음을 가지고 불안감을 억누르려고 노력했다. 하지만 마치 끝없이 이어지는 듯했던 대낮이 지나가고 또다시 저녁이 찾아올 때까지, 두 사람은 아무것도 목격하지 못한 상태였다. 이제는 바람도 잦아들어 마치 속삭임처럼 변했다. 배의 속도도 느려졌고, 선체는 점차 높아지는 파도에 불안하게 흔들리기 시작했다.

바로 그때 코난은 스승님이 갑자기 새햐얀 머리를 들더니, 몸을 꼿꼿이 세우고 앉아서 뭔가에 귀를 기울이는 모습을 보았다.

"왜 그러세요?" 그가 물었다. 하지만 스승님이 차마 대답하기도 전에, 코난은 우현 뒤쪽 멀리에서 어떤 얼룩을 보았다. 순간 그는 드디어 섬을 하나 찾았구나 하는 마음에 희망을 품었다. 하지만 그 얼룩이 움직이는 모습을 보고는 그만 소스라치고 말았다.

"아마 조사선일 거다." 노인이 말했다. 스승님의 놀라운 청력만큼은 코난도 오래전부터 인정하는 바였다. "저 배는 소리

추적

만 들어도 알 수 있지." 노인은 모터를 켜면서 이렇게 얼른 덧붙였다. "이제는 얼른 방향을 바꿔서 달아나야 되겠다. 방법은 그것뿐이니까."

돛을 올릴 수 있을 만큼 바람이 세지 않았던 까닭에, 두 사람은 새로 방향을 잡고, 모터를 켜서 기나긴 파도의 비탈을 타고 달려 나갔다. 코난은 조사선 쪽을 흘끗 뒤돌아보았다. 흐린 하늘을 배경으로 나타난 그 배의 모습은 섬뜩할 정도로 선명했다. 조사선 쪽에서도 두 사람을 못 보았을 리는 없었다. 이미 그 배는 방향을 바꿔서 이들 쪽으로 돌아오고 있었다. 하지만 세계 곳곳으로 확산하며 모든 것을 말소하던 폭풍의 짙은 어둠이 펼쳐지면서, 조사선의 모습은 더 이상 보이지 않았다.

갑자기 코난의 귓가에 바람 소리가 들려왔다. 그와 스승님은 거의 동시에 돛에 달라붙었다. 플라스틱 필름이 거센 바람에 찢어지기 전에 서둘러 내리느라 죽도록 애썼다. 두 사람은 간신히 돛을 내리는 데 성공했고, 그걸 잘 말아서 활대에 고정해 두었다. 배는 이미 미친 듯 흔들리고 있었다.

바람 소리가 이제는 고함 소리로 변해 있었다. 격노한 바닷물이 배를 때렸고, 안으로 넘쳐 들어왔다. 갑자기 아래에서 뭔가가 배를 번쩍 드는 느낌이 들었다. 코난은 배가 다시 아래로 떨어지기 전에 뭔가 찢어지는 듯한 날카로운 소리를 들었지만, 그게 정확히 무엇인지는 알 수 없었다. 몸을 지지하기 위해 후갑판에 고정한 활대를 붙잡으려 했지만, 이미 온데간데 없었다. 아마도 바람이나 바닷물의 서슬에 뜯어져 나간 모양이었다. 거기 달려 있던 돛도 함께 사라져 버렸다.

바람 소리 사이로 그는 스승님의 목쉰 고함 소리를 들을 수 있었다. "코난! 이런 식으로는 오래 못 버틸 거다! 봉지를 챙겨라! 몸에다 꽉 동여매라!"

이제는 모든 희망이 사라져 버렸다는 고뇌 속에서, 코난은 처음에만 해도 스승님의 말이 무슨 뜻인지를 즉시 이해하지 못하고 있었다. 그는 계속해서 배를 바람 불어오는 쪽으로 향하게 해서 물에 떠 있게 하려고 쓸데없이 고생하고 있었다. 바로 그때, 코난은 스승님이 한 말이 무엇인지 깨달았다. 이불과 옷을 넣어둔 비닐봉지를 몸에 붙들어 매라는 뜻이었던 것이다.

그는 손으로 더듬어서 비닐봉지를 찾기 시작했다. 배의 뒤쪽에서 서치라이트가 어둠을 가르고 나타나더니, 이들을 한번 훑고 지나갔다가, 다시 한번 이들을 찾아서 되돌아왔다. 조사선은 워낙 가까이 있었기 때문에, 코난은 순간적으로 자기네 배가 조사선과 충돌하지 않나 하는 생각이 들었다. 하지만 조사선은 마치 유령처럼 어둠 속을 지나가 버렸고, 그 역시 두번 다시 서치라이트를 보지 못했다.

마침내 코난의 손이 비닐봉지에 스쳤다. 그는 한 손으로 여전히 키 손잡이를 붙잡은 채, 다른 한 손으로 비닐봉지를 붙잡으려고 했다. 코난은 드디어 비닐봉지를 잡았다 하지만 곧바로 놓치고 말았다. 바로 그 순간 배가 충돌했기 때문이다. 배가 워낙 거센 힘으로 뭔가에 부딪치는 통에, 두 척의 보트를 연결한 부위가 박살 나는 것을 느낄 수 있었다. 그는 배 뒤쪽에서 마치 화살처럼 튕겨 나가서 넘실거리며 포효하는 바닷물 속으로 떨어졌다.

스승님을 부르려고 했지만, 바닷물이 코난을 뒤덮었다. 그는 바닷물 속으로 깊이 끌려 들어가 바닥에 세게 부딪쳤다. 마치 영원처럼 느껴진 한동안 코난은 파도의 노리개라도 된 듯 이리저리 굴러다니고 있었다.

10

무인도

Islet

파도에 떠밀려 간 코난이 도착한 곳은 어느 바닷가였다. 자갈 비슷한 굵은 모래가 깔려 있었고, 군데군데 커다란 바위가 비죽비죽 솟아나 있었다. 날이 점차 밝으면서 그 모습이 희미하게 분간되었지만, 한동안은 정확히 무엇인지 알 수가 없었다. 얼핏 보기에는 마치 아무런 의미도 없는 형체 같았지만, 그의 머릿속에서 들려오는 포효와 무슨 연관이 있는 것 같았고, 이세는 거의 다 소멸해 버린 폭풍의 먼 포효와도 무슨 연관이 있는 것 같았다.

잠시 후에 날이 더 밝아지자, 코난은 모래밭에 일부 파묻혀 있는 물체가 바로 찢어진 비상식량 꾸러미라는 사실을 알아챘다. 그 뒤에는 그가 물을 운반할 때 사용했던 플라스틱 물병이 하나 놓여 있었다. 그제야 그는 어찌 된 영문인지를 서서히 깨달았다. 되돌아오는 기억은 신속하면서도 무시무시했다.

코난은 비틀거리며 자리에서 일어나 목쉰 소리로 외쳤다.

"스승님!" 그가 소리를 질렀다. "'스승님!'"

아무런 답변이 없었다. 코난은 비틀거리며 앞으로 몇 걸음 걷다가 우뚝 멈춰 섰다. 더 이상 갈 곳이 없었기 때문이다. 그의 앞에는 마치 울퉁불퉁한 뾰족탑 모양의 커다란 바위가 하나 버티고 서 있었다. 뾰족탑 밑에는 다른 바위들이 있었고, 그 주위는 오직 바다뿐이었다. 바다는 새까맣고, 바람에 흩날리는 안개 더미와 끝도 없는 실안개 때문에 수평선은 전혀 보이지 않았다.

"스승님!" 코난은 마치 비명처럼 소리를 질렀다.

여전히 아무 대답이 없었다. 그는 울면서 그 커다란 바위를 돌아 뛰어가 보았다. 하지만 불과 몇 초도 되지 않아서 자기가 원래 출발한 곳으로 돌아오게 되자, 그는 움켜쥔 주먹으로 차가운 화강암을 때리기 시작했다.

"도대체 왜 우리한테 이렇게 하신 거죠?" 코난은 버럭 소리를 질렀다. 마치 한때 그를 구출해 주었던 목소리가 결국에는 그를 거짓으로 속이며 갖고 놀았던 것 같았다. "왜죠? 왜냐고요? 도대체 이렇게 하는 이유가 뭐죠?"

코난의 외침은 지금 그가 느끼는 전적인 무력감에서 비롯된 고통스러운 토로였다. 이제는 모든 것을 잃어버렸다는 생각이 들어서였다. 스승님뿐만 아니라, 나아가 스승님 덕분에 장차 가능했을 법한 세계조차도, 심지어 라나조차도 모조리 잃어버렸다는 생각이 들어서였다.

이 순간만큼은 코난도 그 목소리의 대답을 전혀 기대하지

무인도

않고 있었다. 하지만 갑자기 그 목소리가 대답을 내놓았다. 차분하고도 또렷한 목소리였다.

"코난." 그 목소리가 말했다. "모든 일에는 그 나름의 이유와 의미가 있는 거란다. 네 주위를 둘러보거라."

순간 코난은 이전까지는 한 번도 얻은 적이 없었던 어떤 놀라운 각성을 얻고 깜짝 놀랐다. 바닷물에 떠밀려 오면서 얻은 몸의 상처조차도 까맣게 잊어버리고 말았다. 몸을 떨면서 그는 주위를 둘러보았다.

코난은 거의 곧바로 볼 수 있었다. 처음에는 붉은 점이 하나 보였다. 그 앞쪽으로 육지와 바닷물이 만나는 곳에는 바위가 하나 보였다. 아니, 사실은 바위가 아니었지만 마치 바위처럼 보이는 것이었다. 이 근처의 바다에는 물론이고, 커다란 뾰족탑 모양 바위 아래까지도 무수히 많은 바위가 흩어져 있었다. 바위처럼 보이는 이 물체도 얼핏 보기에는 그런 바위들과 다를 바 없어 보였다. 그런데 사실 이것은 바위가 아니라 비닐봉지였다. 그리고 코난의 눈을 사로잡았던 그 붉은 점은 사실 스승님의 이마에 박힌 열십자 낙인이었다.

몇 초도 지나지 않아서 그는 스승님을 뾰족탑 모양의 바위 아래로 모셔 왔다. 젖은 옷을 모조리 벗기고, 비닐봉지에서 꺼낸 이불을 덮어드렸다. 다행히 노인은 바다에 빠지면서 먹은 물을 이미 모두 토해낸 것 같았고, 기적적으로 아직 숨을 쉬고 있었다. 하지만 노인의 숨소리는 미약했고, 생기 없는 손은 마치 얼음처럼 차가웠다.

코난은 바위에 나타난 바닷물의 수위 흔적을 보고 몸이 굳었다. 이미 밀물이 들어오고 있었는데, 그 물이 다 들어오면 그가 서 있는 땅은 깊이가 약 2미터나 되는 바닷물로 뒤덮일 예정이었다. 오로지 뾰족탑 모양 바위 곳곳에 툭 튀어나온 선반들이나 수면 위에 남아있을 것이었다.

이것이야말로 섬뜩한 발견이 아닐 수 없었다. 하지만 그 목소리를 다시 듣게 되었다는 사실 때문에, 코난은 지금 상황의 절대적인 절망감을 극복할 수 있을 것이었다. 그는 생각했다. 내가 할 수 있는 일이 반드시 있을 거야. '반드시' 있을 거야…

코난은 비닐봉지를 한 번 바라보고, 스승님을 또 한 번 바라보았다. 순간 비닐봉지를 비우면 키가 큰 스승님의 몸을 충분히 넣을 수 있다는 생각이 떠올랐다. 최소한 겨드랑이 아래까지는 봉지에 집어넣고 여밀 수 있었다. 그렇게 하면 노인은 계속해서 몸이 마르고 따뜻한 상태로 있을 수 있고, 그런 상태에서 어찌어찌 노인의 머리와 어깨를 물 위로 나오게 하는 방법만 찾아내면 될 것이었다.

그렇게 해서 살아남으려면 과연 얼마나 많은 바닷물 세례를 견뎌야 할지가 문제였지만, 코난은 되도록 그 생각을 하지 않으려고 노력했다. 지금 머릿속에는 어떻게 해서든 이렇게 시도해 봐야 한다는 생각뿐이었다. 곧이어 또 한 가지 깨달음이 떠올랐다. 계속 살아남으려면 보트에서 바닷물에 떠밀려 이곳까지 온 물건들을 최대한 많이 찾아내야만 한다는 것이었다. 생각이 여기에 미치자마자 그는 이리저리 뛰어다니면서 열댓 가지 작은 물건을 주워서 스승님이 누워 계신 곳 근처에 던져놓았다. 이제 곧 점차 불어나는 바닷물이 두 사람을 덮칠 것이었다.

귀중한 식수가 들어 있는 물병이 몇 개 있었고, 휴대 식량 꾸러미도 몇 개 있었다. 이제는 쓸모가 없게 된 접착제 깡통, 보트의 삭구로 사용했던 끈의 나머지도 있었다. 끈을 발견한 덕분에 코난은 지금까지 걱정하던 문제 하나를 해결한 셈이었다.

첨벙첨벙 물을 튀기며 끈을 가지고 돌아오면서, 코난은 이걸 바위에 어떻게 묶어야만 스승님을 바닷물에 잠기지 않게 만들 수 있을지 생각하고 있었다. 바로 그때 바닷새들이 그를 발견했다. 갈매기 세 마리가 뾰족탑 모양의 바위 쪽으로 날아오더니, 낮게 날아서 그의 주위를 맴돌며 신나게 울어댔다.

코난은 깜짝 놀라 끈을 땅에 내던지고 믿어지지 않는다는 듯 양팔을 벌렸다. 설마 그럴 리가. 하지만 진짜였다.

"마라… 제디… 릴라…" 그가 중얼거렸다. 한 마리 한 마리를 알아보고 그 이름을 부른 것이었다. "도대체 여기서 뭐하는 거야? 어떻게 여기를…?"

코난은 뾰족탑 모양의 바위를 바라보았다. 혹시 이 작은 섬들 가운데 하나에 이 녀석들의 둥지가 있는 것일까? 그는 고개를 돌리면서 눈에 힘을 주고 실안개 사이를 살펴보았다. 곧이어 코난은 자기가 찾던 것을 찾아내고야 말았다. 애초에 예상했던 곳에서는 아니었고, 오히려 그 반대편에 가까운 곳에서였기는 했지만 말이다. 처음에는 정말 그것인지 알 수 없었지만, 시간이 좀 더 흐르자 방향을 똑바로 파악함으로써 어찌 된 영문인지를 확신할 수 있었다.

지금 코난이 서 있는 섬은 바로 얼마 전까지 혼자 살았던 무인도의 서쪽에 있는 작은 섬이었다. 2년 전에 그는 나무를 찾아서 두 섬 사이의 멀고도 위험한 바다를 헤엄쳐 이곳까지 건너온 적이 있었다. 그런데 이 섬은 예전과 많이 달라져 있었다. 반대편에서 섬으로 올라왔던 그때에는 지금 서 있는 곳에도 물에 잠기지 않는 땅이 있었다. 그런데 2년 사이에 폭풍으로 흙은 모두 날아가 버리고, 오로지 바위만 남아 있는 것이다.

여기가 어딘지를 깨닫자 코난은 순간적으로 안도와 기쁨

을 느꼈지만, 스승님을 흘끗 바라보는 순간에 그런 기분은 싹 사라져 버리고 말았다. 이 상황에서 과연 어떻게 해야만 스승님을 모시고 저 위험한 바다를 가로질러 더 크고 안전한 섬으로 건너간단 말인가? 혹시 빈 물병을 구명대 삼아 스승님의 몸에 묶고, 자기가 밧줄로 끌면서 헤엄을 칠까 생각해 보기도 했다. 하지만 어림없는 이야기였다. 거리가 너무 먼 데다가, 물살이 너무 거셌기 때문이다.

곧이어 이 문제에 대한 답변이 머릿속에 쏜살같이 떠올랐다. 그 답변은 바로 저 건너편 섬에 놓여 있었다.

순간 스승님이 밀쩡한 한쪽 눈을 뜨고 자기를 궁금하게 바라보는 걸 깨닫자, 그는 다시 한번 마음이 놓였다. "코난." 노인이 속삭였다. "코난, 뭘 하려는 거냐?"

코난은 아까 땅에 내던졌던 끈 더미를 도로 주우며 노인에게 달려갔다. "어떻게 하면 우리가 같이 하이하버로 갈 수 있는지 생각하는 중이에요." 그가 대답했다.

불과 몇 분 만에 코난은 주워 모은 물건을 단단히 묶어서 바닷물에 떠내려가지 않게 했다. 뾰족탑 모양의 커다란 바위

밑에 작은 돌들을 쌓아 높이 약 2미터쯤의 피라미드를 만드는데에는 시간이 좀 더 많이 필요했다. 그는 스승님을 안고 피라미드 위로 올라가서, 바위에서 비쭉 튀어나온 선반 가운데 한 곳에 노인을 기대어 세워놓고 잘 묶어두었다. 아래로 다시 내려와 보니, 바닷물은 이미 무릎 있는 곳까지 올라와 있었다.

"제가 돌아올 때까지 거기서 기다리세요." 코난이 스승님에게 말했다. "혹시 맞바람이 불기라도 하면, 아마 내일쯤 되어야 올 수 있을 거예요. 그때까지 거기서 기다리세요."

가뜩이나 허약한 몸으로 당분간 어려운 시간을 보내야 할 텐데도, 노인은 어째서인지 키득키득 웃었다. "아, 나야 물론 여기 계속 있을 거다." 노인이 대답했다. "그나저나 네가 나를 비닐봉지에 담아서 여기 묶어놓은 솜씨는 참… 너무 서두르지 말고 침착해라, 애야. 내 걱정은 전혀 하지 말고."

코난은 바다를 살펴본 다음, 느리지만 꾸준한 속도로 헤엄치기 시작했다. 물살을 타면 더 쉬웠기 때문에, 해류까지도 고려해서 방향을 잡았다. 허리에 묶은 끈은 바다 위로 그를 따라오는 거의 비어 있는 물병과 연결되어 있었다. 혹시나 위급 상황에서는 그 물병을 구명대 삼아 매달릴 작정이었다. 이것이야말로 코난이 혼자 살다가 이 작은 섬에 처음 왔을 때에만 해도 없었던 대비책이었다. 그 당시에는 자칫 물에 빠져 죽을 뻔했고, 결국 뾰족탑 모양의 바위가 있는 섬까지 헤엄쳐 오가는 데에만 꼬박 이틀이 걸리고 말았다. 지금은 맞바람이 불어서 바다로 떠밀려 가는 일만 없다면, 그때의 절반쯤 되는 시간에 충분히 오갈 수 있을 것이었다.

지금 이 순간만큼은 만사가 코난에게 유리한 것처럼 보였다. 워낙 유리해 보였기 때문에, 잠시나마 좀 더 빨리 헤엄쳐 보기도 했다. 하지만 그는 신중하게 다시 헤엄치는 속도를 늦추었다. 혹시나 상황이 바뀔 경우, 마지막 순간의 싸움을 위해서는 가급적 체력을 비축할 필요가 있었기 때문이다. 상황이야 인제라도 순식간에 바뀔 수 있었다. 어쩌면 내일쯤 되어야 돌아올 수 있을 거라고 스승님께 말했던 것도 결코 빈말은 아니었다. 자칫 날씨가 나빠졌다가는 내일이 아니라 더 오랫동안 못 건너갈 수도 있었다. 하지만 지금 스승님 계신 곳 옆에는 물병도 하나 걸려 있었고, 신체제에서 만든 샌드위치 꾸러미도 하나 있었다. 바닷물에 조금 젖긴 했지만, 어쩌면 소금물 덕분에 그 맛은 더 좋아질지 모른다고 두 사람은 서로 농담도 주고받은 바 있었다.

목적지까지 절반쯤 남았을 무렵, 아무런 이유도 없이 코난은 갑자기 인더스트리아 너머로 몇 킬로미터나 펼쳐져 있던 높은 절벽들을 생각하기 시작했다. 어째서 그 절벽들은 그토록 위협적으로 보였을까? 그 도시를 가로지르는 균열이 나중에 두 사람이 몰래 숨어 보트를 수리한 절벽의 틈새까지 이어져 있었기 때문일까? 스승님께서 말씀해 주신 이야기를 다시 떠올리자마자, 그는 아마도 그래서였을 것이라고 확신했다.

만약 그 균열이 결국 갈라져 버렸다면, 그 부분에 해당하는 해안 지역이 모조리 바다로 빠져버렸다면 과연 무슨 일이 벌어졌을까?

스승님께서는 쓰나미에 관한 이야기를 하셨다. 그리고 그 일에 대한 당신의 걱정을 애써 숨기려 하셨다. 쓰나미는 일종의 파도로, 큰 충격에 의해 발생하는 것이었다. 지각에 가해지는 깊은 충격이 일종의 해일을 만들어 내는 것이다.

생각에 잠긴 나머지 코난은 헤엄치는 박자를 놓치고 말았다. 바닷물이 그의 얼굴을 뒤덮었다. 순간 그는 벌써 몇 년 전에 읽은 어떤 책의 내용을 떠올렸다. 차라리 잊어버렸으면 하고 간절히 바라던 내용을 말이다.

충격으로 생긴 해일은 어마어마한 규모였다. 산처럼 커다란 물결, 크게 포효하는 물의 절벽이 놀라운 속도로 바다를 가로지르는 것이었다. 아주 짧은 시간에 바다를 가로질러서, 수천 킬로미터 떨어진 장소에도 재난을 일으키는 것이었다.

그 모습이 워낙 머릿속에 생생하게 남아 있었기 때문에, 코난은 마침내 섬의 바닷가에 비틀거리며 올라온 순간에도 그 기쁨을 만끽하지 못할 뻔했다. 배가 고프고 지친 채로, 그는 한때 사시가 실린 성벽 두른 요새 모양의 그 섬으로 돌아온 것이었다.

이곳에 오자마자 더 많은 새들이 코난을 맞이했다. 이미 몇 마리는 그를 따라 바다를 가로질러 온 참이었다. 코난은 잠시 걸음을 멈추고 새들과 차례차례 인사를 나누었다. 곧이어 자기가 몇 년 동안 바다에서 건져서 보관해 두었던 귀중한 물건들을 찾아보았다. 비바람에 훼손되지 않도록 그는 돌멩이를 그 위에 덮어둔 바 있었다. 그 물건들은 모두 그대로 남아 있었다. 안심한 코난은 거의 애틋하다고 할 만한 기분으로 주위를 둘러보았다. 이곳을 떠난 지 겨우 몇 주밖에 되지 않았다니, 정말 믿어지지 않았다. 마치 몇 년은 떠나 있었던 것 같은 기분이었다. 폭풍 때문에 바깥쪽 벽이며 돌살 가운데 하나가 약간 망가져 있었지만, 그거야 충분히 예상 가능한 일이었다. 불과 1시간쯤이면 다시 고칠 수 있었다.

갑자기 허기를 느낀 순간, 코난은 이 섬을 떠나서 인더스트리아로 끌려가던 날 벌어졌던 일을 문득 기억해 냈다. 그는 서둘러 식품 보관 움막으로 들어가서, 한쪽에 쌓인 말린 해초와 장작을 살펴보았다. 곧이어 코난은 안심한 나머지 팔다리에서 힘이 풀렸다. 훈제 생선을 그렇게 맛있게 먹어치운 만스키 의사 선생이나 조사선의 선장도 예전에 만들어서 거기 보관한 다른 저장 식품까지는 미처 발견하지 못했던 것이다. 그는 훈제 생선을 몇 마리 꺼내 먹은 다음, 지친 몸을 쉬기 위해 해초 위에 누워버렸다.

2시간쯤 지나서 코난은 움막에서 밖으로 나왔다. 이제는 기분도 더 나아져 있었다. 그는 항상 하늘을 덮고 있는 구름 뒤에서 해의 위치를 찾아보았다. 그 위치를 확인하자 깜짝 놀랄 수밖에 없었다. 이제 겨우 정오가 조금 지났을 뿐이었던 것이다. 그렇다면 저 뾰족탑 모양의 바위가 있는 섬에서 이 섬까지 오는 데 걸린 시간이 오전의 절반밖에는 되지 않았단 말인가? 분명히 그랬던 모양이었다.

결국 오후 시간이 아직 많이 남아 있다는 이야기였다. 상황만 괜찮다면 다시 그 섬으로 돌아가서 스승님을 이곳으로 모셔 올 시간 여유도 있을 것 같았다.

코난은 몇 분 동안이나 날씨와 바다의 상황을 조심스레 살펴보았다. 그런 다음에야 낡고 오래된 서프보드를 꺼내 들었다. 이것이야말로 무인도에 혼자 사는 동안 바다에서 건진 물건 중에서도 가장 큰 보물인 동시에, 가장 마지막으로 얻은 물건이었다. 몇 초도 지나지 않아서 그는 서프보드를 물에 띄우고 그 위에 올라탔다. 판자를 이용해서 만든 어설픈 노를 저어가면서, 서둘러 뾰족탑 모양의 바위가 있는 섬 쪽으로 향했다.

그날 오후 늦게, 코난은 결국 큰 섬으로 다시 돌아올 수 있었다. 스승님은 비닐봉지에 미라처럼 꽁꽁 싸인 채, 서프보드에 단단히 묶여서 바다를 건너왔다.

바닷가에 올라온 노인은 비록 극도로 쇠약해진 상태이기는 했지만, 이곳의 여러 옹벽 가운데 하나에 등을 기대고 앉았다. 그는 주위를 둘러보며 즐겁고도 놀라운 듯한 표정을 지었다. "그래." 노인이 중얼거렸다. "네가 그렇게 조각 같은 근육을 얻게 된 이유가 바로 이거였구나! 몇 톤씩이나 되는 이 돌멩이를 전부 옮겨야 했다면, 아마 여기 도착한 바로 그날부터 거의 매일 낮 동안 일해야 했을 거다."

"진짜 그랬어요, 할아버지."

스승님은 그 해적 같아 보이는 안대를 고쳐 썼다. 최근에 겪은 그 수많은 고생에도, 다행히 그 안대만큼은 잃어버리지 않은 참이었다. 노인은 어느 벽 근처에 있는 구부러진 통나무를 곁눈질하며 말했다. "내가 생각하기에는 저게 아마 그 배의 몸통이 될 것 같구나. 그러니까 우리가 하이하버까지 타고 가기 위해 네가 만들려는 배의 몸통이 말이야."

"어… 예, 할아버지." 스승님 앞에서는 정말 아무것도 숨길 수가 없었다!

"그리고 저 서프보드 말이다. 저건 아마도 현외 장치로 사용할 거겠지."

"진짜 그러려고 생각하던 중이었어요, 할아버지."

"그리고 우리에게는 아직 천도 남아 있지. 그걸 가지고 돛을 하나 더 만들지 않았던 게 정말로 천만다행이었구나! 하지만 지금은 일단 그걸 꿰매는 데 사용할 바늘이 있어야 할 거다. 바늘은 각종 재료로 직접 만들 수도 있지만, 마침 공구 상자 안에 좋은 바늘이 들어 있을 거다. 물론 그 상자를 찾을 수만 있다면 말이야. 바늘만 가지고는 그저 시간이 며칠 정도 단축되는 것에 불과하겠지. 공구 상자에는 끌이며 다른 연장도 들어 있을 테니까, 그걸 가지고 통나무를 손질하면 최소한 몇 주 정도는 더 단축될 거다. 지금부터는 시간이 무엇보다도 중요한데, 거기에는 몇 가지 이유가 있지. 여하간 이제부터는 한시가 급하니까…"

"예, 할아버지."

쓰나미에 관한 이야기는 전혀 없었다. 하지만 굳이 이야기할 필요도 없었다. 스승님도 이제는 코난이 그 사실을 다 알고 있다고 생각했기 때문이다. 이들이 곧 직면하게 될 쓰나미의 위협은 날이 갈수록 점점 더 커질 것이었다. 물론 그 위협도 이들이 직면한 여러 가지 위협 가운데 단 하나에 불과했다. 어쩌면 조사선이 여전히 이 근처 어디선가 이들을 찾아다니고 있을지도 몰랐다. 그리고 헬리콥터 정도라면 인더스트리아의 기지에서 여기까지 충분히 날아올 수 있을 것이었다. 설령 두 사람이 그 모든 위협을 피해 달아나더라도, 너무 늦게 떠났다가는 자칫 큰 안개 속에 파묻힐 위험도 있었다. 하나뿐인 나침반도 잃어버린 상태에서 과연 어떻게 안개 속에서 방향을 잡을 수 있을까? 한시가 급한 상황에서…

코난이 말했다. "날이 밝으면 저 작은 섬으로 다시 가볼게요. 그때는 썰물일 테니까, 우리 배가 침몰한 곳 근처의 깊은 물 속에 뭔가 있을지도 몰라요. 어쩌면 공구 상자도 거기 어딘가에 있을지 모르고요."

다음 날 아침, 코난은 아직 날이 완전히 밝기도 전에 작은 섬을 향해 출발했다. 물론 방향을 잡고 노를 저어갈 수 있을 정도로 환하기는 했다. 공구 상자는 결국 찾지 못했지만, 대신 휴대 식량 꾸러미와 물병과 접착제, 그리고 이미 가라앉은 배를 보강하기 위해 챙겨두었던 플라스틱 조각을 가지고 돌아왔다.

"너무 신경 쓰지 마라." 스승님의 말이었다. 노인은 코난이 예전에 돌멩이를 깨서 만들었던 연장으로 오전 내내 통나무를 다듬고 있었다. "공구 상자는 아직 거기 있어. 다음번 썰물 때에는 반드시 찾게 될 거다. 분명해."

스승님의 말씀이 맞았다. 다음 날 아침, 코난은 공구 상자를 찾아냈다. 그 내용물도 멀쩡한 상태로 들어 있었다. 큰 섬으로 돌아오는 길에 그는 또 한 가지를 발견했다. 처음에는 바닷새들이 어떤 물체 위를 맴도는 모습이 시선을 끌었다. 코난은 열심히 노를 저어 원래의 경로에서 400미터쯤 벗어난 끝에, 자칫 바람과 해류에 밀려서 멀리 사라져 버릴 뻔한 그 물체를 따라잡았다.

그 물체란 작은 구명 뗏목이었는데, 그 안에는 어떤 사람이 힘없이 엎드려 있었다.

코난은 굳이 응급 처치를 하느라 시간을 낭비하지 않았다. 대신 곧바로 견인 줄을 뗏목에 묶고 죽어라 노를 저어서 섬으로 향했다. 너무 멀리까지 와버린 까닭에 목적지의 모습도 이제는 가물가물한 상황이었다. 무거운 공구 상자를 싣고, 커다란 뗏목까지 끄는 상황이 되다 보니 진행 속도는 느릴 수밖에 없었다. 바람과의 길고도 힘겨운 싸움 끝에, 코난은 간신히 섬에 도착할 수 있었다. 좁은 바닷가에는 이미 스승님이 걱정스러운 표정으로 나와 계셨다.

"그렇지 않아도 뭔가가 잘못되었나 싶더구나. 하지만 너무 멀다 보니 눈에 보이지도 않아서…" 스승님은 이렇게 말하다

무인도

말고, 갑자기 깜짝 놀라며 소리를 질렀다. "이런 세상에, 도대체 이게 뭐냐?"

코난은 지친 모습으로 뗏목을 바닷가에 끌어 올린 다음, 그 안에 쓰러져 있던 사람을 안아 올리려고 상체를 굽혔다. 처음에는 남자인 줄로만 알았는데, 가까이서 보니 여자였다. 갑자기 그는 깜짝 놀라 헉 소리를 냈다. "세상에, 만스키 의사 선생이에요!"

"정말이로구나." 스승님이 중얼거렸다. "그렇다면 결국 우리를 난파시킨 바로 그 폭풍 때문에 조사선도 난파하고 말았다는 이야기로군. 아아, 정말 운명이란 묘한 것이로구나… 코난, 일단 의사 선생을 움막으로 데려가도록 해라. 물병이랑 이불은 내가 가지고 갈 테니까. 햇볕에 노출되고 갈증에 시달린 나머지 이렇게 되었을 거야."

만스키 의사 선생은 그래도 의식이 남아 있는지, 코난이 내민 물병을 받아서 게걸스레 들이켰다. 하지만 시간이 좀 더 지나고 나서야, 그가 누구인지 비로소 알아보았다. 그리고 거의 하루가 다 가고 나서야, 간신히 힘을 되찾아서 움막 밖으로 기어 나왔다.

한 손으로는 몸에 두른 이불을 붙잡은 채, 만스키는 호기심 어린 눈으로 주위를 둘러보았다. 그리고 마침 통나무를 붙잡고 일하던 코난에게 천천히 걸어왔다. "세상에 이런 어처구니없는 일이 또 있을까!" 그녀가 입을 열었다. 날카로운 목소리는 거의 비명에 가까웠다. "과연 누가 예상이나 했겠느냐 말이야. 불과 몇 주 전에만 해도 내가 네 녀석을 구해주었던 바로 그 무인도에, 오늘은 내가 다시 돌아와 있을 줄은…"

만스키 의사 선생이 말을 하다 우뚝 멈추었다. 코난이 고개를 들어보니, 그녀는 스승님을 바라보고 있었다. 방금 전까지만 해도 이 노인의 존재를 전혀 모르고 있었던 모양이었다. "당신!" 만스키가 소리를 질렀다. "당신! 이 엉큼한 늙은이 같으니라고! 도대체 무슨 헛소리를 지껄여 댔기에, 결국 저 인더스트리아의 인민위원들이 우리 배한테 당신을 뒤쫓게 만든 거지?" 이제 그녀는 몸을 부들부들 떨면서, 분노로 인해 언성을 높이고 있었다. "우리 배가 침몰해 버렸어! 이게 다 당신 때문이라고! 우리 배에 타고 있던 동료들도 모조리! 이게 다 당신이 지껄인 헛소리 때문에…"

"저기요." 코난이 말했다. "잠깐만요. 지금 이분이 누구이신 줄 알고 그러는 거예요?"

"이 인간이 '누구'인지 내가 왜 몰라!" 만스키 의사 선생이 버럭 소리를 질렀다. "이 인간은 바로 그 미친 늙은이 '패치'잖아. 도대체 이런 작자를 왜 일찌감치 무자격자로 처분하지 않았는지 모르겠…"

"이분은 패치가 '아니란' 말이에요." 코난이 말했다. "무슨 날이나 하면, 이분의 진짜 이름은 브라이악 로아라고요."

"브라이악 로아!" 만스키가 날카로운 웃음을 터트렸다. "저 늙은이가 너한테 그렇게 말하던? 그리고 넌 멍청하게도 그런 헛소리를 고스란히 믿고 앉아 있고?"

"잘 몰라서 그러시는데…" 코난은 뭔가 말을 하려다가 우뚝 멈추고 말았다. 스승님께서 고개를 설레설레 젓고 계셨기 때문이다.

"만스키 의사 선생." 스승님이 말했다. "나를 계속 '패치' 라고 부르는 게 편하다면 얼마든지 그렇게 하시오. 하지만 지금은 일단 움막으로 다시 들어가서 편히 쉬시는 게 좋겠소. 바다에서 표류하는 동안 아주 힘들었을 거요. 게다가 아직 사고 때며 햇빛에 노출되었을 때의 충격에서 벗어나지 못했을 거고 말이오."

그녀는 한동안 노인을 노려보더니, 갑자기 화난 듯 격하게 돌아섰다. 그러나 몇 발짝 걸어가다 말고 몸을 비틀거리기 시작했다.

코난은 얼른 달려가서 만스키가 쓰러지지 않게 붙잡아 주고는, 다시 움막까지 데려다주었다.

통나무가 있는 곳으로 되돌아와서 아까 사용하던 손도끼를 다시 집어 든 코난은 씁쓸한 듯 내뱉었다. "왜 하필 이런 일이! 도대체 무엇 때문에 저 여자랑 우리가 같이 있게 되었을까요?"

"그래도 저 사람 정도면 양반이라고 해야지." 스승님은 온화한 말투로 대답했다. "게다가 저 사람이라면 우리한테 오히려 도움이 될 수도 있어."

"도움이라뇨 무슨! 저는 솔직히 저 여자랑은 더 이상 얽히고 싶지 않아요. 저는 솔직히 저 여자가 싫어요."

"아니, 너도 사실은 그렇지 않을 거다. 너는 다만 저 여자가 대변하는 사고방식이 싫은 거겠지."

"어쩌면 그럴 수도 있죠. 하지만 싫은 건 사실이에요. 그 신체제에 관한 것은 하나부터 열까지 전부 싫어요. 할아버지는 그렇지 않으세요?"

"아니, 나는 그런 기분까지는 아니야."

코난은 깜짝 놀란 나머지 손도끼를 떨어트렸다. "하지만… 하지만 할아버지는 그놈들 때문에 무려 4년이나 죄수 노릇을 하셨잖아요!" 그가 언성을 높였다. "그러니까 '당연히' 그놈들을 미워하셔야죠!"

"애야, 나는 그 사람들을 미워할 수가 없단다. 오히려 나는

무인도

그 사람들 대부분에 대해서 존경심을 갖고 있어."

"아니, 어떻게 그러실 수가 있어요? 그놈들은 할아버지한
데 낙인을 찍었고, 심지어 할아버지를 때리기까지 했잖아요.
게다가 얼마나 많은 사람들을 노예로 삼았으며, 또 얼마나 더
많은 사람들을 죽였는지 모르는 일이잖아요. 그놈들은 하나
부터 열까지 뒤틀리고, 악독하고, 자비라고는 없고…"

"그래, 코난." 스승님이 그의 말을 가로막았다. "네 말이
전부 옳아. 하지만 네가 한 가지 모르고 있는 것은, 그 사람들
역시 살아남기 위해서 나름대로 힘겨운 투쟁을 벌이고 있다는
점이지. 가진 것이라고는 기껏해야 기계 몇 대밖에 없는 상황
에서도 말이야. 인더스트리아는 그 기능의 상당 부분이 마비
된 상태였고, 지금도 마찬가지 상태야. 그렇기 때문에 살아남
기 위해서는, 그리고 몇 대뿐인 기계를 계속 돌리기 위해서는
가장 단호한 방법을 사용할 수밖에 없었던 거지. 그리고 그런
상황에서는 가장 힘이 센 사람, 즉 내놓을 것이 가장 없는 사
람이 권력을 지니게 되는 법이니까." 스승님은 잠시 말을 멈추
었다가 이렇게 이어나갔다. "단지 그중 몇 사람만 가지고 거
기 있는 모든 사람을 쉽게 판단하지는 마라. 인더스트리아에
도 훌륭한 사람들이 일부나마 있고, 그 사람들의 행동은 오로
지 칭찬만 받아야 해. 그런 사람들이야말로 이 세상에 없어서

는 안 될 사람들이야. 그렇기 때문에 내가 굳이 정체를 드러내면서까지 그 사람들에게 재난을 경고해 준 거다. 반면 다른 사람들의 경우는…"

"다른 사람들이라뇨?"

스승님이 어깨를 으쓱했다. "세상에서 가장 중독성이 높은 것은 바로 권력이지. 그곳에서 결정권을 지닌 인민위원들은 자기 권력을 빼앗기지 않기 위해서라도 권력을 더 넓히고 더 많이 얻으려고 들 거다. 하이하버를 점령하는 것도 그들의 권력 유지에는 도움이 되겠지. 역설적으로 그들의 탐욕은 대격변과 함께 사라져 버렸던 다른 능력을 인더스트리아가 회복하는데에 더 많은 도움을 줄 거다. 이제 내 말이 무슨 뜻인지 알았니?"

"그… 그런 것 같아요, 할아버지."

노인은 작은 움막을 흘끗 바라보았다. "저 사람은 그냥 내버려 둬라. 나를 그냥 패치 늙은이로 생각하게 말이야. 그렇게 하는 편이 더 쉬울 거다. 저 사람은 신체제에 철두철미하게 헌신하고 있지. 왜냐하면 저 사람한테 남은 것이라고는 오로지 그것뿐이거든. 단순히 이성에 호소한다고 해서 네가 저 사람의 사고방식을 바꿀 수는 없을 거야. 그러니 우리의 도움 없이도 본인이 나름대로 결론을 내리도록 내버려 둬라. 그 와중에

무인도

저 사람은 우리한테 아주 큰 도움이 될 거니까.

"도움이라고요? 어떻게요?"

"돛을 바느질하는 데에 도움이 되겠지. 배를 타고 가는 동안 우리가 먹을 생선을 미리 잡아서 훈제하는 데에도 도움이 되겠고. 그 외에도 저 사람 덕분에 우리의 시간이 절약되는 방법이 100가지는 넘을 거다. 왜냐하면 우리는 차마 불가능해 보이는 일을 해야 하니까. 우리는 새로 배를 한 척 만들어서, 그걸 타고 여기를 떠나야 해. 그것도 일주일 안에 말이야."

"일주일이라고요?" 코난은 깜짝 놀란 나머지 숨을 헉 들이마셨다. "하지만 할아버지도 '알고' 계시잖아요. 그런 일은 불가능하다는 걸요."

"아니, 충분히 가능할 거다. 그리고 반드시 가능해야만 해. 그렇지 않으면 우리는 자칫 안개에 갇혀서, 두 번 다시는 하이하버를 볼 수 없을 게다. 자, 어서 서두르자. 이제는 쓸 만한 연장도 많이 생겼으니까. 너도 아마 깜짝 놀라게 될 거다. 이 통나무를 다듬어서 항해용 카누로 만드는 일이야 금방이면 뚝딱이니 말이야."

11

표류

Lost

세 사람은 해가 뜰 때부터 해가 질 때까지 하루 종일 죽어라고 일에만 매달렸다. 이틀이 더 지나자 통나무는 실제로 속이 텅 빈 카누의 꼴을 갖추었고, 다음 날 저녁때에는 현외 장치와 돛도 제법 꼴을 갖추게 되었다. 현재의 상황에 대한 설명을 듣고 나자, 만스키 의사 선생도 굳은 표정으로나마 자기 일을 묵묵히 수행했고, 오로지 필요할 때만 입을 열었다. 하지만 코난은 그녀가 줄곧 스승님을 매서운 눈길로 쳐다본다는 사실을 알았다. 십중팔구 아직 답변되지 않은 수많은 질문들 때문에 괴로워하는 모양이었다.

그러다가 네 번째 날 저녁이 되자 만스키는 갑자기 날카로운 목소리로 물었다. "패치, 도대체 당신은 인민위원들에게 무슨 말도 안 되는 헛소리를 지껄인 거지? 이제 더 이상은 엉뚱한 핑계를 댈 생각 마시지. 오늘은 나도 진실이 무엇인지를 반드시 듣고 말 테니까."

"내가 그 양반들에게 말했소." 스승님이 대답했다. "인더스트리아의 땅속에서 생겨나는 균열에 대해서 말이오." 노인은 그녀를 쳐다보지도 않은 채 대답했으며, 그런 와중에도 여전히 쉬지 않고 일을 계속했다. 스승님은 코난이 예전에 모아 놓은 장작더미에서 골라낸 장대 두 개를 이어 붙이는 일을 돕고 있었다. 만스키가 꿰매어 만들고 있는 돛을 지탱할 활대로 삼을 예정이었다.

"그래?" 그녀가 말했다. "그 균열에 대해서 뭐라고 말했지?"

"일단 그 균열이 떨어져 나갈 경우에 무슨 일이 벌어지게 될지를 설명했소. 그러니까 거기 있는 모든 사람에게 이 사실을 알리고, 식량을 생산하는 기계 설비를 즉시 옮기라고 말했소. 나로선 부디 그 사람들이 내 말을 따랐기를 바랄 뿐이오. 인더스트리아의 절반 정도는 조만간 바닷속으로 무너져 내릴 지점에 자리 잡고 있으니까."

"말도 안 되는 헛소리! 그 사람들이 당신 말을 믿었을 리가 없지!"

"아니, 내 말을 분명히 믿었을 거요. 그렇지 않다면 내가 코난과 함께 그곳을 탈출한 직후에 굳이 우리를 찾으려고 애쓰지도 않았을 테니까."

만스키의 검고도 단호한 눈동자에 어딘가 당혹스러운 빛이 스쳤다. "나로선 도무지 이해할 수가 없군. 나로선 하나부터 열까지 이해할 수가 없어. 도대체 그런 터무니없는 이야기

표류

를 인더스트리아에서 왜 믿었다는 거지? 그것도 다른 누구도 아닌 당신 입에서 나온 이야기를? 여기에는 뭔가 이유가 있어야 할 거야. 도대체 무슨 이유 때문이지, 패치?"

스승님이 어깨를 으쓱했다. "왜냐하면 그 사람들도 이제는 내가 브라이악 로아라고 확신했기 때문일 거요."

만스키는 노인을 노려보았다. 그러다가 갑자기 격분한 듯 고함을 질렀다. "그렇다면 우리 신체제를 이끄는 사람들은 죄다 바보 멍청이라는 건가?"

"바보 멍청이에 눈까지 멀었다고 해야 할 거요." 스승님은 태연하게 대답했다. "그들은 벌써 몇 년 동안이나 나를 찾아 헤매고 다녔지만, 정작 나로 말하자면 그들이 바라는 일을 해 줄 생각은 전혀 없었으니 말이오. 그 사람들은 나를 마치 과학의 신이라도 되는 것처럼, 그래서 무슨 일이든지 억지로 시켜 놓으면 모든 문제를 해결할 수 있는 것처럼 상상하고 있었소. 만약 그 사람들이 진짜 하느님에 대한 믿음을 갖고 있었다면 차라리 더 나았을 거요. 그랬다면 그 사람들도 자기네 힘으로 더 발전해 나갔을 터이고, 지금보다는 더 나은 삶을 살았을 터이니까."

"그만!" 만스키 의사 선생이 소리를 질렀다. 그녀는 돛을 내던지고 벌떡 자리에서 일어났다. "둘 중의 한 명은 무슨 목소리를 듣는다지 않나, 또 한 명은 하느님 따위를 들먹이고 있지 않나. 이런 바보 같은 짓이 어디 있어! 앞으로 내가 당신네를 도와줄 거라는 생각은 꿈에도…"

코난이 냉랭하게 말했다. "그 목소리가 나한테 어떻게 하라고 알려주지 않았더라면, 나는 지금쯤 이미 죽은 목숨이었을 거예요. 그리고 당신도 죽은 목숨이기는 마찬가지였을 거고요, 만스키 의사 선생님. 왜냐하면 그 목소리가 아니었더라면 내가 당신을 바다 한가운데서 구출할 수도 없었을 테니까요."

"그 일에 대해서는 분명히 고맙다고 말한 걸로 아는데." 그녀가 딱딱거렸다. "하지만 그건 그거고 이건 이거지. 네 녀석은 그때나 지금이나 여전히 정신이 나갔어."

"그러면 당신은 이제부터 정신이 나간 사람 둘하고 어울려 사는 법을 배워야 할 거요." 스승님이 미소를 지으며 말했다. "왜냐하면 나 역시 오래전부터 바로 그 목소리의 인도를 받아 온 사람이니까."

코난은 깜짝 놀라며 스승님을 바라보았다. 그러자 노인은 고개를 끄덕였다. "나도 처음에는 그 목소리를 무시했었지. 그러다가 결국 한쪽 눈을 잃고 말았단다. 그때 이후로는 귀 기울이는 법을 배우게 되었지."

만스키 의사 선생이 코웃음을 쳤다. "그러니까 우리 눈에는 안 보이는 그 하느님이 지금 당신에게 말도 걸고 조언도 해준다는 뜻인가?"

스승님은 흰 눈썹을 놀란 듯 눈을 크게 떴다. "그게 어째서 나 '혼자만' 받는 특별한 도움이라는 거요? 당신은 이미 널리 알려진 것들을 모조리 잊어버린 모양이군. 그런 지혜는 우리 가운데 누구든지 얻을 수 있는 것이지 않소?"

그녀는 또다시 코웃음을 쳤다. "어떻게? 그냥 가만히 귀를 기울이면 된다는 건가?"

"그럼 또 뭐가 있겠소? 우리 각자는 그 소리를 들을 수 있는 내면의 귀를 가지고 있는 거요. 물론 우리가 원한다면 말이오. 만약 우리가 그 소리를 듣지 못한다고 하면, 우리가 결국 그 귀를 들리지 않게 방치했기 때문일 거요."

만스키는 잠시 가만히 멈춰 선 채로 두 사람을 번갈아 가면서 쳐다보았다. 워낙 수척한 그녀의 얼굴이 점점 더 굳어지고 있었다. 갑자기 만스키가 소리를 질렀다. "말도 안 되는 소리! 이제 그런 헛소리는 신물이 나. 그따위 헛소리를 계속 듣고 있느니, 차라리 당신들을 떠나보내고 나 혼자 여기 남아 있는 편이 낫겠군. 나는 그냥 여기 있다가 구출되는 쪽을 택하겠어."

스승님이 어깨를 으쓱했다. "그야 좋을 대로 하시오. 하지만 여기 계속 머무를 경우, 과연 제때에 맞춰 구출될 수 있을지는 모르겠소."

"제때라니?"

"당신은 의사이니까 과학을 아주 모르지는 않을 거요. 예를 들어 지질학에 대해서 기초적인 지식 정도는 갖추고 있지 않겠소? 그렇다면 인더스트리아 밑에 있는 지각이 갑자기 변동을 일으킬 경우, 이곳에 무슨 일이 벌어지게 될지에 대해서는 충분히 짐작할 수 있지 않겠소?"

의사 선생의 검은 눈이 약간 커졌다. "그렇다면 그 충격에 의해 해일이 발생할 수 있다는 이야기인 건가?"

"그렇소. 쓰나미를 말하는 거요. 그게 이 섬을 덮치고 지나가면 아무것도 남아나지 않을 거요."

만스키는 뭔가 말하려는 듯 입을 열었지만, 곧이어 천천히 닫아버렸다. 문득 그녀는 두 사람이 만들고 있었던 배를 검은 눈으로 응시했다. "만약 쓰나미가 일어난다고 치면, 당신네가 만드는 이 허약한 배는 어떻게 될 것 같나?"

"우리는 아무 걱정 없을 거요. 적어도 파도가 우리 앞에서 부서지지 않는 한에는 말이오. 물결이 일어도 마치 코르크 마개처럼 둥실둥실 떠다니고 말 거요."

표류

코난은 깜짝 놀라서 노인을 바라보았다. 그런 사실까지는 자기도 몰랐기 때문이었다. 스승님이 덧붙였다. "다만 하이하 버에는 큰 위험이 닥칠 거요. 쓰나미는 결국 그곳을 덮칠 테니 까. 하지만 다행히 그 섬 자체는 쓰나미가 밀려오는 방향에서 약간 비스듬히 서 있다오. 나로선 부디 그 거대한 파도가 항구 를 가로질러서 그냥 스쳐 지나가기를 바랄 뿐이라오. 물론 그 렇다 하더라도 섬 주민들에게는 미리 경고해 주어야 하겠지 만…"

"하지만 어떻게? 그걸 누가 경고한단 말이지?"

"아마 다이스란 사람이 할 수도 있을 거요. 그 사람이 여전 히 인더스트리아와 무선으로 교신을 하고 있다면 말이오. 하 지만 전달능력자인 사람이라면 누구나 그 도시 밑에서 균열이 깨질 때를 즉시 알게 될 거요. 워낙 많은 사람들의 마음에서 드러나는 두려움을 감지하지 못할 리는 없겠지.

만스키 의사 선생은 노인을 뚫어지게 쳐다보았다. "패치." 그녀는 천천히 말했다. "패치, 지금 당신은 아무리 봐도 그 보 트 제작소에서 일하던 사람의 모습이 아니야. 당신은 많이 변 했군. 그것도 완전히 변했어. '당신은 도대체 누구지?'"

"그 문제에 관한 논의는 일단 바다로 나간 다음에 하는 게 좋을 것 같소." 노인이 대답했다. "왜냐하면 이제는 정말 시간이 없기 때문이오. 우리 목숨을 아깝게 생각한다면, 앞으로 나흘 안에는 이곳을 떠나야 하오."

그렇게 짧은 시간 안에 일을 마무리하기란 불가능해 보였다. 하지만 이들은 어찌어찌 일을 마쳤다. 마지막 날 저녁, 통나무 카누에 삼각돛과 현외 장치까지 갖춘 상태로 출발 준비를 마치고 짐을 실었다. 접착제를 발라서 이어 붙인 플라스틱 판으로 갑판을 만들어서, 물이 들어올 가능성도 없었다. 카누와 현외 장치 사이의 지지대 위에는 의사 선생이 타고 온 작은 구명 뗏목을 얹었고, 그 주위로는 각종 장비와 함께 코난이 오래전에 만들어 놓은 수조에서 퍼낸 식수를 담은 물병을 놓고 잘 묶어두었다. 카누의 갑판 뚜껑 밑에는 그가 모아놓은 물병에 식수가 추가로 들어 있었고, 통나무를 파내며 생긴 나무 부스러기를 태운 연기로 훈제한 생선 대부분이 들어 있었다.

날이 거의 어두워지고 나서야 이들은 짐 싣기를 마쳤다. 하지만 어느 누구도 날이 밝기까지 기다리자고 제안하지는 않았다. 물결과 날씨 모두가 항해에 유리했고, 신선한 바람이 불어오고 있었다.

코난은 친구인 바닷새들에게 작별을 고했다. 그는 배를 바닷가에서 밀어내고 돛을 올렸다. 갈매기 열댓 마리가 머리 위를 맴돌며 전송하는 가운데, 코난은 배를 몰고 가다 말고 뒤를 돌아보았다. 작은 섬은 이미 어둠 속으로 사라지고 있었다. 순간 그는 목이 메었다. 두 번 다시는 이 섬을 볼 수 없을 것이라는 생각이 들었기 때문이다.

코난은 저 앞에 펼쳐진 어둠을 감싼 안개의 베일을 바라보았다. 그 안개를 보니 갑자기 두려움이 밀어닥쳤다. 나침반의 도움조차도 없이 저 미지의 바다를 얼마나 오랫동안 항해해야 할까?

현외 장치를 단 배가 불확실한 여행을 시작했을 무렵, 라나는 낙심한 채 오두막으로 돌아오고 있었다. 어깨 위에는 티키가 올라앉아 있었다. 이 새의 위로가 없었다면, 그녀의 낙담은 정말 견딜 수 없을 정도로 심했을 것이었다. 벌써 몇 주째 좋지 않은 소식뿐이었다. 하지만 이곳에 사는 아이들이(특히 라나가 생각하기에는 분명히 샨을 지지할 것이라고 여겼던 아이들이) 오늘 아침에 한 행동이야말로 도무지 상상도 못 했던 일이었다.

라나는 걸음을 멈추고, 오후 내내 딴 나무 열매가 들어 있는 바구니를 내려놓은 뒤, 항구로 이어지는 긴 비탈의 아래쪽을 흘끗 바라보았다. 나무 사이로 무역선의 모습이 슬쩍 엿보였는데, 워낙 먼 거리이다 보니 마치 장난감 배처럼 보였다. 그 모습을 보는 순간 어찌나 화가 솟는지, 그 배에서 그리 멀지 않은 곳에 생긴 새로운 선착장에서 뭔가 바쁜 움직임이 벌어진다는 사실은 그녀도 차마 못 보고 있었다. 저 흉물스러운 배는 왜 어서 가버리지 않을까? 왜 우리를 그냥 내버려 두지 않을까? 저렇게 말썽만 일으키는 물건들을 왜 우리에게 가져온 걸까?

라나는 오늘 아침에 샨이 소집한 긴급 모임에 관한 생각을 떠올렸다. 신체제가 스승님의 정체를 알아버린 이상, 이제는 아이들에게도 지금까지 있었던 일을 설명해 주는 편이 나을 듯해서였다. 진실을 알고 나면 아이들도 모두 다이스 인민위원과의 관계를 끊어버릴 거라는 기대도 있었다. 하지만 사실은 그렇지가 않았다.

물론 아이들도 어느 정도 분노를 드러내기는 했다. 어느 정도 어리석은 말다툼을 벌이기도 했다. "난 솔직히 이해가 안 되는데요." 남자아이 가운데 하나는 이렇게 말했다. "굳이 그렇게 하실 것 없이, 스승님께서는 당신 정체를 떳떳이 밝히고 신체제와 협조할 수도 있지 않았을까요? 그러면 모두가 더 잘 살 수 있지 않았을까요?"

여기서부터 시작해서, 아이들은 한동안 두 패로 갈라져서 옥신각신했다. 일부는 스승님을 지지했지만, 그에 못지않게 많은 아이들은 반대했다. 무엇보다도 충격적인 사실은 어느 누구도 스승님에 관해서 아주 많이 관심을 두지는 않고 있었다는 점이었다. 여러 해가 지나는 동안, 나이 어린 아이들은 이미 스승님을 까맣게 잊어버렸고, 나이 많은 아이들은 스승님보다 각자의 일에 더 관심이 많았기 때문이다. 그중 상당수는 이미 서로 짝을 이루어 연애를 하기도 했다. 대개는 인더스트리아에서 온 인민위원을 그리 대단하게 평가하지는 않았지만, 그렇다고 해서 그 사람과 무역을 하지 말아야 한다고 생각하지도 않았다. 그 사람으로 말하자면 자기네가 원하는 물건을 갖고 찾아오지 않았던가. 예를 들어 자전거라든지, 뮤직 박스라든지, 거울이라든지, 또는 화장품이라든지.

　　한동안 라나는 이런저런 생각을 떠올리고 있었다. 남자아이 가운데 몇 명이 자기 짝인 여자아이들을 대하던 모습을 떠올리자, 갑자기 시샘하는 마음이 끓어올랐다. 코난도 이곳에 돌아오기만 하면, 그때는 그렇게 특별한 눈빛으로 그녀를 바라봐 줄까? 아니면 그녀가 이제는 워낙 창백하고 생기 없어졌기 때문에, 더 이상은 관심조차 없어지는 건 아닐까?

　　곧이어 라나는 이 알 수 없는 가능성을 머리에서 떨쳐버리고, 대신 오늘 아침의 모임이 어떻게 끝나버렸는지를 다시 떠올렸다. 나이가 많은 아이들 가운데 하나가 물었다. 어떤 패거리의 두목 격인 남자아이였다. "그러면 스승님이 이곳으로 돌아오시고 나면, 그때는 누가 이곳의 지도자가 되는 거죠?"

"그야 당연히 스승님이시지." 샨이 그 아이에게 말했다. "스승님께서 안 계셨다면, 우리 중 어느 누구도 지금 이곳에서 살아 있지 못했을 테니까."

순간적으로 침묵이 흘렀다. 아이들 사이에서 이런저런 속삭임이 오가더니, 여자아이 가운데 하나가 말했다. "물론 우리도 스승님을 존경하기는 해요. 하지만 이제는 스승님도 너무 연세가 많으시잖아요. 그러니 이제는 우리도 지도자를 직접 뽑을 때가 되었다고 봐요. 선생님께서는 어떻게 생각하세요? 이제는 우리가 하이하버를 직접 다스려야 한다고 보지 않으세요? 얘들아, 너희들 생각은 어떠니?"

아이들은 하나같이 그 제안에 찬성했다. 하지만 올로에 대한 걱정도 없지는 않았다. "그나저나 우리끼리 지도자를 직접 뽑는다는 게 무슨 의미가 있겠어? 다들 알잖아. 어차피 올로녀석이 여기를 전부 장악하려 한다는 걸 말이야."

"올로가 하면 뭐가 어때서? 그 녀석은 어차피 그 인민위원인가 하는 사람하고 한편이잖아. 그러니 그 녀석한테 부탁해서 우리한테 필요한 걸 얻어 올 수도 있을걸."

"그래도 올로 그 녀석은 안 돼!" 누군가가 소리를 질렀다.
"우리끼리 똘똘 뭉쳐서, 우리 중에서 누군가를 새로 뽑아야 된
다고!"

"그럼 일단 스승님께서 여기 오실 때까지 기다려 보는 게
낫지 않을까?"

"아이고, 스승님 이야기는 집어치워! 그분이 정말 여기까
지 오실지 못 오실지는 아직 모르잖아. 어쨌거나 모임이 다시
한번 있을 거니까. 너네도 그 이야기 들었지?"

무슨 모임을 말하는 걸까?

소문에 따르면 조만간 큰 모임이 한 번 있을 거라고 했다.
하지만 그 모임에 관한 소식을 들은 아이들은 일부뿐이었고,
어느 누구도 자세한 내용까지는 몰랐다. 비밀리에 뭔가 음모
가 진행되고 있는 것이 분명했다.

라나는 짜증스러운 기분으로 항구 쪽을 다시 한번 바라보
았다. 그제야 처음으로 선착장에서 일어나는 움직임을 포착했
다. 그녀는 그쪽을 유심히 바라보았다. 너무 멀어서 또렷이 보
이지는 않았지만, 나이가 많은 남자아이들과 여자아이들이 길
게 줄을 서 있었다. 하나같이 그 무역선 안으로 들어가서 구경
할 순서를 기다리는 것이었다.

저 배 안에서 도대체 무슨 일이 벌어지는 걸까?

이게 혹시 오늘 아침에 아이들이 이야기하던 바로 그 모임인 걸까? 아마도 그런 모양이라는 생각이 들었다. 나이 어린 아이들은 별로 많지 않았다. 하지만 그 모임과 분명히 무슨 관계가 있어 보였다. 그리고 올로와도 관계가 있는 것이 분명했다. 그 인민위원이란 작자가 패거리마다 두목 격인 아이들을 불러서 접대라도 하는 걸까? 뭔가 뇌물이라도 줘서 올로를 지도자로 선출해 달라고 부탁하는 걸까?

라나가 느끼던 짜증은 이내 분노로 변하고 말았다. 단지 샨의 뒤에서 몰래 음모를 꾸민 다이스라는 작자를 향한 분노만은 아니었다. 오히려 저 배를 구경하라는 초청을 거부하지 못한 아이들 모두에 대한 분노이기도 했다. 그녀가 보기에 저기 줄을 서 있는 아이들 가운데 일부는 오늘 아침에 샨과 이야기를 나눈 녀석들인 것 같았다. 도대체 저 아이들은 충성심도, 하다못해 자존심 같은 것도 없는 걸까?

눈앞이 흐릿해지면서, 라나는 맞잡은 두 손에 꽉 힘을 주었다. 그녀는 애써 분노를 억눌렀다. 이제는 저기서 도대체 무슨 일이 일어나고 있는지를 알아내는 게 급선무라는 생각이 들었기 때문이다. 저게 그 비밀 모임과 무슨 관계가 있는 일이라면, 결국 하이하버의 미래가 이 일에 달려 있는 셈이었다.

하지만 저 배 안에 들어가지 않고서도 무슨 일인지 알아낼 수 있는 방법이 과연 있을까?

슈가 라나는 아랫입술을 깨물었다. 방법이 '하나' 있긴 있었다. 잘할 수만 있다면.

"티키." 그녀가 속삭였다. "티키, 저 아래로 내려가서 배 주위를 빙빙 돌아봐. 내가 너랑 같이 가더라도 겁은 내지 마. 지금부터 나는 너의 일부가 될 테니까. 어서 가, 티키! 날아가!"

제비갈매기가 어깨 위에서 날아오르자, 라나는 눈을 감고 자기 정신을 저 앞으로 투사하려고 노력했다. 그녀는 이전에도 이런 일을 무려 두 번이나 했던 적이 있었다.

맨 처음 했을 때에는 겨우 세 살이었고, 그 일이 워낙 쉽고 자연스럽게 이루어졌기 때문에 자기도 어떻게 된 영문인지 깨닫지 못하고 있었다. 그 당시에, 그러니까 전쟁이 격화되기 전에 식구들이 머물던 여름 별장 근처의 풀밭 가장자리에는 어떤 작은 동물이 한 마리 있었다. 라나로서는 처음 보는 털북숭이 야생동물이었다. 그 동물이 정확히 무엇이었는지는 아직까지도 정확히 몰랐다. 어쩌면 얼룩다람쥐일 수도 있었고, 또 어쩌면 작은 토끼일 수도 있었다. 여하간 그 짐승을 보자마자 얼마나 신이 났던지, 그녀는 한마디로 정신이 그 짐승 속으로 쏙 들어가 버렸다. 눈 깜짝할 사이에 라나는 바로 그 짐승의 눈으로 이 세상을 바라보고 있었다. 바로 그 순간 작은 발에 와 닿는 풀을 느꼈고, 씰룩거리는 콧구멍으로 그 향긋한 냄새를 맡았다. 다른 냄새도 났고, 다른 소리도 많이 들렸다. 예를 들어 나뭇잎 소리와 갖가지 새 소리처럼 안전한 소리, 그리고 육중한 발걸음 소리처럼 안전하지 못한 소리. 두려움도 있었고, 곧이어 사람과 동물 양쪽 모두의 순간적인 당혹감도 있었다. 순간 그녀는 다시 자기 몸으로 돌아와 있었다. 이제 다시 자기 눈으로 세상을 바라보게 된 것이었다.

그로부터 1년 뒤에 또다시 그런 일이 벌어졌다. 이번에는 저 높이 날아가는 새 한 마리가 라나의 관심을 사로잡은 까닭이었다. 그녀는 새가 되어 날아간다는 게 얼마나 멋진 일일까 하고 생각했다. 깃털 달린 날개를 펼치고 하늘을 떠다니고, 세상 만물을 위에서 내려다보다니. 하지만 나이 네 살에 그 정도 높이에서 직접 경험을 해보니 너무나도 충격이었다. 저 아래 까마득한 땅바닥과 자기 사이에는 아무것도 없었던 것이다. 이때의 경험이 얼마나 무서웠던지, 그때 이후 라나는 그 능력을 두 번 다시 쓰지 않도록 주의했다.

하지만 지금은 '반드시' 그 능력을 써야만 했다.

라나는 정신을 집중했다. 자기 의지를 모조리 집어넣었다. 하지만 그녀는 여전히 아까 걸음을 멈추었던 그 나무 곁에 서

표류

있었고, 티키는 이미 멀리 날아가 버린 다음이었다.

그제야 라나는 한 가지 사실을 깨달았다. 어쩌면 자기가 ㄱ 능력을 두려워한 나머지 너무 오랫동안 쓰지 않았기 때문에, 이제는 아예 그 능력 자체가 그녀를 떠나버렸을지도 모른다는 사실을 말이다. 지난 몇 주 동안의 불확실한 상황을 생각해 보면, 오늘의 이 실패는 정말이지 견딜 수가 없었다. 라나는 양손으로 얼굴을 덮고 울기 시작했다.

스승님께서 돛에 매단 끈에 매일 하나씩 묶어놓는 매듭이 없었더라면, 코난은 아마 시간에 대한 감각을 완전히 잊어버리고 말았을 것이다. 이들이 작은 섬을 떠난 지 열흘째 되는 날 저녁이었다. 배는 마치 진공 속에서 움직이고 있는 듯했다.

처음에는 서쪽으로 방향을 잡기가 그리 어렵지 않았다. 비록 실안개가 끼어 있기는 했지만 낮이면 그 너머로 해의 모습을, 밤이면 그 너머로 달의 모습을 알아볼 수 있었기 때문이다. 달까지 모습을 감추고 나면 그때는 방향을 잡기가 더 어려워졌다. 하지만 일단 요령을 알자 어찌어찌 해낼 수 있었다. 저녁부터 새벽 사이에 바람과 물결이 아주 크게 바뀌지는 않았기 때문이다. 귓가에 불어오는 바람의 느낌만으로 키를 조종하고, 혹시나 눈에 보이지 않는 어떤 장애물에 부딪치지 않기만을 바랄 뿐이었다.

하지만 지난 사흘 동안은 안개의 베일이 점점 더 두꺼워지는 것만 같았다. 수평선이 전혀 보이지 않았고, 희미하게 비치던 해의 모습도 점차 사라졌다. 몇 시간이나 코난은 방향 감각을 전혀 느낄 수 없었다. 그가 생각하기에는 아침이 된 이후로 바람이 바뀌었음이 분명했다. 결국 이들은 지금까지 왔던 길을 되돌아가는 셈이 분명했다.

그는 스승님을 흘끗 바라보았다. 그러자 노인이 중얼거렸다. "그냥 가던 대로 계속 붙잡고 있어라, 애야."

"할아버지가 보시기에는 우리가 계속 서쪽으로 가는 것 같으세요?"

"동쪽이라기보다는 오히려 서쪽에 가깝지. 아무렴. 하지만 내일쯤이면…" 스승님이 어깨를 으쓱했다.

"하지만 이 안개는 도대체… 저는 이해가 안 돼요. 그 대단한 안개가 좀 일찍 나타난 것 아닌가요?"

"그럴 가능성이 크지. 그리고 우리가 전혀 모르는 해류가 있기도 하고. 내 기분에 우리는 지금 북쪽으로 밀려와서 결국 안개 지대로 들어온 것 같구나. 그러니까 여기는 예전에만 해도 만년설이 있던 지역이지."

"아."

코난은 침을 꿀꺽 삼켰다. 갑자기 무력감을 느꼈던 것이다. 훈제 생선은 이미 절반쯤 먹어치운 다음이었고, 식수는 점점 더 줄어드는 형편이었다.

"그, 그럼 이제 우리가 어떻게 하는 게 좋을까요?" 코난이 물었다.

"기도를 해야지." 노인이 나지막이 말했다.

만스키 의사 선생이 코웃음 쳤다. 그녀는 이제껏 말을 거의 하지 않았고, 오랫동안 두 사람과의 논쟁을 피하고 있었다. 하지만 자기 차례가 되면 군소리 없이 키를 잡았으며, 뱃사람으로서 제법 실력을 드러내고 있었다. 단 한 번도 불평하거나 두려움을 고백한 적이 없었으며, 자칫 배를 산산조각 낼 뻔했던 짧은 폭풍의 한가운데에서도 마찬가지였다.

하지만 이제 만스키는 가차 없고도 모욕적인 어조로 말했다. "기도를 하라니, 도대체 누구를 향해서? 당신네가 듣는다는 그 목소리를 향해서?"

스승님은 그녀를 흘끗 바라보며 미소를 지었다. "그러면 당신은 전화를 향해서 기도를 하겠소, 의사 선생?"

"뭐? 전화? 도대체 무슨 뜻으로 그런 터무니없는 이야기를 대답이랍시고 내놓는 거지?"

"그건 터무니없는 이야기가 아니오. 전화는 사람과 사람을 이어주는 연결 장치인 거요. 나에게 때때로 조언을 전해주는 그 목소리 역시 일종의 연결 장치인 거고. 어쩌면 그건 나를 보호하는 영靈일지도 모르오. 어쩌면 나 자신의 영인지도 모르고. 누가 알겠소? 하지만 분명한 건 연결 장치라는 거요."

"헛소리! 그까짓 게 당신을 뭐랑 연결시킨다는 거야?"

"바로 나와 지식의 샘을 연결해 주는 거요. 그 지식의 샘이 바로 일부에서 하느님이라고 부르는 존재요."

그녀는 또다시 코웃음을 쳤다. "또다시 그놈의 하느님 타령이로군! 이제는 혼이며 영이며 하는 것까지 곁들여서 말이야. 그럼 당신은 이 세상에 혼이며 영이며 하는 것들이 정말로 있다고 믿어 의심치 않는 건가, 늙은이?"

"그야 당연하오. 그것이야말로 나에게서 유일하게 중요하고도 지속적인 부분이니까."

만스키는 다시 한번 깔깔대며 웃었다. 그러다가 갑자기 노인에게 손가락질을 하면서 야멸차게 말했다. "내 말 똑똑히 들어. 나는 단순히 그냥 의사가 아니라고. 나는 외과 의사이고, 그것도 제법 실력이 있는 편이야. 수술을 하다 보면, 사람의 몸을 구석구석 칼로 가르게 마련이지. 한두 번이 아니라 셀 수 없을 정도로 많이. 그런데 나는 이제껏 사람의 몸 안에서 영이니 혼이니 하는 것은 발견한 적이 없었고, 그런 것이 들어 있을 만한 잡소도 발견한 적이 없었어."

스승님이 웃었다. "아마 앞으로도 발견할 수는 없을 거요, 의사 선생."

"뭐가 재미있다고 웃는 거지?"

"왜냐하면 당신이 한쪽 차원에서 그토록 찾아 헤맸던 대상은 오히려 다른 쪽 차원에 존재하는 것이기 때문이오."

"그따위 것은 아예 존재하지도 않는다니까! 당신도 그 존재를 절대로 증명할 수 없을걸!"

스승님은 양손을 펼쳤다. "그러면 당신은 무엇 때문에 살아가는 거요, 의사 선생?"

"애초부터 내가 원해서 이 세상에 태어난 것은 아니었지." 만스키가 딱딱거리며 말했다. "하지만 어쨌거나 나는 여기 있고, 그렇기 때문에 최선을 다해서 살아가려고 하는 거야. 하지만 나는 기껏해야 몸뚱이에 두뇌를 달고 있는 허약한 존재라는 걸 잘 알지. 어쨌거나 나 개인은 중요하지가 않아. 중요한 것은 오로지 신체제뿐이지."

"하지만 '당신'이야말로 중요한 존재요." 노인이 주장했다. "그러면 당신의 존재에는 어떤 목적이 있다는 생각을 한 번도 해본 적이 없소?"

"하! 목적 좋아하시네!"

"당신은 다른 사람들을 돕기 위해서, 또 뭔가를 배우기 위해서 이 세상에 태어난 거요."

그녀는 갑자기 코난을 흘끗 바라보았다. "네 녀석은 이따위 헛소리를 그대로 믿는 거냐?"

"그래요."

"그렇다면 저 양반한테 세뇌깨나 당한 셈이겠군. 그렇기 때문에 저 양반을 '스승님'이라고 받들어 모시는 거냐?"

"내가 저분을 그렇게 부르는 까닭은." 코난은 차분하게 대답했다. "내가 저분을 처음 알았을 때부터 모두 '스승님'이라고 불렀기 때문이에요."

"하! 도대체 언제부터 네 녀석이 저 사람을 알고 지냈는데?"

"지금까지 평생 동안요."

"평생 동안이라고!" 만스키는 코난을 빤히 쳐다보았다. 잠시 후에 그녀가 말했다. "그런데 저 사람이 바로 '브라이악 로아'라는 이름으로 이 세상에 알려진 바로 그 사람이라 그거냐?"

"맞아요."

"그렇다면 이제는 나도 믿지 않을 도리가 없겠군." 만스키가 중얼거렸다. "이유는 두 가지야. 하나는 지금 저 패치라는 작자의 모습이 이전까지의 모습과 전혀 다르기 때문이지. 또하나는 그 위대한 과학자 브라이악 로아라면 '너무나도' 똑똑한 나머지 하느님 어쩌고 하는 헛소리조차도 기꺼이 이해하고 믿을 만하다고 보기 때문이지."

하지만 바로 그 순간, 코난은 만스키 의사 선생이 뭘 믿든지 말든지 여부에는 관심이 없었다. 이제는 날이 거의 어두워져 있었다. 바람도 그쳐버려서, 돛은 아래로 축 늘어져 있었다. 그나마 남아 있던 방향 감각조차도 이미 몇 분 전에 사라져 버렸다. 이제는 차마 직면하고 싶지 않은 냉혹한 현실이 나타난 것이다.

이들은 길을 잃었다. 진공 속에서 표류하고 있었다. 이런 상태로 짙은 안개가 있는 지역으로 들어갈 경우, 이들은 평생 이렇게 떠돌다가 죽게 될 것이었다.

만스키 선생 역시 자신들이 처한 곤경을 즉시 눈치챈 모양이었다.

"결국 길을 잃은 거군, 안 그래?" 그녀가 물었다.

"이제는 그렇게 되었소." 스승님이 말했다.

"어쩐지 그런 것 같더라니. 이전에도 조사선을 타고 이 근처를 지난 적이 있었으니까. 그때는 다행히 회전식 나침반이 있었기 때문에 간신히 벗어날 수가 있었지. 하지만 지금은 도무지 여기서 벗어날 희망이 없어 보이는군."

"희망은 있소, 의사 선생. 희망은 항상 있게 마련인 거요."

"헛소리! 당신은 왜 사실을 있는 그대로 바라보지 못하지? 혹시 죽는 게 두려운 건가?"

"내 안위에 대해서는 아무 관심도 없소, 의사 선생."

"그건 나도 마찬가지야. 그러니 냉혹한 진실을 있는 그대로 받아들이자고. 우리는 이 멍청한 놈의 배에서 결국 죽게 될 거야. 하나씩 하나씩, 모조리 죽고 말 거라고."

"난 그렇게 생각하지 않소. 오히려 우리 세 사람 모두 멀쩡하게 살아서 하이하버를 보게 될 것 같다는 기분이 드니까."

만스키는 냉랭하게 웃었다. "그럼 당신은 기적을 믿는 모양이군, 그렇지?"

"당연하오."

그녀는 다시 한번 웃었다. "정말로 기적이 일어난다고 치면, 그때는 나도 순순히 항복하도록 하지. 당신이 말한 그 엉터리 같은 하느님 어쩌고도 믿을 거고."

"굳이 그럴 필요는 없소. 믿기 싫은데 믿는 척할 필요까지는 없다는 말이오."

"물론 그럴 필요까지는 없겠지. 우리는 그냥 이렇게 표류하다가 결국 죽게 될 테니까. 세 사람 모두."

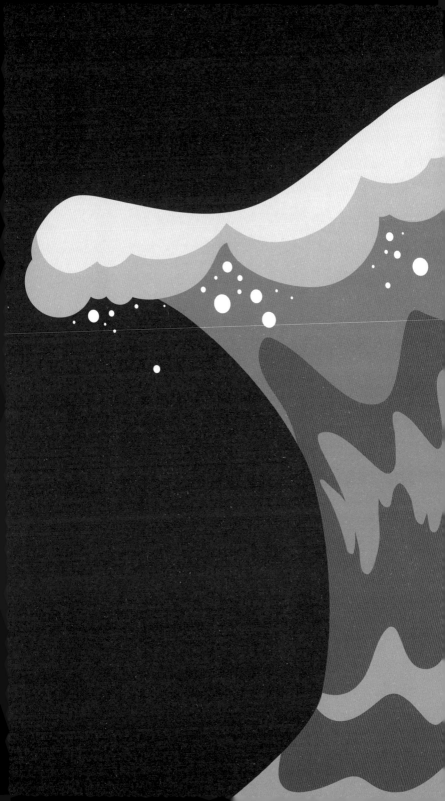

인도

Guide

대격변 이후 라나가 탑의 위층으로 이어지는 나선형 계단을 올라간 것은 단 한 번뿐이었다. 바로 티키를 데리고 올라가서 코난을 찾아달라고 부탁했을 때였다. 물론 티키라면 굳이 탑 위로 데려가서 부탁할 필요까지는 없었겠지만, 라나의 생각에는 그렇지가 않았다. 이 탑은 워낙 오래된 것이었고, 바닷물이 이렇게 육지 깊이까지 들어오기 전부터 유서 깊은 이곳의 기념물로 유명했다. 이 탑에는 뭔가 신비한 능력이 서려 있었기 때문에, 그 안을 일종의 출발지로 삼는 것은 당연하게 여겨졌다. 아울러 바로 이곳이야말로 마잘이 스승님과 연락을 취할 수 있는 유일한 장소가 아니었던가?

시간은 아직 초저녁이었다. 라나는 티키를 한 손에 얹고 낡은 계단을 서둘러 올라갔다. 이엉지붕 아래의 작고 탁 트인 공간에 도착하자마자 그녀는 잠시 걸음을 멈추었다. 자기 앞에 광대하게 펼쳐져 있는 무시무시한 바다의 공포를 이기기 위해서 주먹을 불끈 쥐었다. 마침내 간신히 걸음을 재촉해서, 매일 저녁마다 마잘이 서는 바로 그 자리에 섰다.

"티키." 라나는 탑의 벽 너머로 새를 치켜들고 속삭였다.

"티키, 다시 한번만 더 코난을 찾아줘. 대신 이번에는 이곳까지 인도해 와야 해. 알았지? 코난은 지금 저 안개 속의 어디엔가 갇혀서 길을 잃어버렸어. 어서 가, 티키. 코난을 찾아서 여기까지 오는 길을 알려줘."

제비갈매기는 가늘고 끝이 새까만 날개를 펼친 다음, 라나의 손에서 날아오르더니 빙빙 맴돌며 위로 향했다. 이엉지붕 때문에 더 이상 새의 모습이 보이지 않자, 라나는 두 눈을 감고 기도를 드렸다. 그리고 다시 내려가기 위해 계단 쪽으로 돌아섰다.

바로 그때 마잘이 아래에서 위로 올라왔다.

"티키를… 티키를 보낸 거야?" 마잘이 물었다.

"방금 떠났어요."

"정말 티키가 그 사람들을 찾아낼 수 있을 것 같아?"

"그야 당연하죠! 티키는 코난도 찾아냈어요. 안 그래요?"

마잘이 고개를 끄덕였다. "하지만 난 도대체 모르겠어. 그 녀석이 도대체 어떻게 해서 그럴 수가 있는지…"

"왜요, 제가 만약 티키였다고 해도 그럴 수 있었을 거예요. 새들은 누구나 그럴 수 있으니까요. 따지고 보면 이모도 마찬가지로…"

갑자기 라나는 고개를 돌리며 숨을 헐떡였다. "여기에는 더 이상 못 있겠어요. 저 먼저 내려갈게요."

그녀는 쏜살같이 계단을 뛰어 내려왔다.

이모도 뒤따라 내려왔다. 마당에 내려오자 마잘이 말했다. "나도 가끔은 너를 잘 아는 것 같지만, 또 가끔은 잘 모르겠어. 나 같으면 무슨 일이 있어도 그 올로라는 놈의 야영지까지 쫓아가서 네가 한 것처럼 대담하게 해치우고 돌아오지는 못할 거야. 그런데 정작 너는 겨우 저 바다도 쳐다보지 못해서 끙끙거리잖아."

"생각만 해도 소름이 끼쳐요. 이모는 바다를 볼 때마다 위험하다는 '느낌'을 안 받아요?"

"받기는 하지. 무슨 말이냐 하면, 예전과 같은 해일이 또 한 번 일어날 거라는 스승님의 경고를 무시하고 있는 건 아니라는 뜻이야. 하지만 우리가 대격변 이후로 그런 해일을 무려 아홉 번이나 더 겪었다는 사실까지는 스승님도 미처 생각을 못 하고 계신 것 같아. 물론 위험한 건 '맞아'. 그리고 내가 보기에도 진짜로 큰 해일이라면 항구에도 상당한 피해를 끼칠 수 있을 것 같고. 하지만 나는 낚시를 할 때마다 수평선을 항상 유심히 살펴보고 있어. 안개가 끼었을 경우에는 바닷물이 어떻게 빠져나가는지를 유심히 살펴보고 말이야. 너도 알다시피, 해일이 일어나기 직전에는 바닷물이 갑자기 확 빠져버리니까 말이야. 이 두 가지만 미리 확인하면 충분히 안전한 높이까지 사람들을 대피시킬 시간 여유는 얼마든지 있을 거야."

마잘은 잠시 이야기를 멈추었다가 계속 이어나갔다. "그나저나 티키 이야기 말인데. 나도 솔직히 너무 걱정되어서 죽을 것 같아. 혹시 네 생각에는 그 안개 때문에 일이 더 어려워질 수도…"

"이모, 어디 있는지를 안다면… 그러니까 상대방이 어디 있다는 일종의 '감각'을 갖기만 한다면, 사실 안개라는 건 아무런 문제가 될 수 없어요. 무슨 뜻인지 아시겠어요? 제가 말하려고 하는 건, 올바른 방향이라는 건 마치 어둠 속에서 반짝하는 빛 같다는 거예요. 다만 저는…"

"다만 뭐? 혹시 다른 걱정거리라도 있어?"

"음, 아니에요. 다만… 다만 지금 저쪽에서 겪고 있는 곤란을 우리가 좀 더 일찍 알았으면 얼마나 좋았을까 하는 생각이 들어서요. 하지만 아직은 모두 안전할 거예요…"

하지만 라나는 아주 확신하지는 못하고 있었다. 사실 마음 속 깊은 곳에서는 자기가 티키를 너무 늦게 보낸 것은 아닐까 하는 두려운 기분이 들었다. 안개의 베일은 이미 해안까지 다가오고 있었다. 이것이야말로 멀지 않은 곳에서 더 짙은 안개가 따라오고 있다는 의미였다. 안개가 짙게 끼는 경우에는 새

인도

들조차도 차마 둥지를 떠나지 못하곤 했다.

따라서 티키가 스승님과 코난을 여기까지 인도하는 일도 생각보다는 훨씬 더 어려울 가능성이 있었다.

코난이 생각하기에는 더 이상 의심의 여지가 없었다. 이 짙은 안개가 예상보다 빨리 찾아온 것이었고, 이들은 그중에서도 가장 심한 부분에 갇혀버렸다. 이날 아침에(물론 그 숨 막힐 듯한 회색의 풍경을 아침이라고 부를 수 있다고 치면) 코난은 불과 몇 센티미터 떨어진 곳에서 비닐봉지와 이불 속에 들어가 있는 스승님의 모습조차도 볼 수 없었다. 구명 뗏목의 앞쪽에 앉아 있던 만스키 선생도 그저 형체 없는 목소리로만 분간할 수 있었다.

지금은 이 배가 움직이고 있다는 사실을 감지하는 것조차도 불가능한 상황이었다. 하지만 돛은 바람을 받고 있었으며, 배는 빠른 속도로 움직이고 있었다. 코난은 매번 손가락을 물에 집어넣어 보고서야 그 사실을 깨닫고 깜짝깜짝 놀랐다.

그런데 이 배는 도대체 어디로 가는 걸까?

"차라리 가끔 한 번씩 방향을 바꿔보는 쪽이 더 낫지 않을까요?" 코난이 스승님에게 물었다.

"그렇지는 않을 거다. 그냥 바람을 계속 직각 방향으로 받도록 해라. 그러면 원을 그리며 빙빙 도는 일만큼은 없을 테니까."

"그게 무슨 소용이야!" 만스키 의사 선생이 말했다. "하! 원을 그리든지 네모를 그리든지, 그게 무슨 차이가 있지? 어차피 우리는 이 지긋지긋한 곳에서 영원히 헤매는 유령이 되고 말 텐데."

스승님은 나지막이 키득키득 웃었다. "친애하는 의사 선생. 당신 말을 듣고 보니 상당히 놀랍구려. 댁이 신봉하는 철학에서도 '유령' 같은 비물질적인 존재를 인정하는 모양이니 말이오."

"굳이 가정하자면 그렇다는 거지." 그녀가 딱딱거리며 말했다.

"흠, 그러면 우리가 이곳을 벗어날 수 있는 방법을 찾았다고도 한번 가정해 보시오. 그러니까…"

"하! 도대체 누가 우리한테 여기를 벗어날 길을 보여준다는 거지? 당신네가 신봉하는 그 목소리 가운데 하나가?"

"나는 오히려 새 한 마리가 그렇게 해줄 것 같소만." 스승님이 중얼거렸다.

"새 좋아하시네!" 만스키가 투덜거렸다.

"새라는 놈은 사실 천사와도 유사성이 있는 거요." 노인이 부드럽게 말했다. "다만 나는 한 가지 궁금한 거요. 일단 우리가 하이하버에 도착하고 나면, 신체제에 대한 당신의 생각이 어떻게 달라질지 여부가 말이오."

"나는 신체제의 충실한 시민이야! 무슨 일이 있어도 충성을 지킬 거라고!"

"하지만 신체제가 멸망한다면 어쩔 생각이오?"

"웃기는 소리 하지 마!"

"예를 들어 추종자도 하나 없는 상황에서 신체제가 과연 존속할 수 있겠소? 인더스트리아에 머무는 동안 나는 젊은 사람을 단 한 명도 본 적이 없었소. 사실상 거기 있는 사람들은 하나같이 전쟁에서 가족을 잃은 제법 나이 많은 사람들뿐이었지. 예를 들어 당신처럼."

만스키는 아무 말도 없었다.

"사람들이 아이를 낳을 수 없다면, 신체제는 결국 멸망하게 되고 말 거요. 결국 당신은 아무것도 아닌 대상에 맹목적으로 충성을 바치고 있는 것이오."

"헛소리하지 마!" 그녀가 소리를 질렀다. "우리에게는 추종자가 계속 생길 거야. 다이스 인민위원이 그 문제를 맡아서 해결하기로 했으니까. 인더스트리아에서도 이미 그 사람에게 지시를 내렸고."

"그 지시란 것이 결국 바이러스를 퍼트려서 하이하버에 있는 모든 생명을 위협하는 것이오? 왜냐하면 다이스란 사람이 한 짓이 바로 그것이었으니 말이오. 그 바이러스가 얼마나 치명적인지를 증명하기 위해서 결국 어린 여자아이 하나를 죽이고 말았다고 하더군. 그 바이러스를 제거하는 대가로 하이하버에서 신체제에 유리한 거래를 할 수 있도록 말이오."

"미친 늙은이 같으니! 도대체 무슨 터무니없는 거짓말을 늘어놓는 거지?"

"거짓말이 아니라 사실이오, 의사 선생. 나는 전달능력자요. 그래서 대격변 이후로 그곳에 있는 내 딸과 줄곧 연락을 취해오고 있었소. 내 사위는 마침 의사이기 때문에, 내가 없는 동안 하이하버에서 아이들을 잘 인도하라고 부탁해 놓았고 말이오. 그런데 내가 다이스 같은 사람의 손에 넘겨주기 싫은 물건이 하나 있소. 바로 내가 발명한 신형 동력 장치요. 그거야말로 가장 간단한 종류의 동력 장치이고, 오늘날 우리가 직면한 이 고된 삶에서 벗어나기 위해서는 그 물건이 반드시 필요하오. 하지만 신체제의 인민위원들은 전혀 다른 이유 때문에 그 물건을 필요로 하고 있소. 그리고 그들은 이제 그 물건을 가지고 있소. 아니, 적어도 다이스가 가지고 있는 것은 확실하오. 그 사람은 그 물건을 넘겨받기 전까지 그곳의 아이들을 구하기 위해 손가락 하나도 까딱하지 않았으니까."

만스키 의사 선생은 마치 목이 졸린 듯한 신음소리를 냈다. 스승님이 말했다. "그렇다면 신체제는 그런 식으로 추종자를 얻겠다는 것이오, 의사 선생? 그리고 당신들이 이 세계를 재건하게 된다면, 이미 파괴된 그 무시무시한 세계를 고스란히 본받을 생각이오? 그보다 더 쉬운 방법도 있을 거요. 이웃끼리 서로 돕는 방법 말이오. 당신이 보기에는 그게 더 나을 것 같지 않소?"

마침내 입을 연 의사 선생의 목소리는 코난의 귀에 거의 들리지도 않을 정도로 작았다. "당신… 당신 '진짜로' 브라이악 로아로군요. 그렇죠?" 만스키가 물었다.

"내가 누구인지 안다고 해서 무슨 차이가 있겠소, 의사 선생?"

"분명히 차이가 있지요." 그녀가 속삭였다. "그것도 어마어마한 차이가 있지요." 바로 그때 만스키가 깜짝 놀라며 소리를 질렀다. "새가! 새 한 마리가 내 얼굴을 스치고 지나갔어요!"

"티키!" 코난도 소리를 질렀다. "티키, 어디 있어?"

제비갈매기가 안개를 뚫고 나타나서 그의 어깨에 내려앉았다.

코난은 살며시 한 손으로 새를 감쌌다. "너를 다시 만나서 얼마나 기쁜지 몰라, 티키! 설마 너무 힘들어서 우리한테 길을 보여줄 수 없는 건 아니겠지? 우리는 지금 길을 잃어버렸어, 티키. 하이하버는 어느 쪽이야?"

새는 천천히 하늘로 날아오르더니, 곧바로 주위를 에워싼 안개 속으로 사라져 버렸다.

그제야 코난은 일단 하늘로 높이 치솟아서 빙글빙글 맴을 돌다가 방향을 잡는 새들의 습관을 떠올리고 가슴이 철렁했다. 그는 티키를 도로 불러서 다시 한번 시도해 보았다. 그리고 또 한 번 시도해 보았다. 하지만 이런 상황에서는 아무런 소용이 없었다. 결국 이들은 안개 속에 갇혀버린 것이었다.

짐시로부터 새로운 소식을 전해 듣는 순간, 라나는 마치 이 세상이 다시 한번 종말을 맞이한 것 같은 기분이었다. 물론 대격변 이후 지금까지는 세상이 새로 다시 시작된 적이 없었다고 해도 과언이 아니었다. 하지만 그래도 기회는 있었다. 만약 스승님과 코난이 지난 몇 달 사이에만 이곳에 도착했었어도, 만사가 지금과는 달라졌을 것이었다.

라나는 지금껏 단 한 번도 이미 사라져 버린 과거의 삶을 열망한 적이 없었다. 그 모든 어려움에도 불구하고 그녀는 지금의 삶이 더 좋았다. 아니면 앞으로 더 좋아질 것이었고. 천배는 더 좋아질 것이었다. 제발 저 탐욕스러운 사람들이 매사를 장악하고 휘두르지만 않는다면 말이다.

가슴이 쓰라린 나머지, 라나는 걸음을 멈추고 어느 나무에 몸을 기댄 채, 아까 짐시가 들려준 이야기를 곰곰이 생각해 보았다. 오랫동안 연기되었던 모임이 오늘 저녁에 열릴 예정이라고 했다. 그 결과는 이미 나와 있는 것이나 다름없었다. 무역 인민위원이 패거리마다 두목 격인 아이들에게 선물을 하나씩 안겼기 때문이다. "그 자식들은 모두 의사 선생님을 내쫓기로 작정했어." 짐시의 말이었다. "올로 그 자식을 두목으로 뽑겠다는 거지. 그나저나 올로 그 자식이랑 그 인민위원이란 작자하고 무슨 계획을 세우고 있는지 알아?"

"뭔데, 짐시?"

"지금 누나가 사는 집을 차지하겠다는 거야. 의사 선생님이랑 아주머니랑, 두 사람은 딴 데로 보내겠다 이거지. 하지만 누나는 계속 여기 살게 할 거라고 올로 그 자식이 그랬어. 아

마 예전에 누나한테 당했던 걸 되갚아 주려고 그러는 모양이
야."

코난과 스승님에 대한 걱정과 불안이 점점 커지지만 않았
더라도, 라나는 당장에 오두막으로 달려가서 자기 집을 지킬
채비에 여념이 없었을 것이다. 하지만 순간적으로 절망에 빠
진 그녀는 무기력과 패배감을 느꼈을 뿐이었다. 심지어 이모
가 부르는 소리조차도 못 들을 뻔했다.

뒤늦게야 라나는 멀리서 들려오는 마잘의 목소리를 들었
다. 어딘가 심상치 않은 목소리였기 때문에 곧바로 집을 향해
뛰기 시작했다.

이모가 진료실 앞에서 그녀를 맞이했다. "방금 스승님하고
이야기를 했어." 서둘러 이야기하는 마잘의 얼굴은 굳게 긴장
되어 있었다. "네가 우리를 도와줘야 해!"

라나는 이모를 빤히 쳐다보았다. 시간은 아직 아침이었다.
그녀가 기억하기로 마잘이 이 시간에 스승님과 연락을 취한
적은 단 한 번도 없었다. "그게 무슨…"

"어째서인지는 모르겠지만, 갑자기 탑에 올라가 봐야 한다
는 생각이 들더라고." 마잘이 서둘러 설명했다. "정말 이상한
일이야. 거기 올라가자마자 스승님의 생각이 곧바로 들려오는
거야…… 티키는 이미 거기 도착해서 같이 있대. 하지만 안개

인도

가 워낙 짙게 끼어 있어서, 티키가 방향을 알려주려고 해도 보이지가 않는대… 스승님 말씀은…" 마잘은 잠시 숨을 돌리고 나서 이렇게 말했다. "스승님 말씀은 그거였어. 이제는 뭘 어떻게 해야 할지를 라나가 알고 있을 거라고."

라나는 순간적으로 얼굴에서 핏기가 싹 가시는 느낌이었다. "하지만 저는… 저는 아무것도 못 해요!"

"어떻게든 '반드시' 해야만 돼!" 마잘이 버럭 소리를 지르며 조카의 양쪽 어깨를 붙들고 거세게 흔들었다. "어떻게 하면 되는지 네가 '분명히' 알고 있다고 했단 말이야. 스승님께서 그렇게 말씀하셨다고! 그러니 얼른 어떻게 해봐!"

라나는 가만히 서서 벌벌 떨고 있었다. 한때 그녀가 할 수 있었던 바로 그 일을 스승님은 어떻게 알고 계셨던 걸까? 그 일에 관해서는 어느 누구에게도 말한 적이 없었다. 그제야 라나는 한 가지 사실을 깨달았다. 스승님은 예전부터 그녀의 생각을 차마 말하기 전부터 미리 읽어내는 듯 보였다는 사실을.

"알았어요." 라나가 속삭였다. "해볼게요. 하지만 워낙 예전의 일이다 보니…" 그녀가 덧붙였다. "저 방금 짐시랑 만나서 이야기를 들었어요. 아이들이 오늘 저녁에 올로를 지도자로 선출할 거래요. 그리고 올로랑 인민위원이랑은 우리를 내쫓고 이 집을 차지할 거래요." 그녀는 짐시한테 들은 말을 고스란히 전했다.

마잘은 그 이야기를 듣자마자 성난 호랑이처럼 변했다. "뭐야, 그 더러운 두꺼비 같은 놈들이!" 그녀가 씩씩거렸다. "내가 사실 네 이모부한테 이야기 안 한 게 하나 있어. 그 양반은 무기를 원체 싫어하니까 말이야. 하지만 레이저 총을 하나 숨겨놓은 게 있거든. 두고 봐라, 그놈들이 나타나기만 하면 내가 그걸 써버릴 테니까. 내 눈에 흙이 들어가기 전에는 우리 집을 절대 내줄 수 없어."

"저도 마찬가지 생각이에요." 라나는 도끼를 떠올리며 굳게 마음을 먹었다. "저 일단 제 방에 들어가 있을게요. 아무도 저를 방해하지 못하게 해주세요."

방 안에 들어간 라나는 침대에 가만히 누워서 두 눈을 감았다. 티키. 그녀는 생각했다. 티키. 내가 너한테 갈 수 있도록 노력해 볼게. 그러니까 겁내지 말고…

하지만 가장 무서운 부분은 라나 자신의 두려움이었다. 오랫동안 그녀는 하다못해 티키의 모습을 떠올릴 수도 없었다. 왜냐하면 둘 사이의 그 어마어마한 바다 때문이었다. 번번이 라나는 그 무시무시하고 위협적인 적의 얼굴을 마주 볼 수밖에 없었다. 이제 그녀는 그 먼 거리를 어떻게든 건너서 티키에게 다가가야만 했다.

심지어 한 번은 라나가 비명을 지르면서 침대에서 벌떡 일어났다. 몸을 떨면서 그녀는 자기가 그 거대한 적에게 지고 말았다고 생각했다. 하지만 순전히 의지를 발동해 도로 침대에 누워서 흔들리는 생각을 밖으로 밀어냈다.

그 일은 워낙 빠르고 워낙 쉽게 벌어졌기 때문에, 라나는 심지어 바다의 존재를 깨닫지도 못했다. 방금 전까지 그녀는 하이하버에 있었다. 하지만 곧이어 티키의 눈을 통해서 주위의 안개를 바라보고 있었다.

라나는 바로 그 순간 많은 것들을 즉시 깨달았다. 그녀가 들어와 있다는 사실에 깜짝 놀라는 티키의 반응이며, 콩닥콩닥 뛰는 새의 심장이며, 날개를 활짝 펼치고 바람을 타는 자유로운 기분 같은 것들이었다. 라나는 저 아래 보이는 기묘한 모습의 배를 향해 날아갔다. 그 안에는 세 사람의 모습이 어렴풋이 드러나 있었다. 웬 여자의 모습에 라나는 깜짝 놀랐다. 누가 한 명 더 있다고는 들었지만 잠시 까먹고 있었기 때문이다. 곧이어 스승님의 모습을 보자 애정과 행복이 물밀듯 밀려왔다. 그리고 커다란 기쁨을, 그 어느 때보다도 더 커다란 기쁨을 느끼면서 코난을 향해 재빨리 날아갔다. 그녀는 티키의 목소리로 그 기쁨을 노래하며 그의 주위를 돌고 또 돌았으며, 티키의 날개를 가지고 그의 여윈 얼굴과 황갈색 머리카락을 쓰다듬었다. 곧이어 라나는 그의 앞에 내려앉아서 살아 있는 나침반 노릇을 해주었다. 바닷새 특유의 본능이 말해주는 방향을 바라보며 서 있었던 것이다.

코난의 목소리가 그녀의 귀에도 들렸다. "티키, 갑자기 왜 그래? 무슨 일이라도 생긴 거야?"

그러자 스승님이 대답했다. "지금 네 앞에 있는 건 티키가 아니야. 바로 라나지. 우리를 인도하기 위해서 라나가 지금 저 안에 들어 있는 거란다."

바로 다음 날부터 안개가 서서히 옅어지기 시작했고, 오후가 되자 이제는 저 앞의 옅은 베일도 조금씩 걷히고 있었다. 그러다가 안개가 확 걷히면서 코난은 전방에서 항구의 입구를 볼 수 있었다. 그 너머에는, 그러니까 곶 쪽에는 무역선 한 척이 닻을 내리고 있었다.

코난이 흘끗 쳐다보았더니, 만스키 의사 선생이 무역선을 바라보고는 스승님께 이렇게 말하고 있었다. "저 사람들에게 경고는 하셨나요? 메시지를 보내셨어요?"

"그렇소." 스승님이 말했다. "오늘 아침에 마잘에게 다시 한번 연락을 취했소. 그 일이 벌어진 직후에 말이오. 그 아이 말로는 곧바로 항구 주위에 있던 사람들에게 이야기를 전했다고 하더군. 하지만 다이스란 양반은 그 이야기를 귀담아듣지 않는 것 같다고 하오. 아마 그 양반은 믿지 않을 거요."

"그 멍청이가!" 만스키가 짜증스러운 듯 말했다. "바보 멍청이 같으니!"

스승님은 어깨를 으쓱했다. "어쩌면 이제는 너무 늦었는지도 모르오." 그는 이렇게 말하며 백발의 머리를 설레설레 저었다. "우리 역시 운이 좋아야만 간신히 벗어날 수 있을 거요. 이제 시간이 얼마 남지 않았소."

배가 항구 안으로 들어서는 사이, 티키가 배에 내려앉은 이후 처음으로 다시 하늘로 솟아올라 바닷가 쪽으로 날아갔다. 코난은 배 뒤쪽의 안개 낀 바다를 재빨리 돌아본 다음, 키 손잡이를 꽉 붙잡은 채로 제발 바람이 좀 더 오래 불어주기만을 기다렸다. 이제는 거의 다 온 셈이었다. 이 순간의 불확실성에도 불구하고, 그는 갑작스러운 흥분을 억누를 수가 없었다. 그와 스승님은 애초의 계획을 드디어 성사시킨 것이었다. 이제 얼마 있으면 코난은 다시 라나와 만날 수 있을 것이었다. 라나의 원래 모습 그대로 말이다. 그는 신이 나서 고함이라도 지르고 싶었다.

하지만 이 항구는 그에게 영 낯설기만 했기 때문에, 배를 어디로 몰고 가야 할지 몰라서 어려움을 겪었다. 마지막으로 이곳에 와봤을 때에만 해도, 여기에는 항구가 아니라 개울이 흐르는 작은 계곡만 있었다. 그런데 그 계곡은 이제 어디로 간 것일까? 갑자기 그는 고개를 돌려서 오른쪽에 있는 긴 비탈을 살펴보았다. 나무 너머로 탑의 모습이 얼핏 보였다. 그는 키의 손잡이를 다시 한번 틀었고, 이제 배는 얕은 물을 지나가서 돌투성이 바닷가에 올라앉았다.

"어서 내립시다!" 스승님이 말했다. "저 비탈을 따라 올라가는 거요. 최대한 빨리."

바닷가를 가로지르자 구불구불 이어지는 오솔길이 나왔다. 세 사람은 곧바로 비탈길을 오르기 시작했다. 워낙 좁은 배에 갇혀서 워낙 오래 바다에만 있던 코난은 가뜩이나 힘이 빠진 발밑에서 땅이 흔들흔들하는 것처럼 느꼈다. 그는 지쳐 있었고, 스승님과 의사 선생 모두 금방이라도 탈진할 것만 같은 상황이었다. 세 사람은 비탈길을 올라가다 잠시 멈춰 서서 숨을 돌렸다. 이제는 높이 솟은 나무 너머로 눈에 익은 석제 오두막의 모습이 보였다. 그곳을 바라보던 코난은 자기 앞에서 비탈을 따라 올라가던 사람들을 발견하고 깜짝 놀랐다. 무척이나 많은 사람들이 있었다. 나무와 덤불 때문에 차마 그들의

인도

모습이 멀리서는 보이지 않았던 것이다.

"저것 보세요, 위에서 무슨 일이 있나 봐요!" 그가 소리를 질렀다

코난은 앞으로 달려가기 시작했지만, 갑자기 우뚝 멈춰 서고 말았다. 일찍이 여러 번 중요한 순간마다 그에게 말을 걸었던 그 목소리가 다시 한번 들려왔기 때문이다.

"코난." 그 목소리가 말했다. "너의 일은 이제부터 시작된 것이다. 너는 이곳에서 지도자가 되어야만 한다."

"싫어요!" 코난은 항의하듯 버럭 소리를 지르며 다른 두 사람을 바라보았다. "방금… 방금 그 목소리 들었어요?"

만스키 의사 선생은 묘한 표정으로 그를 바라보았다. "나, 나도 무슨 소리를 들었어." 그녀는 잘 모르겠다는 듯 중얼거렸다. "아주 희미하기는 했지만, 나한테 이렇게 말하는 것 같았어. 네가 여기까지 오게 된 것은 지도자가 되기 위해서라고, 그리고 나도 여기 계속 머물면서 너를 도와야 한다고." 그녀는 스승님을 흘끗 바라보았다. "혹시 당신도…"

노인이 고개를 끄덕였다. "의사 선생, 바다가 당신 내면의 귀를 열어준 거요. 방금 우리는 코난에 관해서 똑같은 이야기를 전해 들었다오."

"싫어요!" 코난이 다시 한번 저항했다. "나, 나는 지도자

따위는 되고 싶지 않아요! 그건 제가 아니라, 오히려 '할아버지의' 자리인…"

"코난, 이제 나 같은 늙은이의 말을 들을 사람은 어린아이 빼고는 없단다. 청년은 달라. 청년은 오로지 청년의 말을 듣게 마련일 거고, 그것도 가장 힘이 센 청년의 말을 듣게 될 거다. 지금 이 하이하버에서는 큰 문제가 벌어지고 있어. 이제 그 문제를 해결할 사람은 바로 너란다. 여하간 지금은 서둘러 위로 올라가도록 하자."

코난은 침을 꿀꺽 삼키고는 다시 언덕을 따라 오르기 시작했다. 열댓 걸음쯤 갔을까. 한 손에 활을 든 붉은 머리 꼬마 하나가 나무 뒤에서 불쑥 튀어나오더니, 눈이 휘둥그레져서 그를 바라보았다.

"혹시, 혹시 코난 형이야?" 꼬마가 물었다. "그리고 저분 스승님 아니셔?"

"맞아. 그나저나 저 위에서는 무슨 일이야?"

꼬마가 침을 탁 뱉었다. "올로 그 자식이야. 그 자식이 이 동네 두목으로 선출되고 말았어. 지금은 의사 선생님네 집을 자기가 차지하겠다고 그러는 거야. 하지만 우리 중에는 저 자식이 하는 짓을 싫어하는 아이들도 있어. 올로 그 자식은 신체제인지 뭔지에 붙어버렸거든."

꼬마는 얼른 뒤로 돌아서더니 마치 염소 새끼마냥 쪼르르 위로 달려가 버렸다. 곧이어 코난의 귀에 꼬마의 날카로운 목소리가 들려왔다.

"여기 도착했어! 코난이랑 스승님이야! 여기 도착했다고!"

이 소식에 사람들 가운데 일부분은 곧바로 뒤로 돌아서서 비탈길 밑으로 달려왔다. 맨 앞에는 덩치가 크고 수염이 시커면 남자가 하나 서 있었다. 코난은 상대방을 보자마자 그가 바로 무역 인민위원 다이스라는 사실을 깨달았다. 그 주위에는 신체제 소속의 무역선 선원 대여섯 명이 길을 가로막고 있었다.

코난은 그 자리에 멈춰 섰다. 아직 다리가 후들거리는 상태에서, 그는 재빨리 자기 왼쪽으로 둥글게 모여선 아이들을 훑어보았다. 이 녀석들은 혹시 그를 제압하고 퇴로를 차단하려는 것일까? 곧이어 코난은 또 다른 무리가 오른쪽으로 다가오는 것을 보고 깜짝 놀랐다. 몇 명 안 되는 그 아이들은 몽둥이와 활을 하나씩 들고 있었다. 이 아이들은 잔뜩 화가 나 있었지만, 그들의 분노 속에는 어딘가 모를 불안감이며 심지어 공포감도 감지되고 있었다. 그 아이들 가운데 한 남자아이가 소리를 질렀다. "조심해 코난! 저 나쁜 자식들은 너한테 덤벼

들려고 하고 있어! 올로 자식이 바로 네 뒤에 있다고!"

크나큰 재난이 다가오는 상황에서 이런 일이 벌어진다니, 도무지 믿을 수가 없었다. 이 녀석들은 지금 무슨 일이 일어나려는 참인지도 모른다는 것인가?

갑자기 코난은 위험하다고 소리를 지르기 시작했다. 이렇게 해서라도 사람들을 저 위로 올려 보내려는 생각이었다. 뒤를 흘끗 바라보니 저 아래 있는 스승님 역시 걱정한 나머지 마찬가지로 소리를 질렀지만 아무 소용이 없었다. 어느 누구도 무슨 말인지 이해하지 못하고 있었다. 바로 그때 인민위원이 코난에게 달려들어서 한쪽 팔을 붙들었다.

"네놈을 체포하겠다!" 다이스가 중얼거렸다. "패치란 놈을 끌고 도망치다니, 그 대가를 아주 톡톡히 치르게 될 거다. 이놈들을 끌고 가라, 얘들아! 그리고 저기 있는 패치란 놈도 마찬가지다. 우리 배로 끌고 가서 선실에 가둬버리도록!"

코난은 재빨리 인민위원의 손을 뿌리쳤고, 그 서슬에 다이스는 뒤로 벌렁 나자빠지고 말았다. "우리 스승님께 손가락 하나라도 댔다가는 골통이 박살 날 줄 알아!" 그가 버럭 소리를 질렀다. "다들 정신이 나간 거야? 지금 얼마나 큰 위험이 다가오고 있는지 몰라? 어서 높은 곳으로 올라가란 말이야! 너희들 모두 다! '서둘러'!"

인도

코난의 엄청난 힘이며, 그의 목소리에 담긴 다급한 어조에 깜짝 놀란 선원들은 움찔거리며 뒤로 물러섰다. 하지만 다이스는 자리에서 일어나면서 노발대발했다.

"위험이라니! 그게 무슨 헛소리냐?" 그가 버럭 소리를 질렀다. "이 녀석 아주 단단히 혼쭐을…" 바로 그때 인민위원은 구불구불한 길을 따라 미친 듯 달려오는 만스키 의사 선생을 보고 눈이 휘둥그레졌다.

"이 바보 멍청이 같은 놈아!" 그녀가 버럭 소리를 질렀다. "해일이 몰려온다는 이야기를 들었다며! 항구에 이렇게 가까이 붙어 있다가는 자칫 모두 죽게 된다는 것도 모르나!"

"아니, 이게 도대체 무슨 영문이오?" 인민위원도 지지 않고 고함을 질렀다. "당신이 여기 온다는 명령은 전혀 듣지 못했는데, 의사 선생! 도대체 당신 배는 어디 있소?"

"침몰했다니까!" 만스키가 버럭 소리를 질렀다. "그리고 당신의 그 잘난 배도 이제 곧 침몰하게 될 거야! 내 말 똑똑히 들어! 어마어마한 해일이 몰려오고 있다니까! 쓰나미가 말이야!"

다이스는 그녀의 뺨을 철썩 때리고 고함을 질렀다. "해일 따위는 없어! 그 이야기는 속임수일 뿐이야! 이제 당신도 이 놈들과 똑같이 선실에 가둬두는 편이 낫겠군. 이놈들아, 뭐 하고 있어? 올로, 자네도 와서 좀 거들어 달라고!"

코난은 서둘러 올로가 있는 쪽을 흘끗 곁눈질했다. 지저분한 염소 가죽 옷차림에 키가 큰 소년이 거기 서 있었다. 코난은 다시 한번 사람들에게 피하라고 소리를 지르기 시작했다. 최대한 빨리 안전한 곳으로 올려 보내려는 것이었다. 하지만 지금 분위기에서는 다들 무슨 영문인지를 도통 이해하지 못하고 있었다. 아이들은 모두 올로를 미워했지만, 그런 한편으로 그를 무서워하기도 했다. 코난은 순간적으로 공포를 느꼈다. 졸지에 자기는 아이들을 이끌고 올로에게 반기를 든 셈이었고, 이로써 이 비탈길은 일종의 결투장이 된 셈이었다.

그런데 이제 몇 분 뒤면, 아니, 불과 몇 초 뒤면, 어마어마한 해일의 벽이 이 지역을 싹 쓸어버리게 될 것이었다.

코난의 등 뒤에서 올로가 키득거리며 웃었다. "해일 따위 가지고 법석은 무슨. 이 멍청아, 그까짓 해일은 우리도 이미 몇 번씩 겪었다니까. 야, 뭣들 하고 있는 거야. 어서 다이스 아저씨를 도와드려야지."

코난은 뒤로 돌아섰다. "이런 세상에, 올로, 여기 이렇게 서 있다가는 너뿐만이 아니라 여기 있는 다른 사람들도 모조리 죽을 수밖에 없어! 어서 위로 올라가라니까! 모두 뛰어! 더 높은 곳으로 가란 말이야!"

"아, 헛소리 집어치워." 올로는 느긋하게 대꾸했다. "결국 이 몸이 나서서 너를 박살 낸 다음에, 저 아래 있는 배까지 직접 모셔다 드려야만 직성이 풀리겠냐?" 그의 음침한 얼굴에 나타났던 미소가 갑자기 냉소로 바뀌었다. 누군가가 저 위에서 비탈길을 따라 달려오고 있는 모습을 보았기 때문이었다. "잠깐 있어봐, 얘들아. 저기 우리 새 기르는 아가씨가 달려오시네."

어디서 많이 듣던 목소리가 코난의 이름을 불렀다. 바로 그 순간 그는 모든 것을 잊어버렸고, 이쪽으로 달려오는 라나의 모습만 바라보았다. 밝은 색깔의 머리카락을 휘날리며 달려오는 라나의 여윈 얼굴에 까만 눈이 더 커다랗게 보였다. 코난은 그녀를 향해 달려갔다. 하지만 두 사람이 만나기 직전, 올로가 그 사이로 탁 끼어들며 라나의 한쪽 팔을 붙들었다.

그녀가 아픈 듯 비명을 지르자, 코난이 버럭 소리를 질렀다. "그 손 당장 놓지 않으면 나한테 죽을 줄 알아!"

올로는 여전히 능글맞게 웃으며 라나를 길가로 확 밀쳐냈다. 그리고 같은 패거리 가운데 한 녀석이 건네주는 굵은 몽둥이를 하나 집어 들고는 위협적으로 붕붕 휘둘러 댔다.

코난은 공격을 기다리는 대신 재빨리 달려들어서 그 몽둥이를 붙잡은 다음, 과연 이 미친 짓을 어떻게 하면 빨리 끝낼 수 있을지 궁리했다. 일단 몽둥이를 비틀어 올로의 손에서 빼앗아 떨어트린 다음 주먹으로 일격을 가했다. 그리고 비틀거리는 올로를 붙잡아 번쩍 들더니 저 아래 비탈길로 확 내던져 버렸다.

저만치 서 있던 무역 인민위원은 입을 멍하니 벌린 채 이 모습을 지켜보다가, 갑자기 자기 허리에 차고 있던 무기 쪽으로 정신없이 손을 뻗었다. 코난은 올로가 방금 떨어트린 몽둥이를 집어 들고 인민위원의 손을 쳐서 그 무기를 저만치 날려 보냈다.

"도망쳐, 라나!" 코난이 소리쳤다. "오두막으로 도망쳐!"

이어서 그는 입을 헤 벌리고 구경하는 아이들을 향해서 몽둥이를 휘두르며 위협했다. "어서 도망치란 말이야, 이 멍청한 자식들아!" 그가 버럭 소리를 질렀다. "내 손에 얻어터지고 싶지 않으면 뛰란 말이야!"

아이들은 미친 사람을 피하듯이 우르르 도망치기 시작했다. 코난은 결국 미친 사람 흉내를 낸 덕분에 아이들을 안전한 곳으로 대피시킬 수 있었던 셈이었다.

비탈길을 절반쯤 올라갔을 무렵, 누군가가 큰 소리로 비명을 질렀다. 등 뒤에서 이상한 소리가 들리자 코난은 뒤를 돌아다보았다. 항구에 있던 바닷물은 이미 싹 빠져나가 버리고 없었다. 곶 너머에서는 이제껏 보지도 듣지도 못했던 뭔가가 다가오고 있었다. 그 모습을 멍하니 바라보던 코난은 저 아래에서 길을 따라 비틀거리며 올라오는 염소 가죽 옷차림의 올로를 발견했다.

코난은 침을 꿀꺽 삼키고 몽둥이를 땅에 내던졌다. 갑자기 그는 다시 비탈을 따라 아래로 달려갔고, 올로를 양팔로 끌어안고 부축해서 지친 몸이나마 최대한 빨리 위쪽으로 달리기 시작했다.

비탈길의 절반쯤 되는 곳을 지나가다 보니, 무역 인민위원이 어느 나무를 와락 끌어안고 있는 모습이 들어왔다. 다이스는 이제 물이 거의 다 빠진 항구에 옆으로 쓰러져 있는 자기 배를 보면서 어안이 벙벙한 표정을 짓고 있었다. 코난은 그 남자에게 위험하다고 소리치고는 계속 비탈길을 따라 오르기 시작했다. 하지만 불과 몇 미터 가기도 전에, 갑자기 그의 뒤에서 이 세계가 폭발해 버렸다.

코난은 깎아지른 듯한 물의 절벽이 곶을 넘어와서 격노한 바닷물로 항구를 단숨에 덮어버리는 모습을 보지 못했다. 하지만 그 물의 어마어마한 천둥소리를 듣는 순간, 일격을 당한 땅이 흔들리는 것을 느꼈다. 곧이어 이 세계는 퍼져 나가는 물보라 속에 까마득히 사라져 버렸고, 비탈을 따라서 소용돌이

치는 바닷물이 콸콸 흐르면서, 그의 몸에 부딪치고 그의 발 사이로 지나갔다.

코난은 어찌어찌해서 한 팔로는 올로를 끌어안고, 또 한쪽 팔로는 나무를 끌어안았다. 해일은 불과 몇 초 만에 지나가 버렸다. 흐르는 바닷물은 비탈을 올라온 것과 마찬가지로 순식간에 비탈에서 내려가 버렸다. 코난은 무릎을 꿇은 상태로, 올로를 부축해서 다시 자리에서 일어나려고 했다. 아쉽게도 이번에는 그 역시 힘이 다하고 말았다.

하지만 바로 그 순간 코난의 주위로는 다른 사람들이 내민 도움의 손길이 밀려들고 있었다.

¶

옮긴이의 글

애니메이션 각색이 모두 전달하지 못한 원작의 깊이

1. 알렉산더 케이의 생애와 활동

알렉산더 힐 케이^Alexander Hill Key(1904~1979)는 주로 청소년
용 과학소설을 발표한 미국 작가다. 본래 미술을 전공하고 삽
화가로 활동하다가 작가로 전향했으며, 노스캐롤라이나주 산
악 지대에서 생활하면서 그곳을 무대로 한 작품을 여럿 발표
했다. 초능력과 핵전쟁과 외계인 같은 20세기 중반의 전형적
인 과학소설 소재를 사용하면서도, 사회적 차별과 대중의 편
견에 대한 비판 같은 요소를 곁들여서 독특한 작품 세계를 구
축했다는 평가를 받고 있다.

특히 다음과 같은 케이의 발언은 그의 작품 세계를 대변하
는 동시에, 여러 대표작에서 반복되는 주제를 요약하고 있다
는 점에서 주목할 만하다. "우리가 만들어 낸 세계는 무척이나
서글픈 세계이며, 이 세계를 더 나은 곳으로 만들 우리의 유일
한 희망은 바로 젊은이들이다. 그들의 정신은 여전히 열려 있

기 때문이다. 나는 이미 오래전에 이런 결론에 도달했기 때문에, 젊은이들을 위한 책을 쓰는 것이야말로 유일하게 가치 있는 일이라고 여기게 되었다."

그의 대표작인 『마녀 산으로의 도주Escape to Witch Mountain』 (1968)는 초능력을 지닌 남매의 이야기다. 1975년과 1995년에 두 번이나 영화화되었고, 2009년에는 내용을 좀 더 현대적으로 각색한 영화도 나오는 등 무려 반세기 넘게 인기를 누리고 있다. 또 다른 대표작 『네가 세계의 마지막 소년이라면The Incredible Tide』(1970)은 전쟁으로 파괴된 지구를 무대로 했으며, 미야자키 하야오의 애니메이션 〈미래 소년 코난〉(1978)으로 각색되어서 더욱 유명해졌다.

그 외의 작품으로는 『붉은 독수리The Red Eagle』(1930), 『자유냐 죽음이냐Liberty Or Death』(1936), 『분노와 바람The Wrath and the Wind』(1949), 『망각된 문The Forgotten Door』(1965), 『사사프라스 의자의 수수께끼Mystery of the Sassafras Chair』(1967), 『황금의 적The Golden Enemy』(1969), 『외딴곳으로의 도주Flight to the Lonesome Place』(1971), 『기이한 흰색 비둘기The Strange White Doves』(1972), 『수영선수의 터무니없는 모험The Preposterous Adventures of Swimmer』(1973), 『마법의 풀밭The Magic Meadow』(1975), 『재거, 다른 세계에서 온 개Jagger, the Dog from Elsewhere』(1976), 『아라델의 검The Sword of Aradel』(1977), 『사라진

박중서

소년 사건^{The Case of the Vanishing Boy}』(1979) 등이 있다.

2. 작품의 줄거리

가까운 미래, 지구는 동서로 나뉜 초강대국들 간의 전쟁으로 파국을 맞이한다. 수많은 인명이 희생된 것은 물론이고, 첨단 무기의 사용으로 인해 지구의 자전축이 뒤틀리며 해일이 일어나 육지 대부분이 바닷물에 잠겨버리고 말았다. 뛰어난 과학자 브라이악 로아는 전쟁으로 인한 파멸을 예견하고 경고했지만 싸늘한 반응만 얻게 되고, 자구책으로 수백 명의 소년-소녀를 모아 고지대인 하이하버로 피난시키는 데 성공하지만 본인은 해일에 휩쓸려 실종된다.

그때 함께 실종된 사람 중에는 12세 소년 코난도 있었다. 운 좋게 작은 섬에 표류한 그는 이후 5년 동안 혼자 힘으로 살아가다가, 과거의 적국 평화 연합 소속 조사선에게 발견되어 신체제의 수도 인더스트리아로 끌려간다. 코난은 이마에 열십자 낙인이 찍히고 죄수 신세로 전락하지만, 다행히 그곳에 먼저 와서 괴팍한 보트 제작 기술자 패치로 신분을 위장하고 있던 로아의 조언과 도움으로 조립식 보트를 이용한 하이하버로의 탈출 계획에 가담한다.

하지만 또다시 대규모 지진과 해일의 위험이 감지되자, 로아는 코난을 먼저 탈출시키고 본인은 인더스트리아 고위층에 이 사실을 알려 더 큰 피해를 막으려 시도한다. 인더스트리아 고위층이 조언을 무시하고 로아를 감방에 가두자, 뒤늦게 상황을 짐작하고 돌아온 코난이 가까스로 그를 구출해 함께 하이하버로 떠난다. 추적대와 짙은 안개, 그리고 폭풍으로 인한 난파 등의 우여곡절 끝에 두 사람은 결국 해일이 일어나기 직전 하이하버에 도착한다.

그사이에 하이하버에서는 로아의 딸 마잘과 사위 샨, 그리고 손녀 라나가 큰 위기에 봉착해 있었다. 기술 문명이 사라진 농경 사회에서의 어려운 생활에 적응하지 못한 아이들이 점차 불만을 갖고 유일한 어른인 마잘과 샨에게 반항하기 시작한 까닭이었다. 설상가상으로 인더스트리아의 인민위원 다이스가 각종 편의품을 갖고 찾아와서 하이하버의 천연자원과 물물교환을 요구하는 한편, 로아의 행방과 발명품을 찾아내기 위해 호시탐탐 음모를 꾸민다.

다이스가 의도적으로 퍼트린 바이러스에 아이들이 감염되자 마잘과 샨은 어쩔 수 없이 로아의 발명품을 치료제와 맞바꾸지만, 다이스는 이에 그치지 않고 아이들 가운데 대표적인 반항아인 올로와 손잡고 하이하버를 사실상 인더스트리아의

박중서

식민지로 만들 계획에 착수한다. 하지만 바로 그때 코난과 로아가 하이하버에 도착하고, 곧이어 거대한 해일이 일어나 하이하버를 덮치는 것으로(하지만 코난 일행은 다행히 무사한 것으로) 이 소설은 막을 내린다.

3. 포스트아포칼립스 소설로서의 재미

비록 청소년 독자를 염두에 두기는 했지만, 이 소설은 거대한 재난에 직면한 주인공 일행의 고단한 생존기라는 점에서 전형적인 포스트아포칼립스(종말 이후) 장르의 작품이라 볼 수 있다. 특히 미국과 소련의 냉전이 심화되던 1960~1970년대에는 핵무기에 대한 공포가 상당히 널리 퍼졌기 때문에, 제3차 세계대전으로 인한 문명 및 환경 파괴에 대한 공포를 반영한 포스트아포칼립스 장르의 작품들이 소설뿐만 아니라 영화나 드라마에서도 자주 나타났다.

이 작품에서는 사실상 미국과 소련을 연상시키는 동서 초강대국 간의 전쟁으로 전 세계가 물바다로 변해 소수의 생존자만 살아남게 된다. 어린이의 공동체 하이하버는 기술 문명과 단절된 상태에서 농업에 종사하지만 경험 부족으로 자급자족조차도 힘겨운 상황이고, 어른의 공동체 인더스트리아는 여전히 기술 문명을 보유하고 있지만 천연자원 부족으로 식량부터 의복까지 거의 모든 필수품을 플라스틱 같은 합성 물질로 대체해야 하는 상황이다.

여기까지만 보아도 이 책의 비판 구도는 외관만큼 단순하지 않음을 알 수 있다. 인더스트리아는 비인간적인 권위주의 체제이지만, 그렇다고 해서 하이하버가(훗날 미야자키의 애니메이션을 통해 각인된 것처럼) 목가적인 지상낙원인 것도 아니다. 오히려 전자의 기술과 후자의 자원이 조화를 이루어야만 새로운 문명 건설의 가능성이 있어 보이지만, 약간은 모호한 느낌으로 끝나버리는 이 소설의 결말은 그다지 희망적인 전망을 암시하지는 않는다.

물론 저자는 인더스트리아가 사실상 불임 상태의 불모지임을 암시함으로써, 코난과 라나 같은 진취적인 아이들이 모여 있는 하이하버야말로 새로운 문명의 가능성이 꽃피는 곳이라고 지적한다. 하지만 그에 대한 구체적인 설명이 없다는 점에서 저자는 그 실현 가능성에 회의를 품었을 수도 있다. 다음에서 설명할 미야자키 하야오가 이 소설을 각색해 애니메이션을 만들면서 하이하버의 모습을 좀 더 목가적인 이상향으로 묘사한 것도 그래서일 것이다.

박중서

4. 미야자키 하야오의 애니메이션과의 차이

오늘날 이 소설을 이야기하려면, 미야자키 하야오의 애니메이션 〈미래소년 코난〉(1978)을 이야기하지 않을 수 없다. 원작과 각색의 차이에 관한 구체적인 내용은 이미 애니메이션 전문가의 단행본이 나와 있으므로 참고할 만하다.* 다만 이 자리에서 원작자인 케이의 입장을 대변해 말하자면, 그 정교한 작화와 뛰어난 연출과 상상력 풍부한 각색 등의 장점에도 불구하고 애니메이션은 원작의 깊이를 모두 전달하지는 못했다고 할 수 있겠다.

미야자키의 애니메이션은 재난을 딛고 일어서는 희망에 초점을 맞춘 반면, 케이의 원작은 재난을 초래한 인간의 어리석음에 대한 비판에 여전히 초점을 맞추고 있다. 미야자키의 애니메이션은 차마 케이가 이야기하지 않은 곳까지 줄거리를 끌고 갔지만, 특히 뒷부분의 전원생활과 농경 공동체에 대한 목가적인 이야기는 어디까지나 미야자키만의 취향이라고 해

---

* 황의웅의 『1982, 코난과 만나다』(스튜디오 본프리, 2003)는 미야자키 하야오의 애니메이션 〈미래 소년 코난〉에 관한 해설서로, 그중 제2장 "미래 소년 코난에 관한 심오한 잡담들"에는 그 원작자의 약력과 원작 소설의 줄거리, 그리고 소설과 애니메이션의 장 제목과 인명 표기 등의 차이에 이르기까지 여러 가지 흥미로운 정보가 들어 있다. 하지만 어째서인지 소설의 내용을 잘못 기술한 부분도 있으므로(예를 들어 올로를 가리켜 "원작에서는 처음부터 인더스트리아 정부에 대항하는 레지스탕스의 핵심으로 맹활약한다"라고 설명한 것이 그렇다) 주의할 필요가 있다.

옮긴이의 글

야 한다. 이에 비해 케이가 묘사한 하이하버의 현실은 애니메이션보다 훨씬 더 엄혹해 보인다.

어쩌면 케이의 소설과 미야자키의 애니메이션의 관계는, 미야자키의 또 다른 걸작 〈바람계곡의 나우시카〉의 원작 만화와 각색 애니메이션의 관계와도 유사하다고 볼 수 있다. 저 유명한 애니메이션은 원작 만화의 전반부까지의 내용에 불과하며, 원작 만화의 후반부는 의외로 훨씬 더 암울한 내용을 담고 있기 때문이다. 애니메이션만 보면 미야자키의 메시지가 단순히 인간과 자연의 조화와 공존이라고 생각하기 쉽지만, 원작 만화의 결말은 상당히 다르다.

그러니 미야자키의 애니메이션에 대한 인기와 기억조차도 약간은 퇴색한 지금에 알렉산더 케이의 소설을 읽는 것은 오히려 잘된 일일 수도 있다. 애니메이션 특유의 유머와 박력을 기억하는 독자라면 원작이 영 심심하게 느껴질 수도 있겠지만, 이 소설이 처음 간행된 반세기 전과 크게 다르지 않은 전쟁과 테러의 위협이 수시로 제기되는 현실하에서는 재난과 생존에 관한 케이의 진지한 고민의 깊이가 의외로 우리에게도 잘 이해될 수 있기 때문이다.

냉전 종식 직후에는 그저 구시대의 유물처럼 보였던 지구 종말의 시나리오였지만, 이후 반세기 동안 쓰나미와 코로나의

박중서

공포를 경험하고, 신냉전 상황에서 해수면 상승의 위협을 다시 마주하는 우리로선 의외로 공감 가는 부분이 많을 것이다. 개인적으로는 애니메이션의 국내 최초 방영 시기에 열혈 초딩 시청자였던 까닭에, 지금 와서 뒤늦게 그 원작을 읽는 경험이 더욱 감개무량하기도 하다. 아마 나와 비슷한 느낌의 독자들이 적지 않으리라 생각한다.

2022년 8월

박중서

네가 세계의 마지막 소년이라면

초판 1쇄 찍은날 2022년 9월 13일
초판 1쇄 펴낸날 2022년 9월 21일
지은이   알렉산더 케이
옮긴이   박중서
펴낸이   한성봉
편집   김학제·신소윤·권지연·문정민
콘텐츠제작 안상준
디자인   정명희
마케팅   박신용·오주형·강은혜·박민지
경영지원   국지연·강지선
펴낸곳   허블
등록   2017년 4월 24일 제2017-000050호
주소   서울시 중구 퇴계로30길 15-8 [필동1가 26]
페이스북   www.facebook.com/dongasiabooks
트위터   twitter.com/in_hubble
전자우편   dongasiabook@naver.com
블로그   blog.naver.com/dongasiabook
홈페이지   hubble.page
전화   02) 757-9724, 5
팩스   02) 757-9726

ISBN   979-11-90090-71-1 03840

※ 허블은 동아시아 출판사의 SF 브랜드입니다.
※ 잘못된 책은 구입하신 서점에서 바꿔드립니다

만든 사람들

책임편집   권지연
크로스교열 안상준
디자인   석윤이
본문조판   최세정